LES SAINTS VONT EN ENFER

Né à Paris en 1913, Gilbert Cesbron a publié à ce jour (1977) quarante volumes. Deux titres surtout l'ont fait connaître : Il est minuit, docteur Schweitzer et Les Saints vont en enfer parus la même année (1952).
Romancier, essayiste, poète, auteur dramatique, il se passionne pour les problèmes actuels : après les prêtres-ouvriers, la jeunesse délinquante Chiens perdus sans collier (1954), l'euthanasie Il est plus tard que tu ne penses (1958), la violence Entre chiens et loups (1962) etc. Il a toujours exercé un second métier dans la radio puis dans l'action sociale.
Gilbert Cesbron est décédé en août 1979.

Si le roman de Cesbron n'a rien perdu de son pouvoir émotionnel, bien que le problème des prêtres ouvriers ait changé d'éclairage, c'est qu'il jette une lumière impitoyable sur la misère dans les quartiers populaires. Luis l'anarchiste désespéré, Henri le militant communiste, Marcel l'ivrogne qui bat son gosse, Ahmed le Nord-Africain indicateur de police, Suzanne la prostituée convertie, tout un monde d'épuisement et de déchéance entoure Pierre, le successeur du père Bernard, et l'aide à trouver dans l'échec un sens à son sacrifice. Alors que Bernard a abandonné le combat, Pierre est décidé à le mener jour après jour tout en sachant qu'il n'aura jamais de fin.
Avec la force mais aussi la tendresse qui lui sont propres, l'auteur reconstitue la vie d'un coin de banlieue industrielle, avec ses drames, ses souffrances, ses révoltes. Son œuvre est aussi un plaidoyer en faveur d'une justice sociale qui chemine trop lentement au regard des exigences de l'Evangile.

632
843.81 CES

Walker Library
St Paul's School

WITHDRAWN

John Colet

ST. PAUL'S SCHOOL
LIBRARY

MODERN LANGUAGE
LIBRARY

GILBERT CESBRON

Les Saints vont en enfer

ROMAN

ROBERT LAFFONT

© Robert Laffont, Paris, 1952.

Voici un livre qui risque de déplaire un peu partout. Mais la prudence est-elle encore une vertu ?

Dans un monde où des hommes de même langage ne peuvent plus se comprendre sans interprète, dans un temps où l'on assassine les médiateurs et où l'honneur commande d'être écartelé : dans ce siècle où règne la croix sans le Christ, je veux n'être d'aucun parti. J'ai trop vu de partisans pour rester capable d'un autre choix. Ainsi, je ne quitterai pas la main des hommes au milieu desquels j'ai grandi, parce que je tends la main à mes amis de Sagny.

Ceux-ci ne reconnaîtront peut-être pas leur visage dans ce livre; et les autres ne reconnaîtront plus le mien. Chacun me traitera d'agent double. Mais l'honneur, aujourd'hui, commande encore de perdre sur les deux tableaux.

On chercherait en vain Sagny sur une carte; mais ce que j'en raconte, on le trouvera dans presque toute la banlieue de Paris, à la condition d'y porter un œil pur et un cœur exempt de parti pris.

Je serais bien honteux de blesser quiconque avec ce livre ; et je n'espère y convaincre personne : chacun ne convainc que soi-même. Mais si j'ébranle quelques esprits libres, c'est assez.

A mes amis de Sagny, j'offre cette histoire que je n'avais pas le droit d'écrire, car je n'ai jamais été pauvre, ni prêtre, ni ouvrier.

A vous J., B., A., G., qui refusez que je vous cite, je donne ce livre où tout ce qui est pur vient de vous et, de moi, ce qui est besogneux.

J., B., A., G... Vous ai-je jamais appelés par vos noms de famille ?

·Des saints aussi, on ne connaît que le prénom.

G. C.

Quand le vieux Clément entra, avec son odeur d'homme qui n'a pas dormi, le petit Pierre était en train de rêver. André, son frère aîné, s'assit sur le lit avec la brusquerie d'un condamné à mort et entendit son cœur battre jusque dans ses dents :

« Alors ? »

Mais Pierre continua de rêver. Il voyait de la neige ; ou plutôt, il l'imaginait (car celle des corons était toujours grise) : la neige, dans son rêve, était blanche... Pierre en souriait dans son sommeil.

« Alors ?

— Rien », dit Clément.

Sa lampe de mineur l'éclairait par-dessous, comme au théâtre : éclairait ses rides profondes, tout incrustées de poussier.

« Dépêchez-vous, les petits ! reprit-il de sa voix sourde et qui semblait, elle aussi, remonter du fond de la terre, votre mère vous réclame.

— Mais papa ? demanda encore André.

— Venez ! »

Pierre s'étirait en souriant ; son frère lui allongea
une gifle pour le réveiller. Depuis des heures, André
veillait, les yeux froids, l'oreille tendue, en comptant
le temps sur ses doigts : « Il doit être minuit... » Mais
l'aube déjà suspendait sa lessive sale à la fenêtre.

« Pierre, si tu ne te dépêches pas, je te... Il ne
comprend donc rien ?

— C'est de son âge », dit Clément qui n'avait pas
d'enfants, et il se baissa pour aider le petit à lacer
ses chaussures.

Il avait posé sa lampe sur le sol ; la lumière et les
ombres y dessinaient une étoile. Pierre trouva ses
chaussures lourdes, ses vêtements froids ; il s'attardait
à regarder le lit ouvert.

« Allons ! »

Ils sortirent. La terre charbonneuse crissait sous
leurs pieds. Ils passaient devant des portes entre-
bâillées, des rideaux qu'écartait une main invisible :
le coron, cette nuit, gardait ses yeux ouverts.

André (douze ans) marchait devant, fermé comme
un navire, les poings serrés dans ses poches, le col
relevé, les épaules hautes : prêt à recevoir l'averse ou
la pire nouvelle. Le vieux Clément suivait, d'une main
tenant sa lampe inutile, de l'autre la main de Pierre ; et
le petit garçon serrait cette chair aussi grise, aussi
morte et rugueuse que la patte d'un chien. Seule
place tendre : ce doigt coupé (le second de la main
droite), auquel manquait une phalange, la plus habile.
Une machine jalouse l'avait tranchée d'un coup de

dent. Pierre pensait souvent à ce bout de doigt perdu :
qu'en avait-on fait? Un jour, il demanderait à Clément s'il l'avait conservé. « Moi, je l'aurais gardé.
Moi, quand je serais grand... »

Autour d'eux, l'horizon clos; au-dessus d'eux, la
forge du soleil levant traitait en silence le métal noir
du ciel. Le petit Pierre y suivait du regard des actes
passionnants : on envoyait des troupes de feu dans toutes
les directions, on levait à la hâte des campements de
nuages, les armées roses escaladaient des remparts
ténébreux, retraitaient en désordre! Pierre observait
aussi, par les trouées du ciel, ces greniers pleins de
neige...

Le cri d'une sirène déchira l'étoffe grise.

« Écoute, Clément! dit André d'une drôle de voix
(une voix de grande personne), *ils* en sont peut-être
sortis! »

« Peut-être » lut-il sur les lèvres du vieux, car une
autre sirène couvrait sa voix; et, quand le silence fut
revenu :

« ... je suis descendu deux fois au fond », achevait
Clément.

« Qu'est-ce qu'il raconte? pensa Pierre. Moi aussi,
deux fois, je suis descendu au fond de la mine avec
papa. C'était amusant : la benne... ho-op! Un petit
train tiré par un cheval... Quand je serai grand... »

Il reconnut sa mère, de dos, plus noire et plus triste
que les autres dans le groupe triste et noir qui se tenait
sans mouvement devant les grilles closes, sous les
hauts projecteurs. Ses mains blanches, toujours
actives, il les vit immobiles agrippées aux barreaux.

André vint se placer près d'elle, en silence. Elle dit seulement : « André! » puis, sans détourner son regard, chercha d'un bras aveugle le petit Pierre, le serra contre elle, lui caressa le visage. Et, de sentir cette chair fraîche et ferme, ces cheveux emmêlés, cela la fit pleurer, elle qui, depuis six heures, se gardait, impassible, séparée de la mort par cette grille froide.

On s'agitait, de l'autre côté : des hommes à barbe, à blouse, à lorgnons couraient et discouraient. Pierre les visa, l'œil fermé, le doigt tendu, et en abattit quatre ou cinq : « Pan!... Pan!... Pan!... » Puis il bâilla. Puis il trouva une craie dans sa poche et marqua des chiffres mystérieux sur le pied du pylône; et, quand il l'eut couvert de blanc, il ramassa un caillou noir et charbonna ses inscriptions. Puis il se mit à chantonner d'ennui, comme l'eau sur le feu.

« Pierre! »

La main blanche lui ferma doucement la bouche : une main froide et qui sentait le métal de la grille.

« Mais, maman... »

Il leva les yeux vers ce visage, vers tous ces visages de statues dont les yeux ne cillaient même pas, où seules vivaient les narines. Tous ces regards l'hypnotisaient, et il tomba en somnolence, calé entre sa mère noire et ce lampadaire gris qui, d'un œil froid, le surveillait de si haut. La neige, la neige blanche... Il rêvait déjà.

Un frémissement autour de Pierre; une cloche au rythme hâtif, réveillée en sursaut comme lui-même; puis une sonnerie grelottante que personne ne semblait parvenir à faire taire malgré l'agitation des blouses, de l'autre côté de la grille. Puis le silence aux souffles retenus, et une voix rauque cria vers la foule :

« Treize! il en remonte treize! »

Et, sur un autre ton :

« Sept sont encore au fond... »

« Treize! » répétèrent certaines femmes; et « Sept! » certaines autres.

Toutes se plaquèrent contre cette grille; puis elles s'entre-regardèrent, les plus fortes avec pitié, les autres avec une sorte de haine.

« Ils remontent! »

Les hommes à blouse s'écartèrent, perdirent toute leur importance, se fondirent dans le gris : il n'y eut plus que cette bouche noire, et la foule noire et ces barreaux entre elles. Silence. Interminable moment entre la Parole et l'instant où Lazare sort du tombeau... On y croit déjà — on ne peut y croire! Et les treize sortirent du tombeau.

On les vit paraître au jour, statues de charbon aux yeux cernés de blanc : le contraire même d'un cadavre! si proches pourtant de la mort. Titubant, aveuglés, ils s'arrêtèrent au seuil de l'aube et tout demeura immobile, un instant encore; mais, de l'autre côté de la grille, tous les regards déchiffraient douloureusement ces visages méconnaissables.

L'un des rescapés fit un geste : passa le dos de sa main sur son front puis sur sa joue comme pour en ôter la crasse épaisse dont son visage entier...

« Papa! » cria Pierre, et il se mit à trembler de tous ses membres.

Comme à ce frêle signal, la foule se rua, força les grilles, se jeta contre les hommes noirs qui n'avaient pas bougé. On criait des prénoms, on riait, on pleurait surtout. Bientôt, il n'y eut plus que des petits groupes serrés qui s'éloignaient, et un autre, plus nombreux, où l'on ne disait rien et qui se laissa docilement reconduire derrière les grilles.

Pierre, toujours frissonnant, se suspendait à la main de son père — main sans vie qui, par instants, serrait faiblement la sienne : « Je suis là... Je suis là... » Mais l'homme n'avait prononcé aucune parole; quand, brusquement, il s'arrêta et, d'une voix si rouillée que personne ne la reconnut d'abord :

« Il faut que je reste, dit-il, Benoît est dans le fond. »

On se récria : « Tu ne tiens pas debout!... Allons, rentre chez toi... » et la voix douce : « Rentrons chez nous... » Mais, les yeux fixes, il répétait :

« Benoît est dans le fond. Je ne peux pas rentrer. »

Pierre claquait des dents. Il pensait à son lit entrouvert. Tout le reste se passait au-dessus de sa tête, comme ces combats dans le ciel, tout à l'heure.

Enfin, le vieux Clément, qui tenait toujours à la main sa lampe allumée, frappa très fort sur l'épaule de son ami, comme pour le réveiller :

« Je vais redescendre, moi. Retourne chez toi. »

A présent, ils marchaient sur la route, tous les quatre d'un même pas qui n'était celui d'aucun d'eux. Pas un mot; sauf le mineur, par instants, comme pour retrouver sa voix ou s'assurer de son existence : « Allons! disait-il, allons! » et il respirait très fort. Respirer librement, pouvoir respirer librement...

Pierre continuait de trembler, et si violemment qu'il ne parvenait plus à marcher droit. Il pensait que c'était de froid; mais ayant, du même geste que son père, porté la main à son front, il le sentit ruisselant. « La pluie, bien sûr! » Il offrit donc son visage, la bouche grande ouverte, à cette averse qu'il n'avait pas senti tomber. Rien! Il ne pleuvait pas. Il comprit alors que c'était la sueur, que c'était la fièvre comme au temps de sa maladie, et il commença de pleurer doucement. La pensée que les autres ne s'en apercevaient même pas le révoltait! Ces autres, qu'il voyait sourire en silence, pour rien au monde il ne leur aurait demandé secours : il n'avait plus confiance en eux, en personne, en rien! Il comprenait seulement, mais tout d'un coup, les événement de cette nuit : l'accident de la mine, l'angoisse de sa mère, l'insomnie d'André; à sa terreur inutile se mêlait un peu de honte. Pourtant, il ne s'apitoyait que sur lui-même, à la manière des enfants. Maintenant, il ne jouerait plus, il ne rirait plus. Et même dormirait-il jamais? Ne guetterait-il pas, chaque soir, le retour de son père? sursautant à la moindre explosion, l'oreille tendue, le cœur tendu? Chaque jour, son père descendait creuser sa propre tombe! Une nuit, bien sûr, il n'en remonterait pas... Et les autres non plus! les autres, tous les autres! Et Clément, en ce moment même... Et lorsqu'ils seraient grands, André et lui... Un soir, ils seraient cet homme sans âge, noir, tout noir, qu'il avait vu le

mois dernier : *mort*. C'était donc cela le secret des
grandes personnes.

Une sirène toute proche le fit tressaillir. Plusieurs
répondirent, impérieuses. Le petit Pierre leva vers le
ciel ses yeux brouillés de larmes : les troupes grises
en avaient chassé les armées roses; un jour tout nu
s'y levait. Autour de lui, les réverbères dormaient
debout. Il ne voyait que palissades, montagnes de
charbon, wagons aveugles, câbles, signaux borgnes,
incompréhensibles machines toujours sur le point d'é-
clater et sifflant une vapeur assourdissante... Une gare!
ce qui l'effrayait le plus... Oui, ce monde n'était qu'une
immense gare poussiéreuse dont nul ne s'échappait!

Pierre, brusquement, lâche la main de son père et
court vers son refuge, vers le seul royaume qui lui
reste : son lit. Déshabillé à la volée, il y enfouit son
désespoir sous les couvertures encore tièdes. Oh! la
neige... Oh! les fleurs... Il voudrait prier, mais ne
trouve que des mots; dormir, mais le carrousel, dans
sa tête, est trop pressant. Il entend s'approcher les
autres et chaque maison saluer le retour de son père.
« Les prisonniers collent leur visage aux barreaux et
regardent qui passe... » (Il a vu, dans l'almanach, les
images d'une prison : elle ressemblait au coron, en
moins noir.)

Bientôt, André le taciturne va se glisser en reptile
dans leur lit, prenant garde de ne pas réveiller son
frère. « Il me croit endormi! Comment peut-il me
croire endormi? » pense Pierre furieux. Le grand se
tourne, se retourne, trouve enfin son creux. Tenez!
il dort déjà, l'imbécile!

« André! (Pas de réponse.) André!

— Hon!

— Tu descendras dans la mine, toi?... Moi, jamais!

— Qu'est-ce que tu racontes?

— Jamais je ne descendrai dans la mine, je le jure! » reprend lentement l'enfant, assis dans son lit, les coudes aux genoux, les poings au menton.

André laisse filtrer un regard vers le petit profil buté, hirsute; mais il a trop sommeil et se sent trop heureux, ce matin, pour discuter.

« Le gosse ne comprend rien. Hier soir, il riait; à présent il pleure presque... Mais non, il pleure tout à fait! »

« Pierre!... Pierre!... Mon bonhomme!... »

A son tour, l'enfant regarde ce visage inquiet, ce simple et sûr visage qui ressemble tant à celui de leur père. Comme il l'aime! Que c'est bon de n'être pas seul...! Il essuie ses larmes.

« Et toi, André, tu n'y descendras pas, dans la mine, hein? Toi non plus? Jure-le!

— Mais si, répond l'aîné. (« Ce n'était que cela? ») Bien sûr que si, j'y descendrai : je n'ai pas peur, moi! »

Et il se retourne vers le mur, vers le sommeil du juste.

I

ALLEZ,
VOTRE MISSION COMMENCE!

En deux coups d'œil (de bas en haut, de gauche à droite) le directeur du personnel toisa l'homme : la taille, bien!... Les épaules, bon!... Ensuite seulement, il s'attarda à ce visage qui, depuis tout à l'heure, ne cessait de sourire. Les yeux, couleur de noisette, ou plutôt d'écureuil, le fixaient avec sympathie.

Le directeur regardait, non sans malaise, ce front où si peu d'années avaient pourtant laissé, comme l'océan sur une plage, trois longues rides parallèles; ces lèvres enfantines, faites pour la moue, mais que contraignait un perpétuel sourire; dans le menton, ce trou où le rasoir pénétrait mal et qui paraissait un sourire de plus; et ces cheveux tout gris sur un si jeune visage, pareils à la neige de mai.

Le directeur n'aurait pas su dire ce qui le touchait dans cette figure d'inconnu et qui était ceci : qu'on y discernait à la fois l'enfant qu'il avait été et le vieil homme qu'il serait.

« Votre nom ?

— Pierre.

— Mais le nom de famille ? »

Pierre le lui dit.

« C'est un nom du Nord ?

— Oui.

— Tiens, reprit le directeur en riant un peu trop fort parce que l'autre lui en imposait, je croyais que, dans le Nord, vous étiez tous mineurs ou curés !

— Vous voyez ! » dit seulement Pierre.

Il sentit très bien l'instant où son sourire énerva le directeur ; il choisit alors de l'accentuer, mais avec un clin d'œil qui mit l'autre à l'aise, sans raison.

Le téléphone sonna :

« Allô ! Oui... Quoi ?... Qui ça ?... Non, je suis occupé... C'est possible, mais je suis occupé. D'ailleurs, *ils* ont les délégués du personnel qui sont là pour ça ! »

Le directeur raccrocha sans douceur, mécontent de lui ou de l'autre. Pierre recula d'un pas : il faisait partie des *ils*.

« On avait besoin de vous ? dit-il sur un ton presque affirmatif.

— Non. C'est-à-dire... »

Il se fit un silence. Dans la cour de l'usine, un camion démarrait.

« Instruction ? demanda le directeur avec un apparent détachement, mais il guettait la réponse.

— Comment ?

— Vous avez votre... votre brevet ?

— Oui.

— Davantage ! (C'était son tour d'affirmer.)

— Si on veut.

— Écoutez, fit l'autre en repoussant ses papiers et en ôtant ses lunettes, pourquoi voulez-vous être manœuvre? Vous pourriez sûrement... »

Pierre, gêné, détourna son regard vers la cour. Il y vit un homme qui déposait son fardeau, se redressait, soufflait très fort en regardant ses mains.

« Manœuvre, dit Pierre lentement, j'y tiens. D'ailleurs... »

Mais il n'acheva pas.

« D'ailleurs, cela ne me regarde pas, n'est-ce pas? (Le directeur reprit ses papiers, mit ses lunettes, puis les ôta encore avec brusquerie. Son visage s'ouvrit de nouveau.) Vous ne jouez pas le jeu, reprit-il à voix basse, pourquoi? »

Pierre posa ses deux mains sur la table; elles étaient encore blanches. Le directeur les regarda.

« Qu'est-ce que c'est, « le jeu »?

— Essayer d'en sortir, fit l'autre après un moment.

— S'il faut en sortir, il faut en sortir *tous* », dit Pierre, et il s'obligea à sourire de nouveau.

C'était un brave homme en face de lui : presque bonne conscience! sûr de faire son devoir! Son devoir était de gérer cette entreprise de façon à faire le plus de bénéfices possible; le reste venait après. Son premier devoir, sa mission, son rôle étaient là. Pour le reste, il y avait les délégués du personnel, l'inspecteur du travail, le Gouvernement, je ne sais pas, moi!

Pierre passa le dos de sa main sur son front. Le directeur crut l'avoir ébranlé.

« En tout cas, vous prendrez de l'ascendant sur les autres. Vous pouvez donc certainement...

— Je n'y tiens pas, répondit Pierre assez sèchement.

— Comme vous voudrez! Je ne peux pas vous obliger à... à...

— Non, dit Pierre, vous ne le pouvez pas. »

Il eut pitié de cet homme important qui reprenait son bon droit avec ses lunettes et ses papiers; de cet homme qui était seul et qui croyait avoir Dieu de son côté. Les gars, dans la cour, dans l'entrepôt mal ventilé, respiraient la mort, ne gagnaient pas de quoi manger, *mais ils étaient tous ensemble.* Entre deux embauches, Pierre avait choisi cette entreprise-ci pour sa mauvaise réputation. Il eut pitié de cet homme.

« Vous commencez demain matin. »

Demain, il serait avec les autres; l'homme, en face de lui, resterait définitivement seul et n'en saurait rien. Sans réfléchir, Pierre lui tend la main. Le directeur n'hésita pas et la serra avec une sorte de regard reconnaissant. L'instant d'après, tous les deux regrettaient ce geste; ils se quittèrent sans une autre parole.

En descendant l'escalier, en traversant la cour, en franchissant la grille, Pierre s'efforçait de regarder déjà toute chose avec les yeux de l'habitude.

« Maintenant, se dit-il, je vais attendre Bernard à la sortie du métro, car je ne sais même pas où se trouve la rue Zola! »

Bernard — le Père Bernard — prêtre ouvrier à Sagny, était son ancien compagnon (et de quelques années son aîné) au Séminaire de la Mission. Bernard avait demandé que lui fût adjoint un autre prêtre, et c'était le Père Pierre qu'on lui envoyait, Pierre qui traversait Sagny à sa rencontre.

La façade du cinéma s'alluma d'un coup : *Tarzan et les Sirènes*. Le peintre d'enseignes avait représenté les sirènes avec des seins énormes et fermes, irréels. « Quels désirs et quelles déceptions ! quels ravages, cette semaine, dans tout le quartier ! pensa Pierre. Suffit de deux coups de pinceau. » Il regarda l'affiche froidement ; il avait à peu près maté la bête en lui.

Le clocher de Sagny-le-Haut sonna la demie de six heures d'un timbre indifférent et dépaysé. Il sonnait autrefois pour une population de maraîchers : on s'agenouillait dans les champs, à l'Angélus. A présent, le métro, Tarzan — vous pensez ! Matin, midi et soir, les sirènes des usines couvraient sa voix, et leurs cheminées montaient dans le ciel plus haut que lui.

Pierre écoutait ces cloches frêles mais obstinées, sans quitter des yeux la sortie du métro *Église de Sagny*. « Station bien nommée ! se dit-il encore. C'est elle la véritable église : car tous ces gens, là-dessous, ont davantage besoin de Dieu et sont vraiment des frères. Et le Christ est parmi eux : le plus seul, le plus démuni de tous. A moi de le trouver... Il est là, le Christ ! parmi les types crevés de fatigue et les affiches menteuses, plutôt que dans la chapelle obscure entre le bedeau, la chaisière et deux vieilles ! Enfin quoi, c'est vrai ? » Il passa le dos de sa main sur son front, geste de son enfance et qu'il retrouvait chaque fois qu'il se sentait indécis, partagé. Après un long moment :

« Allons, Il est partout ! » se dit-il à mi-voix.

Les portes s'ouvrirent brusquement. Un groupe de
jeunes ouvrières sortit le premier. Elles montaient ces
dernières marches avec une grâce épuisée, celle des
danseuses qui reviennent saluer. Elles étaient un peu
trop légères, un peu trop pâles. A chaque marche
gravie, Pierre distinguait mieux les jeunes visages. Il
les vit fanés, fruits verts qui ne mûriraient jamais.
Pourtant, chacun d'eux offrait quelque chose d'exquis,
d'unique. « Mon Dieu, pria Pierre, donnez-moi
chaque jour d'aimer ainsi les visages! »

On alluma les signaux du carrefour, verts puis
rouges; un agent siffla, des voitures freinèrent. Un
phonographe, dans un bistrot, chantait *Ramuntcho*, très
loin, et soudain le gueulait quand un client poussait
la porte. Ah! c'était bien la ville, c'était bien septembre... Au ciel, les nuages aussi avaient fini leur
journée et rentraient chez eux, sales, pressés, taciturnes

Chaque métro livrait au soir frissonnant sa cargaison
charmante et fanée.

« Tarzan! Oh! dis donc, ils donnent Tarzan... »

Elles bavardaient trop vivement, comme des filles
qui viennent seulement de se rencontrer, ou qui ont
amassé mille choses à se raconter ce soir. Au passage,
elles regardaient Pierre droit dans les yeux; certaines
avec effronterie, et il remarqua que c'étaient les plus
laides. Il devait faire un effort pour ne pas, le premier,
baisser son regard. « Ce sont mes cheveux gris qu'elles
regardent! »

Afin de se donner une contenance, il tira de la
poche de son blouson un paquet de cigarettes et en
alluma une. Un homme en espadrilles, près de lui,

arrêta son geste de ranger le paquet, leva le sourcil gauche pour toute demande, prit une cigarette, et frotta son briquet d'une main aussi dure que la pierre. La flamme illumina un béret, un visage au front bas, des lunettes de fer dont l'arc entrait profondément dans la chair du nez, des joues creuses, un poil gris. Le briquet aveuglé, l'homme aspira une bouffée qui lui monta jusqu'aux yeux, fit noblement tomber la cendre d'un doigt auquel manquait une phalange, rejeta par le nez deux jets de fumée, tel un cheval d'hiver; enfin, il leva le sourcil droit en guise de remerciement et tourna le dos à Pierre. « C'est le premier, pensa celui-ci : il m'appartient... Mais non, c'est moi qui lui appartiens! » Et il se mit à regarder avec d'autres yeux cet homme, tous ces hommes, autour de lui, aux visages clos. Il savait qu'un jour, il les connaîtrait tous; il éprouva un moment de joie parfaite.

Mais les portes du métro battirent de nouveau et, cette fois, des ouvriers en sortirent. Ils montaient pesamment chaque marche, comme si elle fût la dernière; ils ne se parlaient pas, se touchaient seulement la main avant de se séparer. Dans le sac suspendu à leur épaule, ils semblaient transporter quelque chose de très lourd et de mort : leur journée. Le signal du carrefour projetait sa lumière sur cet escalier; et Pierre y voyait monter des vagues d'ouvriers rouges, des vagues d'ouvriers verts... rouges... verts... : des lépreux, des cadavres.

L'un des groupes s'arrêta au bas de l'escalier, un groupe noir, un instant immobile devant la bouche ténébreuse. Pierre passa le dos de sa main sur son front et ferma les yeux. *L'explosion, la grille, la main froide de sa mère... Et les treize, immobiles et noirs, et le retour...* Une fois de plus, il revit cette nuit, cette aube, où son enfance était morte et, cette fois encore, il eut honte. Il savait maintenant pourquoi sa joie venait de tomber d'un coup.

En rouvrant les yeux, il vit le Père Bernard qui montait parmi les autres, épuisé comme eux, mais le seul qui parût heureux de l'être. Il tenait ses paupières baissées et, parce qu'elles restaient très blanches dans un visage usé, cela lui donnait l'apparence d'un aveugle. Il en avait aussi le sourire. « Jamais, pensa Pierre, jamais je ne saurai remplacer cet homme-là! Est-ce qu'il suffit d'aimer? — Oui, il suffit d'aimer!... » Dans sa solitude, il avait pris l'habitude de formuler toutes ses pensées et de se donner réponse à lui-même.

« Ho, Bernard! »

Mais l'homme en espadrilles et béret le précéda à la rencontre de Bernard.

« Luis! dit le Père, qu'est-ce qui ne va pas?... Tiens, salut, Pierre! Voici Luis, un bon copain... »

Luis marmonna qu'ils se connaissaient déjà et poursuivit avec un accent espagnol où traînait du parisien.

« Je suis venu te prévenir pour Gabriel.

— Le petit de Fernande?

— On l'a conduit à l'hôpital ce matin. La tête...

— Méningite? demanda Bernard d'une voix trop forte, comme pour repousser une réponse qu'il redoutait.

— Non, dit Luis, les rats. Ce matin, on s'est aperçu qu'un rat lui avait entamé la tête.

— Il n'a donc pas crié? dit Pierre.

— Trop faible pour crier, ou trop fatigués pour l'entendre... Je suis venu te prévenir, curé.

— Tu as bien fait, Luis. Jacquot a un copain toubib à l'hôpital : je vais tout de suite...

— Inutile! dit Luis en jetant sa cigarette par terre et en l'écrasant sous son espadrille comme un insecte malfaisant.

— Mais...

— *Esta perdido!* » cria l'autre.

Bernard baissa un instant ses paupières, aveugle sans sourire. Puis, d'une voix tremblante et prête à se briser :

« Bien! dit-il en se tournant vers Pierre, qu'est-ce que je peux faire devant ça, moi? Parler à la taulière une fois de plus? La menacer d'une dénonciation à l'Union des Locataires? La dénoncer vraiment?

— Elle est la plus forte, dit Luis : les flics sont pour elle. Elle est même plus forte que le Parti, ajouta-t-il en ricanant (car il avait été exclu du Parti pour « indiscipline », lui, le vétéran de la guerre d'Espagne!) Elle a le fric. — Et il frotta ses doigts gris sous le nez de Pierre : LE FRIC, tu comprends?

— Alors? reprit Bernard en criant presque, qu'est-ce que tu veux que je fasse?

— Rien, curé! répondit Luis avec un sourire singulier : celui du partisan qu'on va fusiller, rien du tout! Tu n'as pas le droit de tuer la taulière, n'est-ce pas? Et tu ne peux même pas engueuler ton Dieu...

— Dire ta messe, c'est tout! murmura Pierre. On verra après. »

Luis lui jeta un regard vif.

« On verra après, oui, dit Bernard. Mais, moi, c'est *avant* que je voudrais tout de même voir, de temps en temps! »

Et il ajouta à voix basse :

« Toujours arriver les mains vides...

— Où allons-nous? demanda Pierre après un instant.

— A l'impasse, chez Fernande. »

Luis partit devant les deux autres. Pierre observa de dos ce maigre épouvantail, ses vêtements délavés, son pantalon flasque. Comme s'il se fût senti observé. Luis se retourna et, le sourcil haut, examina Pierre à son tour.

« Dis donc, Bernard, ton copain, c'est aussi un curé?

— Oui, mon vieux.

— Misère! » fit Luis en ôtant son béret pour gratter son pelage de mouton sale.

Ils repartirent, Luis parlait devant lui, sans détourner la tête; il donnait à Bernard les nouvelles de la journée : que le meeting pour la paix était fixé au 16 ; que Serge n'avait pas encore été relâché par les flics; que Marcel avait de nouveau battu son gosse à midi; que douze types de plus s'étaient inscrits aux *castors* pour construire eux-mêmes leur logement. « Douze! tu te rends compte? »

Pierre regardait défiler ces nouvelles, bonnes et mauvaises, sur le visage de son ami, comme on voit alterner sur un champ le soleil puis l'ombre des nuages. Un visage usé, érodé : les vagues quotidiennes auraient-elles raison de cette falaise? « C'est bien pour éviter cela qu'on me place à côté de lui », pensa Pierre. Il eut envie de passer son bras sur l'épaule de Bernard, mais ne le fit pas à cause de leur compagnon.

« Merde, la pluie! cria Luis. Ça va encore pisser dans ma piaule! »

Et il injuria le ciel, le taulier, la vie entière, en espagnol.

La pluie oblique venait à leur rencontre. Pierre voyait, devant lui, le dos encore sec de Luis : voûté, patient, un peu servile comme celui d'un vieil animal. Pierre fourra les deux mains dans ses poches, leva le nez, affronta la pluie avec bonheur. Bien décidé à ne pas se laisser user par les vagues, lui!

« Tu souris? dit Bernard qui souriait lui-même et, citant l'Évangile : « Pourtant, si tu savais où je te conduis... »

— Il sourit, ton copain? demanda Luis. (Il tourna vers eux un visage ruisselant, un regard qui se noyait derrière des lunettes inondées.) Il aime la pluie, peut-être!

— Oui, mon vieux, répondit Pierre. J'aime la pluie et j'aime les emmerdements.

— Alors, tu seras heureux ici!

— Ce qui est compliqué, dit doucement Bernard, c'est d'aimer ceux des autres... »

Un gosse les dépassa en courant, ivre de pluie, les bras en croix, la face tournée vers le ciel. Puis ils croisèrent un petit homme qui s'abritait sous une sorte de paillasson et ressemblait ainsi à un dieu chinois. Luis le suivit des yeux sans rire — mais riait-il jamais?

Et soudain, Pierre vit ses compagnons s'engouffrer dans une porte basse, écrasée entre un bistrot et la boutique d'un marchand de vélos. Il les suivit en aveugle dans un couloir étroit et obscur. « Si jamais il y a une marche, je vais me... » Mais ils débouchaient déjà dans une sorte de ruelle grossièrement pavée, flanquée de deux bâtiments très bas et symétriques : une porte et une fenêtre pour chaque logement; huit en tout, de chaque côté; avec, au fond de l'impasse, une palissade grise. Cela ressemblait, en plus sordide, au *coron* de son enfance. Un gosse penché vers les pavés luisants jouait aux billes, seul sous l'averse.

Luis et Bernard entrèrent dans le premier logement à gauche; Pierre s'arrêta sur le seuil. La porte était entrouverte, la chambre vide mais encore vivante; la pluie avait transpercé le toit, traversé le plafond et coulait goutte à goutte, comptant le temps. Bernard s'agenouilla devant une minuscule paillasse, posée à même le sol, au fond de la pièce. En ce moment, le petit enfant qui avait dormi là se mourait dans une grande salle grise, parmi des infirmières qui regardaient l'heure. Ici, il ne restait de lui qu'une tache noire à la tête de la paillasse : les enfants ont le même sang que les grandes personnes. Bernard posa sa main sur cette tache, mais pas pour la cacher : chien de Dieu, chien fidèle, cet indice le lançait sur la piste. Il pria.

« Tu espères faire un miracle, curé ? » dit Luis avec un rire qu'il détesta lui-même.

Bernard se retourna : Luis tenait contre ses lèvres un hochet du gosse, et ses yeux brillaient.

« Et toi ? » demanda-t-il doucement.

Luis jeta le jouet sur la paillasse.

« Allons-nous-en », fit Bernard.

En sortant, il se heurta contre Pierre qu'il avait oublié.

« Tu vois, lui expliqua-t-il, ici, c'est le logement de Fernande ; là-bas, la chambre de Luis ; de l'autre côté de l'impasse, Jacquot et Paulette...

— Et ici, à côté ?

— Henri.

— Un copain ?

— A moi, peut-être, fit Luis en riant. (Il lui manquait des dents un peu partout.) A vous autres, sûrement pas !

— Tais-toi donc, dit Bernard, les copains communistes se méfient moins d'un chrétien que d'un anarchiste comme toi ! »

Luis commença de l'injurier en espagnol, sans élever la voix, puis s'arrêta net :

« Tu as raison ! Moi, je suis seul, seul... C'est *trivial* », ajouta-t-il tout bas.

Pierre, surpris, le regarda : ce visage défait, à la bouche entrouverte, au regard perdu, ce visage d'homme mort... Vite il parla d'autre chose :

« En somme, c'est un hôtel meublé, ici ?

— Tu trouveras ça dans tout Sagny, dit Bernard : des impasses qui communiquent avec la rue par un couloir ou par une grille. Des maisons basses, pas d'étages ou un seul, divisées en chambres.

— Tous des hôtels ?

— Pas forcément. Mais quand ce n'est pas le taulier, c'est la concierge qui règne !

— A propos, dit Luis d'un ton désinvolte, il est arrivé un petit ennui à la concierge du 122 : une brique sur la tête. Vous parlez d'une malchance...

— Luis !

— Quoi ? fit l'autre en se retournant furieux (une goutte de pluie au bout de son nez), une salope qui a refusé de rendre la lumière, la nuit où Flora est morte ! et qui a dénoncé Michel au bureau de chômage ! et qui a appelé police-secours parce que Serge logeait chez lui des copains ! Sans blague ?... Merde ! j'espère bien qu'elle crèvera, ajouta-t-il en crachant blanc sur le pavé.

— Et qu'est-ce que ça changera qu'elle meure ? demanda Pierre doucement.

— Tu trouves qu'il n'y a pas assez de salauds comme ça dans le monde ?... De la place, bon Dieu ! de la place ! de l'air !

— Pour qui ?

— Pour les gosses, tiens ! J'en ai marre de voir des petits qui n'ont pas la place de grandir ! J'en ai marre de ce quartier où ils meurent avant leurs parents ! Naturellement, vous autres, les curés, vous vous en foutez ! Vous...

— Ta gueule », dit posément Bernard ; et il appela le petit qui jouait sous la pluie : « Étienne ! Étienne ! »

Le gosse leva son visage et Pierre ne vit, de loin, que son regard bleu, seule tache de couleur dans ce décor livide.

« Salut, Bernard !

— Tu vas prendre froid sous la pluie !

— J'aime mieux pas rentrer avant l'heure de manger. »

Pierre reçut cette voix comme un coup en pleine poitrine : si simple, si nue, une voix de source.

« Pas le droit de rentrer ? gronda Luis. Je vais aller dire deux mots à ton père, moi ! »

Étienne battit des paupières : ses longs cils devant son regard, on aurait dit la pluie dans un ciel de mai.

« Non, Luis, laisse papa tranquille.

— En tout cas, mets-toi à l'abri chez moi ! »

Il sortit une clef, ouvrit sa porte, poussa le gosse dans sa chambre. Un chat grelottant, attaché par le cou à une longue ficelle, allait et venait sur l'appui de la fenêtre. La pluie lessivait joyeusement les toits, rinçait tous les recoins, fleurissait les pavés. Toute la ruelle sentait l'égout.

« Filons ! » dit Bernard; et il se dirigea vers la palissade qui fermait l'impasse.

Au premier pas que fit Pierre, quelque chose qu'il écrasait crissa sous sa chaussure. Au même instant, le petit Étienne sortit de chez Luis, la main tendue.

« Ma bille !

— Quoi ?

— Vous avez écrasé ma bille !

— Mon pauvre vieux, je...

— Ma bille de *cristal* », murmura Étienne; et il baissa la tête.

Pierre la vit de haut, petit champ de seigle ravagé par la pluie; il se sentit navré.

« Écoute... », commença-t-il.

Mais le gosse avait déjà disparu. Pierre se pencha pour ramasser les débris de verre : le ruisseau musculeux, à ses pieds, les entraînait.

« Tu viens ? » cria Bernard.

Flac !... Flac !... Flac !... En trois enjambées, Pierre
le rejoignit devant la palissade grise. La pluie y avait
effacé les dessins et les inscriptions des gosses pour tracer
ses propres figures naufragées, ses luisantes énigmes.
D'un coup de pied dans la palissade, Bernard y
ouvrit une porte invisible, et ils se trouvèrent dans un
terrain vague, plus bossué qu'un âne maigre et couvert d'une herbe pelée. Un arbre, un seul arbre, piteux
sous l'averse, semblait s'être réfugié dans un coin.

« Il ressemble à Étienne, murmura Pierre en caressant son tronc maigre. Qu'est-ce que c'est ? un orme
ou un... ?

— C'est *l'Arbre*, répondit Bernard ; et ici, c'est *le
Parc*. »

Ils eurent vite fait de traverser « le Parc ». Bernard
poussa trois planches qu'une traverse transformait
en porte et pénétra dans une cour où la pluie se
donnait bien du mal et bien du plaisir.

Pierre vit à sa gauche un hangar neuf, à sa droite
une maison qui crevait de partout.

« Le hangar...

— ... n'est pas à nous, tu penses ! Il appartient à la
maison d'en face : ils sont de la même famille ! »

(Une demeure de briques rouges dont les fenêtres,
garnies de voilages, avaient vue sur le « Parc » ;
certaines donnaient sur la cour, mais celles-ci gardaient leurs volets fermés.)

« Allons ! c'est par ici chez nous », dit doucement
Bernard, en poussant Pierre par l'épaule vers la maison
grise.

Une dizaine de personnes attendaient dans la cuisine, immobiles et muettes comme une famille pauvre à la porte d'une salle d'hôpital.

« Bonjour, Père! » firent quelques filles en se levant; mais les autres gens tournèrent la tête avec une lenteur d'animal malade, et Pierre vit dans ces regards toutes les nuances, de l'espérance au désespoir.

« Bonjour, dit Bernard. Où est Madeleine ?

— Elle téléphone, répondit une voix enrouée.

— Tiens, Michel! Salut, vieux! Qu'est-ce qu'il y a de cassé ? »

Un grand type au nez écrasé, aux oreilles molletonnées se détacha du mur. Il clignait sans cesse ses yeux en parlant : des yeux de gosse oubliés dans un visage de boxeur.

« C'est à cause de mon allocation : j'ai laissé passer le délai...

— Encore!

— Tu comprends, je...

— Oui, je comprends. Je comprends que, tous les quinze jours, il faut qu'on te dépanne!

— Mais, mon vieux... commença le boxeur avec un geste d'écolier.

— Et les autres, Michel? dit Bernard très doucement. (Il allait montrer du doigt les visiteurs immobiles; il s'arrêta pour ne pas les humilier.) Il n'y a que vingt-quatre heures par jour, tu comprends? voilà l'ennui! Tu viens, Pierre ? »

Ils passèrent dans la pièce voisine, très petite avec deux lits, dont l'un était défait, et une table encombrée de papiers et de journaux.

« Ma piaule... »

Sur le mur, la photo d'une vieille dame qui ressemblait à Bernard et dont il suffisait de voir l'image pour deviner qu'elle était morte, une reproduction de la Sainte Face (ses paupières baissées comme celles de Bernard), et une inscription : « Qui veut sauver sa vie la perdra. »

Pierre vit cela très vite; Bernard avait déjà poussé la porte de la dernière pièce.

« Et c'est là que je dis la messe. »

Une grande table, une armoire, des piles de vêtements et d'objets posés à même le sol. Dans le fond, entre les deux fenêtres, une jeune fille, de dos, qui téléphonait :

« ...Écoute, Georges, c'est un copain, quoi!... Je sais bien, mais puisque tu es encore au bureau!... Bon, tu es chic! On arrive tout de suite... Quoi?... Ah! ça, mon vieux, que ce soit la dernière fois, je ne te le promets pas!... Hein?... Oui, figure-toi, les chiens perdus, c'est notre spécialité. Allez, à tout de suite! »

Elle se retourna, rayonnante :

« Georges veut bien arranger les papiers, Père! Antidater et tout! Mais il faut filer tout de suite à la mairie...

— Voici Pierre, Madeleine.

— Bonjour, Père. »

Il ne vit que son sourire; son sourire et son regard : les deux voies que l'âme s'était frayées jusqu'à la surface de ce visage pathétique qui semblait présenter, à chaque instant, la victoire fragile de la vie sur la mort. Le masque d'os affleurait cette chair si jeune, si tendre; la

lumière et ses ombres jouaient durement sur ces
joues creuses comme sur l'étrave d'un navire. La même
flamme colorait le regard de Madeleine et la torche
de sa chevelure.

« Est-ce que je dois aller à la mairie avec toi,
Madeleine ? demanda Bernard.

— Bien sûr, Père ! C'est pour vous que Georges
dépannera Michel, pas pour moi !

— Il n'espère pas que je vais m'inscrire au Parti,
non ?... Filons !

— Et les autres dans la cuisine, demanda Pierre,
qui sont-ils ?

— Toujours la même chose, fit Madeleine sans
cesser de sourire mais ses yeux s'éteignirent : des gars à
loger, trois types sans boulot, deux vieux qui nous
tombent de province, un à cacher, ajouta-t-elle en
baissant la voix. Ils attendront !

— Mais la messe ? dit encore Pierre.

— C'est ça, la messe ! »

Quand ils entrèrent dans la cuisine :

« Vous allez m'attendre un moment, annonça
Bernard. Pierre vous tiendra compagnie... Le Père
Pierre », reprit-il.

Les vieux ne levèrent même pas la tête : trop fatigués... Attendre ? Ils préféraient encore cela : ils
craignaient tant le dénouement ! Les autres regardèrent Pierre en face, en égaux.

« Amène-toi, Michel ! »

Le grand s'approcha en roulant les épaules, comme
un écolier que le directeur fait entrer dans son bureau.
Ils ouvrirent la porte et disparurent dans la pluie.

Pierre sentit qu'il continuait à sourire malgré ce silence, ces silences où chacun restait enfermé. Il n'osait pas poser de questions; malgré lui, il assignait les disgrâces : celui-ci est sans travail... ces deux-là sans logement... et c'est celui-ci que la police recherche...

La vieille posa sa main sur celle du vieux qui sursauta :

« Là-bas... », commença-t-elle, mais elle ne dit rien de plus; et tous les deux retombèrent au fond de leur puits.

Pierre entendit le vantail du « Parc » claquer avec son bruit faux de porte de théâtre, puis on marcha dans la cour et la porte s'ouvrit brusquement. Une fille très belle, très noire, trop jeune pour son visage, s'arrêta sur le seuil, promena un regard de velours et de feu :

« Le Père Bernard ?

— Parti à la mairie pour dépanner Michel, dit Pierre. Qu'est-ce que je peux faire pour vous ?

— Qui êtes-vous ?

— Bonsoir, Paulette, fit une des filles. C'est le Père Pierre qui va rester ici avec le Père Bernard. »

Elle le regarda longtemps; ses paupières battaient au rythme de son souffle; sa tempe battait aussi. Pierre observa que ses mains tremblaient.

« Venez ! » dit-il impérieusement en l'entraînant par le bras.

Il venait de voir, d'entendre crier cette âme, de sentir le poids de l'instant : cette femme avait à parler, sur-le-champ... Il la conduisit jusqu'à la chambre où l'on disait la messe. Ce fut elle qui tourna le commutateur, car il n'en connaissait pas l'emplacement.

« Asseyez-vous là.

— Non », dit-elle.

Elle gardait la main sur le bouton de la porte, comme prête à fuir.

Il se plaça derrière la table d'autel et resta debout, lui aussi; avec la rudesse d'un médecin, il demanda :

« Alors? »

Elle attendit encore un instant.

« Je venais dire au Père que j'attendais un second gosse et que j'allais me faire avorter. »

Elle avait parlé brutalement et sur le ton du défi; mais c'était elle seule qu'elle défiait : phrase trop longtemps préparée, trop longtemps contenue...

« Et alors? dit Pierre plus brutalement encore, vous vouliez sa bénédiction? »

Elle ne s'y trompa pas.

« Je voulais seulement voir s'il comprendrait, reprit-elle d'un ton radouci, si vous comprendriez!

— Que vous allez tuer votre gosse? demanda Pierre d'une voix tremblante. Ça, oui, je le comprends.

— Des mots!

— Et comment s'appelle le premier?

— Alain. Mais qu'est-ce que...

— Il a deux ans, Alain? trois ans?

— Dix-huit mois. (Elle répondait brièvement, comme on parle aux policiers.)

— Le petit Alain, répéta Pierre avec douceur. Et si ç'avait été une fille?

— Chantal.

— Les filles ressemblent à leur père, c'est connu...
Eh bien, allez tuer Chantal! cria-t-il soudain, allez!

— Je ferai tout pour garder mon mari, dit-elle aussi
fort, tout!

— Vous y croyez? » demanda Pierre en désignant
une grande image de la Vierge sur le mur.

Elle ne répondit pas, mais se signa très lentement.

« Si elle avait tout fait pour garder son mari, dit
Pierre comme à lui-même, où serions-nous? »

Paulette resta un moment décontenancée, puis :

« C'était pas un gosse comme les autres!

— Et Bernadette? Et Thérèse? C'étaient pourtant
des gosses comme les autres!... Donner la vie à une
âme, à la plus belle âme, au plus grand saint de tous
les temps. Pourquoi pas vous?

— Je connais la vie que je donne, moi! reprit-elle
avec un rire qui tremblait. C'est vivre à quatre dans
une pièce où la pluie coule et où les rats viennent
mordre les gosses dans le noir parce qu'on ferme la
lumière à onze heures. C'est la mort que je donne, moi!

— Alain est malheureux?

— Alain joue dans les ordures de l'impasse, devant
la chambre d'un Arabe qui ne ferme même pas sa
porte quand il fait l'amour!

— J'ai joué dans le charbon, dit Pierre. J'avais
déjà les cheveux gris à dix-sept ans. Et puis après?

— Nous nous en sommes tirés! Qu'est-ce que ça
prouve?

— A chaque jour suffit sa peine! Ce n'est pas moi
qui l'ai dit, ajouta-t-il vivement en montrant le crucifix qui se trouvait sur la table, c'est Lui.

— Pour l'instant...

— Pour l'instant, Paulette, elle est au chaud dans votre ventre. Et votre ventre vaut celui d'une princesse! »

Il se pencha sur elle jusqu'à sentir son souffle haletant. Lui-même respirait très fort : l'impression de ranimer une noyée...

« Est-ce qu'elle remue? demanda-t-il très doucement.

— Non! cria-t-elle, bien sûr que non!

— Si elle remuait, vous n'oseriez même pas penser à...

— Taisez-vous, Père! »

Elle serra ses tempes entre ses deux poings.

« Mon mari... commença-t-elle.

— S'appelle?

— Jacquot... Jacques.

— Si Jacquot était mon copain...

— Il n'est pas votre copain!

— Il le sera.

— Il n'aime pas les curés!

— Moi non plus. »

Il reprit, un peu confus :

« Je n'aime pas les *ceci* ou les *cela* : j'aime ce gars-ci, et puis ce gars-là — et puis tous les gars, surtout ceux qui ne m'aiment pas! Car c'est ma faute, pas la leur. »

Il parlait comme pour lui seul. Soudain, il se tourna vers elle, impérieusement :

« Vous croyez que Jacquot vous en voudra? Mais c'est le contraire! Il ne vous pardonnera jamais...

— Il ne saura jamais rien, de toute façon!

— Jamais, dit-il avec force, parce qu'il n'y aura jamais rien à savoir ! »

Elle voulut résister encore, mais ne trouva rien, rien au fond d'elle que son épuisement et son secret. Alors, elle posa doucement sa joue à plat sur la table d'autel et ferma les yeux. Pierre la vit dormant, dolente, abandonnée. Sa tempe battait seule. Pierre aurait voulu baiser cette tempe où tout se décidait en ce moment même. Il étendit son pouce et la bénit.

« Qu'est-ce qu'il y a ? demanda-t-elle en tressaillant.

— Rien, Paulette. Vous allez rentrer. Et, quand elle remuera, vous le direz à Jacquot. Et à moi aussi, vous le direz...

— Au revoir, Père », fit-elle dans un souffle.

Elle poussa la porte et disparut. Pierre passa le dos de sa main sur son front et le sentit ruisselant.

« Conserve-les, dit-il tout haut, les uns et les autres ! les uns pour les autres ! Moi, j'ai les mains vides... »

Il se composa un visage avant de retourner dans la cuisine ; les deux vieux ne relevèrent même pas la tête. Pierre sentit qu'il manquait quelqu'un depuis tout à l'heure et que c'était le gars que cherchait la police.

« Le grand type en chandail bleu ?

— Sorti depuis un moment. »

Pierre ouvrit la porte : la nuit était tout à fait tombée. Il fonça vers la droite, sans hésiter, trouva un grand vantail de bois qui donnait sur une rue inconnue, prit à gauche, fit vingt pas en courant et aperçut le grand gars qui marchait très vite, le long du mur, en bête errante.

« Eh bien, vieux, cria-t-il, où vas-tu ? »

L'autre s'immobilisa, comme atteint par une arme, puis se retourna lentement.

« J'aime pas qu'on cavale après moi !

— C'est justement pourquoi tu ferais mieux de rester dans notre coin ! » répondit Pierre tranquillement.

Et il reprit le chemin de la maison sans même s'assurer que l'autre le suivait. Ils rentrèrent ensemble dans la cuisine où Bernard et Madeleine venaient d'arriver.

« Alors, Michel ?

— Dépanné.

— Rendez-vous au mois prochain ! » ajouta Madeleine avec un sourire très las.

Bernard ferma les paupières comme pour rechercher au fond de lui-même la force de ne rien dire, ou peut-être celle de parler.

« Bon ! fit-il enfin presque gaiement. Alors, dans l'ordre !... Albert, en rentrant, nous avons rencontré Dédé : il aurait peut-être du boulot pour toi. Va le prendre demain à la sortie de sa... Oh ! et puis non, va le voir tout de suite !

— Ça va, dit Albert, avec une couleur dans ses yeux qui valait tous les remerciements. Bonsoir, tout le monde ! — Et il sortit.

— Et pour Charles, qu'est-ce qu'on peut faire ? demanda Madeleine. Mais, j'y pense, l'Espagnol, le copain de Luis, nous a dit...

— C'était il y a huit jours !

— Écoute, passe ici demain soir : il doit venir...

— Demain soir, répéta le gars d'une voix blanche.

— Passe aussi à midi, dit Pierre qui l'observait. Il y aura sûrement quelque chose à manger, hein, Madeleine ?

— Quelque chose ? Oui. Quoi ? Ça, je n'en sais rien ! »

Tout le monde se mit à rire, sauf les deux vieux ; d'ailleurs, la vieille somnolait : son visage était détendu, presque heureux.

Bernard s'assit devant eux avec une lenteur de médecin. Il essaya de résumer clairement leur affaire que Madeleine lui avait racontée en chemin. Rien à faire ! Le vieux fit non de la tête et de la main, et recommença toute l'histoire depuis le début : « les papiers à signer à Paris, l'expertise médicale, la sous-commission d'arbitrage... » A présent, on les renvoyait de ministère en ministère. Hier, ils avaient compté les étages : dix-huit ! « Dix-huit étages, oui », répéta la vieille avec une sorte de fierté. Mais pourquoi échouaient-ils à Sagny ? C'est qu'il fallait une attestation de la mairie de la commune où l'ayant droit... » Il récita tout au long.

« Faites-moi voir ce papier », demanda soudain Bernard.

D'une vieille enveloppe, on tira une liasse de documents qui se découpaient à force d'avoir été dépliés, montrés, repliés.

« Enfin, là, vous voyez ? C'est marqué !

— Mais c'est Lagny !

— Eh bien ?

— Lagny, avec un « L ».

— Allons bon ! »

Comment se rendre à Lagny? Ils n'avaient plus rien, que leur billet de retour.

« En stop! fit un des gars qui n'avait pas encore parlé. J'ai un copain routier qui fait Verdun tous les jours...

— Tu les conduiras demain matin avant de prendre ton boulot. Bon! Mais où vont-ils coucher?

— Je les emmène chez moi, dit Madeleine.

— Ta mère?

— Elle commence à comprendre!

— Et lui? demanda Pierre en désignant le grand type en chandail bleu, où va-t-on le...?

— Ici, mais pas plus d'une nuit. Demain, on téléphonera à Choisy...

— Qu'est-ce que c'est que Choisy? questionna le gars.

— Un château abandonné dont on a fait une maison de repos communautaire.

— Ah! fit le type, me voilà le chouchou des curés, à présent, c'est chouette!

— Maintenant, il faut cavaler pour loger ces deux copains-là. Tu viens, Pierre?

— Et la messe? demandèrent les filles.

— Très bien! répondit Bernard avec une sorte de colère dont il fit un sourire, on va dire la messe et puis après, il sera trop tard pour loger les gars?... Ah! elle sera chic, la messe...

— Bien sûr, dit une fille en se levant, vous avez raison, Père. Simplement, comme je ne peux pas rentrer tard à cause de ma grand-mère, j'aurais aimé... enfin, j'aurais eu besoin de la messe.

— Eux, ils ont besoin de pieuter quelque part, et il pleut. (Il abaissa ses paupières.) Qu'est-ce qui passe avant? Voilà tout le problème! Oui, répéta-t-il d'une voix angoissée — et sa question ne s'adressait à personne ici — qu'est-ce qui passe avant?

— Les gars, dit tranquillement Madeleine, pas de question!

— La messe, reprit tout bas Bernard. Car, si nous avions vraiment la foi, nous serions *sûrs* de leur trouver une piaule ensuite! La messe, pour que les vieux s'y retrouvent demain, pour que les flics te laissent en paix, toi! ajouta-t-il en se tournant vers le type en chandail bleu.

— Pour que le gosse à l'hôpital...

— Tais-toi, Pierre! cria Bernard en ouvrant les yeux. Regarde quel salaud je fais : je l'avais oublié! »

Il y eut un silence. L'un des types bâilla : il avait dormi trois heures dans un terrain vague, la nuit d'avant. Bernard le regarda :

« Allons-y! décida-t-il brusquement. Bonsoir, Madeleine. Toi, attends-nous ici! Vous autres, à tout à l'heure, peut-être... »

Ils tournèrent, deux heures durant, dans Sagny-le-Haut. Pierre suivait le Père, ombre maladroite. A chaque arrêt, les gars silencieux se dandinaient d'une jambe sur l'autre. Parfaitement résignés à ne pas dormir dans une maison cette fois encore, ils auraient préféré tirer trois heures dans le métro puis finir une nuit hasardeuse et frissonnante dans un terrain vague;

mais ils ne voulaient pas contrarier le Père Bernard.
Pierre, qui le voyait de dos, crut cinq ou six fois qu'il
allait tomber; il lui paraissait de plus en plus maigre.
Vu de haut, il devait, aveugle et affairé, ressembler à
une fourmi. Il choisissait ses rues, ses maisons, sans
hésitation; il frappait à un volet : « Paulo! Hé,
Paulo!... » Une lumière, une tête :

« Ton canapé n'est pas libre pour un copain ?

— J'ai deux mômes couchés tête-bêche : les neveux
à Suzanne...

— Tu n'as pas une idée pour ces gars-là ?

— Écoute voir, Riri a toujours la banquette de sa
bagnole : vous pourriez la mettre sur le palier du
second...

— Devant chez Fred ?

— Oui : il y a de la place et c'est un copain.

— Merci. Bonne nuit, vieux. »

On alla chez Riri qui dormait déjà. « Hein ? Quoi ?
Ah! c'est toi, Bernard ? » On monta chez Fred à
tâtons. L'escalier sentait le moisi; c'était la saison où
les murs pleurent; un gosse toussait quelque part
dans la maison. Merde! La banquette était trop large
pour le palier. Mais Fred, d'une voix rouillée, donna
une bonne idée : la remise au fond de la cour du 27...
On y alla; la remise était fermée à clef.

On se trouva pris, la banquette dans les bras, à
contre courant dans le fleuve des types qui sortaient
du cinéma, les yeux bouffis, la bouche amère. Ils
venaient d'être Tarzan pendant deux heures; maintenant, ils se retrouvaient pauvres types avec, à leur
bras, une femme décevante et déçue. « Chez nous,

on n'a pas de poitrine : on est trop miteux! » On
passa devant la salle aux portes ouvertes : cette
grande pièce chaude avec des tapis par terre fit envie
aux deux gars...

« Écoutez, commença l'un.

— Tu ne crois pas qu'on va te laisser tomber,
non ? » dit Pierre.

Les bistrots s'éteignaient; la place de la mairie
était déserte. En face de l'église, le métro dégorgea
trois, quatre bonshommes vacillants qui revenaient
de leur travail en dormant debout. L'église sonna,
indifférente. Elle aussi était déserte; elle aussi dormait
debout. Pierre apprenait Sagny nocturne. Tel un
souverain, retour d'exil, c'était donc la nuit qu'il
prenait possession de son royaume...

« Ils dorment tous, pensa Pierre. Ils rêvent : ils
sont seuls en pays inconnu, comme moi. »

Il pensa aussi aux gosses qui dormaient à même
le plancher, et aux rats qui, eux, ne dormaient pas...
Demain, le jour se lèverait à Sagny, mais pas pour les
âmes.

Il regardait Bernard se conduire en aveugle :
reconnaissant son chemin, d'ami en ami, à des signes
invisibles. Lui-même aussi, dès demain, devrait se
conduire ici comme un aveugle — mais un aveugle
qui ne connaîtrait pas les murs. Il leva la tête vers
les étoiles froides, vers les archipels lunaires : « Mon
Dieu, vous ne me laisserez pas tomber! » pria-t-il.

A l'Intersyndicat, l'électricité brillait encore. Ils
y montèrent; cela sentait l'homme. Des gars confec-
tionnaient des paquets de tracts et complétaient des

affiches, d'une main où l'encre du soir se mêlait au cambouis de la journée. Ils travaillaient avec un sérieux d'écolier, gardant au coin des lèvres un mégot vieux de plusieurs heures. Celui auquel parla Bernard était Jacquot, le mari de Paulette. Pierre pensa à la petite fille promue femme et qui dormait, qui ne parvenait pas à dormir, avec ce secret qui battait en elle.

« On vient chercher des lits pliants pour deux copains.

— Tu sais où ils sont », fit Jacquot sans lever les yeux.

On chargea les lits; on descendit l'escalier aux marches toutes mordues par tant de chaussures; on en remonta bien d'autres... Après des conciliabules nocturnes, on trouva enfin de la place chez des copains qui partiraient avant le jour, sans avoir vu le visage de leurs compagnons d'une nuit. On ramassa toutes les hardes possibles : elles serviraient de couvertures. Il était minuit.

« C'est chouette », dit un des gars.

Et il tomba endormi, la bouche ouverte comme pour boire, manger, dévorer du sommeil... L'autre prit le temps de remercier Bernard et son hôte et se fit engueuler par les deux.

« Allez, bonne nuit! »

Pierre et Bernard se retrouvèrent dans la rue, les mains légères de ne plus rien porter. Pierre hésitait à poser une question tant il craignait la réponse; mais, avant même qu'il ouvrît la bouche :

« Oui, dit Bernard, c'est ainsi presque chaque soir... J'en ai casé onze, la nuit dernière!

— Mais ces deux-là, est-ce qu'il ne faudra pas les reloger demain soir ?

— Presque jamais les mêmes !... Et puis, reprit Bernard après un instant, que ce soient les mêmes ou d'autres, quelle différence ? »

« Une très grande différence ! » pensa Pierre, mais il n'aurait pas su dire pourquoi.

« D'ailleurs, continua Bernard, il vaudrait mieux que ce soient toujours les mêmes : on verrait le bout du tunnel ! Tandis que c'est sans fond. Au-dessus de mes forces », ajouta-t-il presque à voix basse — et Pierre devina qu'il baissait ses paupières : qu'il se retirait en lui-même.

« On en verra le bout, mon vieux ! fit-il joyeusement en passant son bras sur l'épaule de Bernard.

— C'est ce que disent les militants du Parti ! Mais toi, Pierre, tu sais bien que non. Le royaume de Dieu... commença-t-il, mais sa voix se brisa.

— Sagny aussi sera le royaume de Dieu », dit Pierre ; pourtant, il sentait son corps très lourd, très inutile.

Quand ils arrivèrent rue Zola, ils n'y trouvèrent plus personne que le gars en chandail bleu qui dormait, assis devant la table de la cuisine, sous l'ampoule allumée, et la tête posée sur ses bras croisés. Il avait retrouvé un visage d'enfant, d'enfant battu.

« Qu'est-ce que c'est ? cria-t-il en se levant si brutalement qu'il renversa le banc.

— N'aie pas peur, fit Pierre.

— Ce n'est que moi ! ajouta doucement Bernard (et c'était la parole même de l'Évangile).

— Pourquoi ne t'es-tu pas couché ?

— Je ne savais pas où.

— Tire le matelas de mon lit, dit Pierre, celui de gauche, et couche dessus!

— Ça va! » fit seulement l'autre en passant dans la chambre.

Pourtant, arrivé à la porte, il se retourna et leur fit un petit signe de la main.

« Au début, dit Bernard à mi-voix, je ne pouvais pas m'habituer à... »

Il s'arrêta.

« A quoi, vieux?

— A cette absence de remerciement.

— Ton père, qu'est-ce qu'il faisait?

— Professeur.

— Tu n'as pas été assez mal élevé, dit Pierre en riant. Le mien était mineur. Je n'ai jamais entendu appeler « monsieur », ni dire merci; mais les copains descendaient sauver les autres dans la mine.

— Il y a longtemps que j'ai compris : un type mal poli bouscule les autres; un type poli bouscule les autres en faisant « pardon! » C'est la seule différence!

— Viens dire la messe, suggéra Pierre. Tu fais signe au gars?

— Sûrement pas! La messe forcée, la messe pour me remercier : voilà qui serait « mal élevé »! Non, s'il veut y assister, il poussera la porte. »

Ils enjambèrent le type sur son matelas et préparèrent l'autel. Bernard revêtit lentement l'aube sur son chandail kaki, puis la chasuble blanche qui portait le mot *PAX;* il avait croisé l'étole sur sa poitrine maigre. Il se plaça derrière l'autel, face à Pierre,

puis enfouit son visage dans ses deux mains, longtemps ;
si longtemps que Pierre le regarda avec inquiétude
et pitié. Mais il écarta ses mains et il souriait au
contraire, paupières baissées.

Il dit sa messe ; et parvenu au *memento des vivants* il
s'arrêta de nouveau et prononça à voix haute les noms
de tous ceux qui étaient ses soucis, chacun suivi d'un
long silence.

« ...La concierge du 122, dit-il enfin avec effort.
Et Luis aussi...

— Paulette et la petite Chantal, ajouta Pierre.

— Le gars qui couche ici cette nuit. »

Pierre entendit un souffle derrière lui et se retourna :
le gars avait entrouvert la porte et les regardait ; il
montrait de nouveau son visage d'enfant.

L'*ite missa est*, Bernard, cette nuit, le traduisit ainsi :
« Allez, votre mission commence ! »

Et Pierre se mit à trembler si fort qu'il dut, à son
tour, cacher son visage dans ses mains.

« Que le Dieu tout-puissant, Père, Fils et Saint-
Esprit... »

Il tomba à genoux et reçut cette bénédiction aussi
humblement qu'au jour de son Ordination.

Bernard se dévêtit en silence et rangea les vêtements
sacrés dans l'armoire, à côté des bleus de travail et de
la grande capote kaki qui servait à tout le monde ici.
Il gardait un singulier sourire qui tenait de la grimace
et venait de la rencontre, sur un visage, de la joie et
du malheur : de la plus haute joie et de la certitude
que le malheur était le plus fort.

« Tu te couches, Pierre ?

« — Non, je vais faire un tour encore.

— Il faut se coucher tôt ici, vieux. Sans ça, on ne tient pas le coup ! Tout Sagny dort.

— Non : ce bâtiment-là...

— C'est l'hôpital, répondit Bernard à voix basse. Bonsoir, vieux. »

Pierre fit quelques pas dans la cour obscure et s'arrêta, suffoqué par l'odeur ignoble qui montait des pavés — mais non ! qui se dégageait de tout : sol, pierres et planches. En s'abandonnant au sommeil, les choses *se laissaient aller*, comme les malades et les vieilles gens ; et la mort, qui déjà dormait en elles, sentait.

Partout ailleurs, la pluie signifiait seulement que les plantes allaient boire, les arbres respirer. Tandis qu'ici, goutte à goutte, elle faisait son chemin, des greniers pourris aux caves suintantes. « Des lieux humains, pensa Pierre, tant de lieux humains... Mais, puisque celui-ci existe, c'est là ma place : ma place est au pire. »

Il sentit que le sourire revenait se poser sur son visage comme un oiseau, avec quelques battements d'ailes. La Joie ne le quitterait pas ; la Joie n'a pas d'odeur.

Il poussa la porte et traversa « le Parc ». Une vive lumière, venant de la maison neuve, éclairait théâtralement le tronc luisant de l'arbre et les flaques de pluie. Pierre pataugea dans un paysage lunaire, poussa la porte de la palissade et s'arrêta au seuil de l'Impasse. Ce lieu l'attirait et l'arrêtait : c'était l'image, le cœur de son nouveau domaine. Ce hameau d'enfant, ce jouet tragique, qu'il mesurait d'un seul regard, l'effrayait déjà.

« Voici la chambre de Luis... celle d'Henri qui n'aime pas les curés... celle des parents du petit qui agonise... celle de Paulette (la seule allumée : Jacquot compte encore ses tracts, là-bas)... celle d'Étienne que son père brutalise... »

Des militants du Parti, des filles qui veulent se faire avorter, des gosses maltraités, des rats, et des piaules dont la pluie perce le toit, il y en a partout dans Sagny! Mais ceux-là sont déjà à lui : il en souffre déjà. Sa mission commence *là*.

La lumière cligne deux fois chez Paulette : c'est le signal de la taulière avant de fermer l'électricité. La lumière s'éteint; Paulette plonge dans la nuit; l'Impasse est morte.

« Que le Dieu tout-puissant... »

Dans les ténèbres, Pierre ose la bénir :

« ...et vous conduise à la vie éter... »

Un tumulte vient de déchirer le silence, à gauche, là (les parents d'Étienne) : le bruit sourd puis mat des coups de moins en moins bien parés.

« Non, papa! Non! »

Pierre fait deux pas vers la porte et s'arrête lâchement. Un second cri d'Étienne le fait trembler. « S'il crie encore, j'interviens! » Mais il sait bien qu'il ne peut pas intervenir. De toute sa force, il frappe de son poing serré sa main ouverte. Étienne, le petit Étienne sans défense...

Les épaules basses, le dos rond, Pierre retourne vers la palissade. Il ne voit plus que le visage d'Étienne, et aussi celui de l'homme traqué qui dort chez eux, le visage même de Sagny...

Il marche, navré. Soudain, un crissement sous son pas le fait frissonner tout entier : le reste de la bille de cristal, il vient de l'écraser.

II

D'ABORD UNE HERBE,
ET PUIS L'ÉPI...

Pierre sort de l'usine, les bras rompus, la nuque épaisse, les poumons impurs. Une brise tiède se laisse flotter comme un oiseau heureux. Elle surprend Pierre; il lève des yeux fardés de poussière blanche vers le ciel : il y voit sourire un soleil timide, le dernier de l'automne, couleur de feuilles mortes. Derrière lui, les neiges s'accumulent; mais le soleil sourit, poussé en avant par ces froids policiers.

Pierre regarde devant lui, fixement : son regard s'est arrêté sur un des arbres de l'avenue. Il y a des jours qu'il n'a pas regardé un arbre, et il l'observe qui frissonne au petit vent comme une biche vivante. « Si chaque homme possédait un arbre, pense Pierre, seulement un arbre... »

Depuis tant de jours vécus à Sagny, il a appris à mieux voir ses compagnons; il sait qu'un soleil timide se cache aussi en chacun d'eux. Il n'avait retenu, d'abord, que le décor sordide de leur vie, il n'avait pas compris que toute joie leur venait d'eux-mêmes.

Il le sait à présent : il est entré dans leur joie triste.

Il a appris bien d'autres choses... Ce bistrot devant lequel il passe, c'est celui du Parti; en face, celui du parti opposé : le vin est le même, les hommes aussi, et l'on se hait à travers la rue. Voici le 122. La concierge est guérie; elle a porté plainte, et Luis regrette qu'elle ne soit pas morte.

Pierre est heureux de rentrer rue Zola, dans la maison aux portes toujours ouvertes : chez lui. Heureux de retrouver son frère Bernard et Madeleine (quand il pense à elle, il ne voit qu'un sourire...) Bernard, Madeleine, et ces inconnus de chaque soir qu'il aime d'avance. Pour rentrer, Pierre traverse toujours l'Impasse, son village. C'est l'heure où les gosses jouent bruyamment sur les pavés inégaux. Il y en a un qui fait le bombardier et deux qui sont les chasseurs; le reste (les filles) forme la population civile. « Bzzz... Vououou... Baoum... »

« Silence, les gosses!

— Allez donc jouer dans le Parc! »

On crie, de l'un ou l'autre seuil, mais sans conviction. Les gosses jettent un regard anxieux vers les mauvaises portes : celle de l'Arabe, qui les menace toujours d'appeler les flics, et celle de Marcel, le père d'Étienne. Tiens! où donc est Étienne? C'est Pierre qui se pose la question. Les gosses, eux, savent qu'il joue seul dans le Parc.

La tête de Luis surgit à sa fenêtre d'où le chat maigre saute effrayé, se pend à sa ficelle, se rattrape, toutes griffes dehors.

« Vous aurez bien le temps de jouer à la guerre

quand vous serez grands, crie Luis, et il injurie tendrement son chat en espagnol.

— Tiens, salut, Pierre!

— Salud, umbre!

— Tu parles espagnol? Tu as raison : c'est le langage de la révolution!

— Tu retardes, mon vieux. »

Luis devient rouge, crache de côté, commence à
crier puis s'arrête net, à son habitude :

« Tu as raison, je retarde. Je retarde autant que les
morts, tu as raison! »

Et il ferme sa fenêtre sans violence.

Pierre, navré, rentre par la porte, décidé à parler
d'autre chose; il trouve Luis debout, appuyé sur son
balai, au milieu d'un naufrage.

« Dis donc, c'est le grand nettoyage! (Pas de
réponse.) Mais... hé là! hé là! où fais-tu disparaître
ton eau sale? Réponds-moi, salaud, ou j'appelle le
taulier! »

Luis cligne de l'œil derrière ses lunettes et montre
un énorme trou dans le plancher.

« Par là. Il ne veut pas le faire réparer, alors tant
pis pour lui! Remarque, ça noie les rats.

— Heureusement, ils auraient vite fait de bouffer
ton chat!

— Mon chat est comme moi : il est moche, mais il
n'a pas envie de crever. Et puis, dis donc, mon plancher flottant, c'est une assurance contre l'incendie :
le taulier devrait me remercier!

— Ta piaule va pourrir doucement...

— Et moi avec. Adios! »

Et il se remet à écluser l'eau sale par le terrier puant.
Pierre passe devant la chambre d'Ahmed, l'Arabe :
ce cochon-là est allongé sur son lit avec une fille et
n'a même pas fermé sa porte! Pierre la claque violemment : un gosse, planté devant, les regardait.

Pierre et Bernard vomissent cet Ahmed parce qu'on
ne trouverait qu'un franc salaud dans le coin : feignant, chien en chaleur et donneur de police, un
seul! et, par malheur, il est Nord-Africain. Comment,
après cela, expliquer aux copains de l'usine que les
Arabes sont des frères, des *sous-prolos* plus exploités,
plus solitaires, plus misérables qu'eux-mêmes? Et
aux copains de la rue Zola que, si le Christ rôdait à
Sagny, il serait ce chômeur nord-africain qui titubait
d'inanition et, de ses longues mains nobles, faisait
non! non! à ceux qui l'approchaient?... Oh! le silence,
oh! la fierté de ces exilés, attirés par mensonge dans
les villes noires, puis abandonnés de tous sauf des
flics... Et jugés sur des faits divers : tous maquereaux,
sadiques, voleurs et joueurs de couteaux, n'est-ce
pas?... Oh! cette solitude, quand leurs compagnons
de joug eux-mêmes les humilient! Car on peut vivre
dans la pauvreté, mais pas dans le mépris.

Voilà pourquoi Pierre (qui, chaque soir, « dépanne »
des Nord-Africains) voudrait chasser cet Ahmed de
l'Impasse, le chasser de Sagny. Dehors! avec ses che-
mises roses, ses souliers pointus, son feutre amadou,
sa bague-serpent et son chewing-gum, dehors!

Il tourne le dos à cette piaule maudite, celle qui rapporte le plus à l'hôtelier-bistrot; il aperçoit Jacquot et sa
femme sur le pas de leur porte et retrouve son sourire.

« Salut, Paulette! Salut, Jacquot!

— ... jour.

— Et ton vélo, il avance?

— Tu rigoles? C'est pour le mois prochain, maintenant!

— Et Paulette, qu'est-ce qu'elle dit de ne plus boire de vin pour économiser de quoi acheter un vélo?

— Moi, dit Paulette, je ne dis jamais rien.

— Tu vois, Pierre : tu as tort de ne pas te marier! C'est pour ça que les curés ne comprennent rien à rien : ils n'ont pas de femme, pas de gosses; ils ne foutent rien...

— Vingt tonnes! j'ai coltiné vingt tonnes, aujourd'hui. Ça ne te dit rien? Et ma journée n'est pas finie », ajoute-t-il à voix basse.

Il s'aperçoit que Paulette le regarde fixement. Il lui sourit : « Allez, adieu »! et s'éloigne vers le Parc.

Il n'y voit, sur l'herbe morte, qu'Étienne et l'arbre, frères malingres. Assis sur ses talons, Étienne observe une merveille; et si attentif qu'il ne détourne pas la tête quand claque la porte de la palissade. Pierre regarde en souriant cette nuque penchée où frémissent des cordes fragiles; puis il fait *le signal :* un sifflement d'oiseau. A un imperceptible tremblement de la tignasse blonde, il devine qu'Étienne sourit. Le petit répond d'un sifflet plus aigu, puis tourne vers lui son visage noyé de joie :

« Pierre, qu'est-ce que c'est? Ne le cueille pas, surtout!

— Un épi de seigle, un vieux.

— Pourquoi « vieux »?

— Parce que le temps de la moisson est passé.

— Mais quand est-ce ? »

Pierre le lui explique. Pour Étienne, le Parc est à
la fois sa Beauce, sa forêt d'Amboise et sa lande
d'Arcachon : il n'a jamais quitté Sagny.

« Au printemps, dit Pierre, s'il repousse un épi, tu
le mettras sur ton bras, entre la chemise et la peau, et
il remontera jusqu'à ton épaule.

— Pourquoi ? » demande le gosse.

Mais soudain, les cils battent en pluie sur le regard
bleu, signe de désespoir !

« Et s'il ne repousse pas d'épi ? Oh ! Pierre, s'il n'en
repousse pas ?

— Il en repousse toujours un, ne t'en fais pas !
Adieu, bonhomme. »

Une main ferme les volets de fer à la maison neuve.
Étienne lève les yeux et voit la cheminée disperser au
ciel gris ses fantômes. Il a froid, tout d'un coup. Il se
penche vers l'épi fané :

« Tu repousseras, vieux, hein ? tu repousseras ? »

En pénétrant dans la cour, Pierre voit des groupes
qui débordent de la cuisine. « Jeudi, pense-t-il, c'est
vrai : *la réunion...* » Chaque jeudi, le Père Bernard dit
la messe devant qui veut l'entendre, passagers, inconnus venus d'autres quartiers, d'autres villes parfois.
Après la messe, on dîne tous ensemble avec les provisions que la plupart ont apportées. On met le tabac,
le papier à cigarettes et des briquets sur la table, on
discute, chacun raconte son histoire, on s'engueule ;
Bernard abaisse ses paupières et parle.

Jeudi dernier, il y avait deux journalistes du *Figaro*, et Jacquot (venu chercher Paulette parce que le gosse criait) leur a sorti sa feuille de paye : 3 400 francs pour la semaine. « Pourtant, le minimum légal ?... » Ils n'en revenaient pas. Il y avait aussi un Irlandais, un type qui sortait de prison, un gars qui s'était enfui de l'hôpital, un bénédictin, deux filles scoutes et les copains : Michel, Luis (avec un litre de rouge et son chat qui dévorait les restes), la mère de Madeleine — et puis aussi des vieux qui ne comprenaient pas grand-chose à ce qu'on racontait mais souriaient de bonheur. A la fin de la soirée, Henri était passé chercher un copain militant dont il avait besoin. Henri habite aussi dans l'Impasse (la seconde chambre à gauche); il est secrétaire de la cellule communiste du quartier et travaille à la S. A. C. M. A., la même boîte que Pierre. C'est le premier à qui le Père a confié, il y a deux mois, qu'il était prêtre; depuis, Henri l'évite.

A la fin de la soirée, Madeleine a décidé Roger, le gars qui s'était sauvé de l'hôpital, à y retourner. Elle n'a pas beaucoup d'espoir pour lui : c'est la septième fois qu'il s'enfuit ainsi.

Pierre se rappelle tout cela, pêle-mêle, en traversant la cour. Il serre des mains : « Salut !... Tu vas mieux, toi ?... Tiens, te voilà ? Tu laisses drôlement tomber les copains... Salut !... »

Madeleine l'appelle :

« Le Père Bernard ne sera pas là, ce soir.

— Un jeudi !

— On l'a convoqué à la Mission. Il a demandé que

vous disiez la messe et que vous teniez la réunion
comme d'habitude.

— Mais je... Bon ! »

Son cœur commence à battre trop fort, sans raison.
Il cogne encore, tandis que Pierre revêt les ornements ;
chacun d'eux l'enserre comme les bras d'un ami.

Les gars se sont massés dans le fond de la pièce ; ils
sont entrés lentement tandis que Pierre s'habillait.
Il lève les yeux et voit tous ces regards attachés à ses
mains, et aussi cet espace entre eux et la table d'autel,
cet espace qu'il ne peut supporter : lieu où l'on respire
mal, où l'air est différent.

« Approchez, leur dit-il en ouvrant les bras et en
souriant, approchez donc ! »

Il a dit la messe, des mois durant, devant des
paroissiens — non ! pas devant eux : il leur tournait
le dos. Des marches, des enfants de chœur, une grille
basse le séparaient d'eux. Mais le voici face à face
avec ceux-ci, ses copains d'usine, de fatigue, de reven-
dication. Ils ont les mêmes mains. Le Christ aussi
était vêtu de la même robe que les autres, il marchait
au milieu d'eux et on ne le reconnaissait qu'à son
regard. Pierre ferme les yeux.

De l'autre côté de la rue Zola, la radio braille ses
âneries. C'est la retransmission d'une séance publique :
on fournit à la fois les plaisanteries et les rires, aucun
effort à faire ! Pierre essaie de couvrir la voix bouffonne,
les paroles graveleuses. Mais une discussion s'élève à
présent dans le bistrot voisin ; tout s'entend à travers les
murs, comme si l'on se trouvait dans la salle enfumée.

« ... *pour que vous me pardonniez tout ce que j'ai fait*

de mal ainsi que tout le bien que j'aurais dû faire et que je
n'ai pas fait... »

Les paroles éternelles se mêlent aux plaisanteries
d'un chansonnier sur le percepteur et sur les belles-
mères et aux engueulades du bistrot.

Pierre s'arrête et dit avec une sorte d'embarras :

« Vous voyez, nous sommes là, au milieu du bruit;
au milieu des autres, et c'est très bien ainsi... Les chrétiens ne sont pas séparés, pas préservés, au contraire!
Il faut accepter ça, aimer ça... Quand Bernard ou moi,
nous voulons penser ou prier, il arrive toujours quelqu'un qui a besoin de nous. C'est donc que c'était
mieux ainsi... Eh bien, c'est la même chose, maintenant.

— Non, dit Michel le boxeur, c'est pas la même
chose. Parce que venir vous emmerder, toi ou Bernard,
c'est pas grave; mais, pendant la messe, c'est Dieu
qu'ils emmerdent. Alors ça, ça ne va plus! »

Personne n'a envie de rire. Michel sort. On entend
son pas lourd sous la voûte, puis sa voix comme celle
d'un énorme chien : « Ouah ouah ouah ouah, faire
chier, non? » et la radio baisse le ton. Puis c'est le
tour du bistrot : « Ouah ouah ouah ouah ouah, on
s'entend plus, sans blagues! » Les types l'injurient
prudemment et se calment.

« ... *afin que tout en moi soit pour la gloire de Dieu et le*
service de mes frères... »

Michel rentre en reniflant et en frottant son poing
droit au creux de l'autre main, comme s'il sortait du
ring. Par l'autre porte, voici Madeleine, précédant un
grand garçon très maigre :

« C'est là.

— Ah! bon... »

Il a gardé son béret sur sa tête. Tout à l'heure, quand l'un des autres lui fera signe de l'enlever, il dira encore : « Ah! bon... » De ses yeux verts, embusqués de chaque côté d'un long nez, sous des cheveux en brosse, il suit avec une curiosité un peu méfiante mais amusée chacun des gestes de Pierre. Il reste debout, tandis que les autres s'agenouillent, puis, (Ah! bon...), se met à genoux au moment où ils se relèvent. Madeleine lui dédie un grand sourire et c'est elle, à présent, qu'il fixe d'un regard effaré et frondeur, regard de conscrit. Mais Madeleine retourne dans la cuisine préparer le repas et tenir compagnie à ceux qui n'assistent pas à la messe. Elle ne reviendra que pour la communion :

« Que Jésus garde ton âme!... Que Jésus garde votre âme!... Que Jésus... »

Ceux qui communient se mettent à genoux. A l'exemple de Madeleine, le grand gars s'agenouille, lui aussi. Elle lui fait signe : Non. Il se relève en souriant avec gêne; on sent qu'il pense : « Ah! bon... »

La messe dite, il s'approche de Pierre qui range le calice, le missel.

« Dis donc, vieux?

— Quoi donc?

— Qu'est-ce que ça voulait dire tout ça!

— Tout ça?

— Tes paroles, tes gestes, ce truc blanc? »

Pierre le regarde en souriant; mais il lit, au contraire, une sorte d'angoisse dans les yeux de l'autre : il en voit le fond.

« As-tu une cigarette, vieux? Merci. »

Il l'allume posément, sans quitter du regard son compagnon.

« Tu t'appelles?

— Jean.

— Pourquoi es-tu venu, Jean?

— Venez manger! » crie Madeleine par la porte entrouverte. Ses joues ont pris le feu du fourneau, et ses cheveux sont des flammes que tisonne sa main blanche. « Venez vite et apportez tous les sièges que vous trouverez! »

Jean attend que les autres soient tous sortis.

« Je suis entré dans une église, dimanche. Je m'emmerdais, j'étais seul, tu comprends? Il y avait là toutes sortes de types... Ils avaient l'air heureux, ajoute-t-il à voix basse.

— Et toi, tu n'es pas heureux?

— Moi, rien ne m'intéresse. Un copain à l'usine m'a dit que, tous les jeudis, ici...

— Écoute, je ne peux pas t'expliquer ça maintenant.

— Pourquoi? »

Une vague de désespoir est passé dans les yeux verts.

« Parce que c'est long, très long...

— Ah?

— Tu reviendras me voir, Jean.

— Peux pas : je travaille, moi!

— Et moi! Tu crois que je roupille? Je travaille à la S. A. C. M. A.

— Dis donc, je suis à la Métallique de Sagny : c'est tout à côté.

— On reviendra ensemble. Demain ?

— A demain !

— Hé ! tu restes manger avec nous.

— Il n'y a pas de raison !

— Si tu es le gars qui cherche des raisons à tout, je comprends que tu ne sois pas heureux. Allez, amène-toi ! »

Au milieu du repas, Pierre sentit soudain une joie immense lui monter au cœur et aux yeux. Il essaya de se persuader que c'était seulement le vin blanc, (l'un des inconnus du jeudi avait apporté deux bouteilles de vin bouché). Allons, c'était bien autre chose : le bonheur d'être tous ensemble, et Dieu au milieu d'eux. *Là où deux d'entre vous...* Le bonheur de rompre le même pain. « Je ne suis pas fait pour vivre seul, pensa Pierre. Est-ce par lâcheté que je suis ici et non dans un presbytère ? Par lâcheté que je préfère le jeudi aux autres jours ? aux visites tardives des gars à loger, des types sans boulot ? Lâcheté... Mais alors pourquoi cette joie, cette plénitude de joie ? »

Comme il restait indécis et heureux, il aperçut, il crut apercevoir derrière la vitre le visage de Roger, le gars aux onze hôpitaux (douze, à présent ?)... La vitre était tout embuée, car on se trouvait bien au chaud à l'intérieur ; le visage vague de Roger regarda l'assemblée, parut hésiter, puis disparut. Pierre se leva brusquement ; on se tut.

« Qu'est-ce qui se passe ?

— Roger est dehors, je crois.

— Ah ! » fit seulement Madeleine.

Quand elle ne souriait plus, qu'elle paraissait fragile!

« Je vais le chercher », dit Pierre.

Le temps d'enjamber le banc étroit serré contre la table, de dégager la porte — « Attends, vieux, pousse-toi! » — de l'ouvrir, il ne trouva personne ni dans la cour ni dans la rue.

« J'ai dû me tromper! »

C'est seulement une fois rentré qu'il pensa que Roger était peut-être passé par le Parc. Roger pelotonné sous l'Arbre et aussi maigre que lui... Cette image ne quitta plus l'esprit de Pierre de toute la soirée. Il n'osa pas déranger les autres, de nouveau; ils le virent seulement passer plusieurs fois le dos de sa main sur son front, et ils ne l'entendirent plus. C'était le tournant, « la fin du Repas », la trêve achevée : *Levez-vous, partons d'ici!* Toute sa joie était tombée. La nuit lui paraissait peuplée d'ombres errantes, sans logement, sans travail, sans amis. La nuit où dorment les médecins et les prêtres, où les hôpitaux et les églises sont fermés... Il n'y a que les Conquérants qui se passent de sommeil, que les bordels qui restent ouverts la nuit!

Vers dix heures, Bernard téléphona :

« Tu couches à Zola, ce soir, Pierre? (Il savait que Pierre restait dormir ici ou là : Saint-Ouen, Montreuil, Bagnolet, au hasard de visites ou de réunions). J'ai à te parler...

— D'accord, mais je t'entends mal, Bernard!

— Ce n'est pas toi qui entends mal, c'est moi qui parle très bas.

— Qu'est-ce qui... »

L'autre avait déjà raccroché.

Quand les copains s'en allèrent, le cœur chaud, Pierre arrêta Madeleine qui partait aussi.

« C'était bien Roger, Madeleine.

— Je l'attendais, répondit-elle à voix basse; depuis jeudi dernier, je l'attendais. »

Il essaya de plaisanter :

« Combien y a-t-il d'hôpitaux à Paris ? »

Mais elle haussa les épaules.

« De toute façon, un soir, ce sera la dernière fois qu'il viendra.

— C'était peut-être ce soir...

— Peut-être.

— Pourquoi souriez-vous, Madeleine ? demanda-t-il au bout d'un instant.

— C'est le seul moyen que je connaisse de ne pas pleurer, répondit-elle en se détournant.

— Madeleine, reprit-il, quand j'étais gosse, je préférais le jeudi au dimanche. Je ne suis pourtant plus un écolier !

— Le jeudi, c'est la récréation. Mais ceux qui ne sont pas invités attendent dehors !

— Tout le monde est invité chez nous, Madeleine : la porte est toujours ouverte !

— Seulement notre travail, c'est d'aller chercher les gars, pas de les attendre.

— Il est à recommencer tous les jours !

— Oui, Père.

— Vincent de Paul, dit Pierre après un moment, quand il mettait quelque chose en route, ça tournait derrière lui, comprenez-vous? Il pouvait s'occuper d'autre chose!

— S'occuper d'autre chose? répéta-t-elle en riant.

— Oh! bien sûr, ce sont toujours les mêmes hommes, les mêmes âmes, mais...

— Toujours les mêmes cartes, mais les joueurs changent de jeu et multiplient les parties. Les femmes, elles, ne jouent pas aux cartes!

— Recommencer chaque jour la même chose...

— Les femmes sont résignées à recommencer chaque jour la même chose.

— Les femmes sont peut-être plus aptes au service de Dieu, dit Pierre. Mais, Madeleine, vous vous y donnez toute la journée, vous! Bernard aussi.

— Ne m'enviez pas, Père, fit-elle d'une voix un peu sourde. Il n'y a pas un an, je travaillais encore toute la journée aux Biscuiteries et je m'évanouissais au moins une fois par semaine à cause de la chaleur des fours... Père, je regrette ce temps-là!

— C'était donc moins dur?

— Moins difficile.

— Tellement moins utile, Madeleine. A quoi est-ce que je sers, moi, toute la journée?

— A *être là.* Il ne s'agit pas, je crois, d'être là où on est le plus utile, mais là où on doit être. Et c'est Dieu qui comble la différence.

— Je voudrais toujours être au pire! C'est peut-être de l'orgueil... (Elle ne répondit pas.) Croyez-vous que ce soit de l'orgueil, Madeleine? » demanda-t-il avec angoisse.

Il se sentait très seul.

« Je le crois, Père.

— Pourtant, reprit-il (mais c'est lui-même qu'il cherchait à convaincre), je ne suis vraiment heureux que lorsque...

— Non! Vous l'étiez tout à l'heure.

— C'est vrai, mais Roger est venu me rappeler à l'ordre! Quand on est soûl aussi, on est heureux. J'étais heureux, mais je n'étais pas en paix. Je veux être en paix, Madeleine, voyez-vous!

— Vouloir? Moi, c'est depuis que je ne veux plus rien me concernant que je suis en paix... Bonsoir, je ferai la vaisselle demain; Paulette viendra m'aider. Si je veux avoir une chance de retrouver Roger, il faut que je parte tout de suite.

— Je sors avec vous.

— Mais le Père Bernard...?

— C'est vrai. Qu'est-ce qui peut bien se passer?

— Ah! fit Madeleine en souriant, vous êtes un inquiet, Père!

— Nous sommes tous des inquiets!

— Non, dit-elle en secouant la tête comme un cheval impatient, pas les oiseaux, pas les enfants! »

Il pensa à Étienne, à son regard bleu : deux hublots qui donnaient sur la mer! Madeleine était déjà sortie; une grande bouffée d'air froid... Pierre rouvrit la porte :

« Madeleine, cria-t-il vers le vantail obscur, quel est le contraire d'inquiet? »

Un instant, par l'huis entrebâillé, la lumière morne de la rue éclaira un sourire et des cheveux de flamme.

« Joyeux! » cria-t-elle dans le noir.

Il flottait, dans la cuisine déserte, une odeur chaude et pauvre : celle des salles d'attente de IIIe. Au-dessus de l'évier, se trouvait suspendue une glace cassée devant laquelle les deux hommes se rasaient le matin. Pierre s'arrêta devant elle, de telle sorte qu'il n'y voyait que ses yeux, son front creusé et ses cheveux gris. « Madeleine a raison, se dit-il : sourions ! » Il sourit, *mais ses yeux ne changèrent pas d'expression...* Il crut se trouver en face d'un inconnu. Ce regard angoissé le jugeait : c'était le vrai Pierre, le reste n'était qu'une grimace.

« Joyeux... » murmura-t-il.

Rien ne comptait que cet étranger au visage mutilé, au regard inquiet. C'était lui qu'il fallait rassurer, ramener le premier.

« Joyeux ! » répéta Pierre sur le ton dont on commande à un animal.

Mais le regard ne changea pas. Que fixait-il, derrière Pierre, cet inconnu ? Quel désastre ? quelle ruine ? — L'Impasse, l'usine, Sagny tout entier comme une plaie mal soignée ? Pierre vit, dans le miroir brisé, son front se couvrir de sueur. « Quoi ! voilà donc les yeux que Jean, le nouveau venu, trouverait demain devant lui pour y voir apparaître le Christ ? Ces yeux qui désarmeraient un jour les parents d'Étienne, qui domineraient Henri ? Quelle imposture !... Mais Luis, mais Paulette, mais Étienne avaient les yeux clairs malgré leur misère : du fond de leurs puits, ils reflétaient le ciel. Et toi, toi qui tenais entre tes mains le corps du Seigneur, toi qui lui parlais tout à l'heure... salaud ! Tu prétends leur apporter la Joie, mais

regarde-toi : tu n'es capable que de pitié, de la répu-
gnante pitié! Entre la Pitié et l'Amour, il y a une
vitre froide. La Joie, apprends-la d'eux! Ils sont tes
maîtres : ils ont le regard clair... »

Deux larmes, issues de la grotte du Temps, lui
montèrent aux yeux : celles de l'enfant Pierre, la nuit
de l'accident, sur la route de l'aube.

Il ferma les yeux pour chasser de sa vue cet homme
qui ne souriait pas. Il n'osait pas les rouvrir. Il entendit distinctement son cœur battre et souhaita qu'il s'arrête. Pour la seconde fois de sa vie, il touchait le fond ; il
y trouvait une joie amère et la paix des profondeurs.

Un pas dans la cour, plus lent que son cœur, le
rendit à la vie. Il fallut bien ouvrir les yeux. Pourtant,
avant de le faire, il appela le Christ de toutes ses forces.
C'était un homme nu, désespéré, ne s'aimant plus,
qui l'appelait au secours. L'Autre accourut, le prit
dans ses bras de Pâques... Pierre ouvrit ses yeux : il
les vit au miroir, clairs comme ceux d'Étienne, clairs
comme l'eau du lac de Tibériade. Cette fois, il était
tout sourire.

Il se retourna, prêt à accueillir l'inconnu au pas
lent, prêt à lui donner sa vie s'il la lui demandait ; il
se retourna et vit Bernard sur le seuil.

« Bernard ? Je n'avais pas reconnu ton pas!

— C'est que ce n'était pas mon pas.

— Fatigué ?

— Je suis revenu à pied de là-bas. »

Il restait sur le seuil, tel un étranger. Dans la capote
kaki et qui sentait l'hiver, avec son visage mal rasé,
ses yeux clos, il avait l'air d'un déserteur.

« Bernard ! »

L'autre rouvrit ses yeux ; Pierre y vit son propre regard de tout à l'heure. Le silence de Bernard était un appel au secours.

« Rentre donc ! »

Plus un mot ! Il était décidé à ne plus prononcer un seul mot : c'était à l'autre de parler. Un homme blessé, on ne le touche pas avant qu'il dise lui-même où il a mal.

« Ça s'est bien passé ? demanda Bernard. Tous les types sont logés, ce soir ?

— Tous, sauf Roger qui s'est sauvé.

— Voilà, il y a toujours un Roger !

— Il n'y a pas « un Roger », dit Pierre doucement, il y a Roger. Nos soucis à nous ne sont pas des symboles !... As-tu mangé, Bernard ?

— Pas faim. Viens ! »

Il passa dans leur chambre, s'assit au bord de son lit, respira très fort. Le silence, autour d'eux, était vivant : tout Sagny dormait à cette heure, même Roger peut-être, même Madeleine. Chaque mot pesait très lourd.

« Je vais partir », dit Bernard.

Il y a une heure, Pierre aurait d'abord pensé à lui, qui restait seul ; il pensa d'abord à Bernard, qui paraissait si désolé.

« Où t'envoie-t-on, Bernard ?

— Nulle part, répondit-il à voix basse, on ne m'envoie nulle part. (Sa main caressait la couverture en désordre, craintivement, comme on caresse une bête.) Je quitte la Mission.

— Bernard !

— Ils m'ont déjà tout dit, fit l'autre précipitamment, en baissant ses paupières.

— Moi, je ne dis rien, tu vois ! » reprit Pierre d'une
voix altérée.

Puis, après un silence :

« Mais c'est toi qui vas me dire quelque chose,
Bernard !

— Je quitte... la Mission... (il parlait au rythme de
son souffle) parce que... ce n'est pas ma vocation.

— Prends garde à ce mot : qu'il ne nous serve pas
d'alibi !

— Alibi ? dit Bernard en s'efforçant de sourire, je
ne suis pas un criminel ! Je suis seulement un homme
fatigué. (Le sourire ne voulait pas quitter son visage :
il n'en restait que la carcasse, les rides.) Fatigué de
perdre son âme.

— De perdre son âme à en sauver d'autres ?

— Non, Pierre ! A trouver du boulot, un logement
pour les gens : à les dépanner, pas à leur annoncer
la Bonne Nouvelle.

— Pas encore !

— Que restera-t-il de moi quand le temps sera
venu ? Je m'use.

— Tout ce qui sert s'use !

— Je rends des services, je ne sers pas.

— Et Paulette ? Et Michel ? Et... »

Il cherchait des noms, des âmes que Bernard avait
tirées d'affaire.

« Tu peux chercher, dit l'autre amèrement.

— Mille ! il y en a mille, tu le sais bien, qui rôdent

autour de nous, qui viendront un soir comme des voleurs, qui rêvent du Christ en ce moment, ajouta-t-il à
voix basse car il n'aimait plus l'éloquence. Tout Sagny
a faim et soif de justice, et tu dis que tu ne sers à rien ?

— Les gars du Parti aussi ont soif et faim de justice.

— Qu'est-ce que ça veut dire ?

— Ils sont vingt mille, eux ! Et nous...

— Vingt mille qui tiennent compte de nous,
maintenant ! Tu sais très bien qu'Henri et les autres
viennent te demander conseil. Et, lorsque tu es contre
une de leurs décisions...

— Ils ont mauvaise conscience, je le sais. Mais je
n'ai pas choisi le service de Dieu pour servir de conscience à un parti politique !

— Attention, Bernard, la vérité est terre à terre : élever le débat, c'est s'éloigner de la vérité. Jeu dangereux !

— C'est avec les communistes que nous jouons un
jeu dangereux !

— Un jeu n'est dangereux que quand on quitte
la partie. Tu sais bien que nous sommes les plus forts,
Bernard, parce que Dieu est avec nous.

— Il est avec nous, reprit l'autre à voix basse, mais
moi je ne suis plus avec Lui. J'ai envie d'être avec
Lui, Pierre !

— Mais...

— Pas toujours par personne interposée. J'ai envie
de prier. Prier, prier, répéta-t-il en joignant les mains
et en fermant les yeux.

— Et tu crois que tu prieras mieux dans une paroisse ? Tu crois que le curé de Sagny est davantage
avec Dieu que toi ?

— Je n'irai pas dans une paroisse, fit Bernard sans
ouvrir les yeux. Je retournerai dans mon couvent près
de Lille.

— Bernard !

— C'était ma vocation. J'ai cru que je pourrais...
(Il eut un grand geste qui balayait l'air devant lui.)
Je me suis trompé, voilà tout. Notre vocation, c'est
d'aller là où nous serons le plus utile. Je dois...

— Non ! dit Pierre fermement, d'aller là où on nous
appelle. Ce sont les âmes qui nous appellent et pas
Dieu : c'est le besoin, c'est l'absence de Dieu qui nous
appelle !

— Allons, fit Bernard, est-ce que je ne suis pas le
seul à pouvoir juger cela, en ce qui me concerne ?

— Si », dit Pierre dans un souffle.

Depuis son arrivée à Sagny, c'était la première fois
qu'ils se trouvaient en désaccord. Il sentit ce partage
si douloureusement qu'il vint s'asseoir près de Bernard, afin que l'amitié, du moins, comblât ce vide.

« Nous parlons trop », dit-il.

Ils gardèrent longtemps le silence. Maintenant,
il lui semblait que Bernard était l'un de ces hommes
de Sagny auquel il devait du secours : plus misérable
que Roger, plus partagé que Luis, plus démuni que
Michel... Lui se trouvait seul désormais pour faire
face, seul mais fort, souriant.

« Bernard, demanda-t-il enfin, il y a longtemps que
tu y pensais ?

— Dès avant ta venue : c'est pour cela que je t'ai
demandé.

— Et tu ne m'en as jamais parlé !

— Non. Tu n'étais pas assez solide.

— C'est vrai, dit Pierre et il pensa : « Il y a seulement une heure... » Et quand vas-tu partir?

— Dès que tu me diras : Tu peux partir...

— Ah! non, Bernard, ne me demande pas de te renvoyer!

— J'avais pensé, fit timidement Bernard après un silence, que je pourrais être là-bas pour Noël...

— Bien sûr! Pourtant, Noël, c'est ici, Bernard, pas là-bas!

— Noël, c'est partout.

— Si le Christ revenait, il naîtrait dans l'Impasse.

— Laisse-moi, vieux : je sais que je plais où je dois plaire.

— C'est l'essentiel, dit Pierre et il lui passa la main sur l'épaule. Nous parlons trop, répéta-t-il en se levant soudain. Il est temps de dormir. »

Pourtant, longtemps après qu'ils furent couchés, Pierre éleva encore la voix dans le noir. Il savait bien que Bernard ne dormait pas, qu'il se tenait assis, les mains croisées derrière la nuque, les yeux grands ouverts.

« Bernard, tu n'as pas l'air heureux. Pourquoi?

— A cause de toi. Je te laisse seul : j'ai l'air de foutre le camp!

— Ne t'en fais pas! Et puis il y a Madeleine. Est-ce que Madeleine sait que...?

— Il y a longtemps qu'elle a dû le deviner!

— Alors, tu vois bien! Ne t'en fais pas pour nous, et roupille! »

Ce dialogue dans la nuit, ne l'avait-il pas déjà tenu

dans son enfance avec son frère, après l'accident de
la mine ? Mais la vie avait renversé les rôles : Pierre
était devenu l'aîné.

Jean pénétra dans l'édifice comme un voleur et
fut heureux d'y trouver les ténèbres et la solitude.
Il s'en voulait de ce coup d'œil peureux jeté à gauche,
à droite, vite, avant de s'engouffrer sous le porche;
il s'en voulait, il en voulait à Pierre, et aussi à ce type
Jésus-Christ pour l'amitié duquel il était là.

Il faisait froid, et Jean marchait sur la pointe des
pieds parmi ce sommeil de pierre. Tout paraissait
dormir ici, mais rien n'était mort : une lente respiration, un cœur battait quelque part.

C'était la seconde fois que Jean pénétrait dans une
église. Durant toute son enfance, il passait devant elle
comme devant la mairie : deux bâtiments gris qui
donnaient l'heure et lui faisaient peur. Jean vit là des
pancartes, des statues enfantines, des troncs sous
chacune d'elles. Il mit une pièce et leva les yeux. Rien
ne s'éclaira, ne bougea, ne dit merci : le système
devait être détraqué. Plus loin, il trouva une caisse
Pour les Pauvres. Ça, c'était franc! Il y glissa tout son
argent et se sentit en règle. Il vit encore des espèces
d'isoloirs dont il osa soulever le rideau vert : personne!
Tout cela semblait aussi triste qu'une foire le lundi
matin. Qu'est-ce que le Christ, ce copain, cet ouvrier
au grand cœur, ce militant, pouvait avoir à faire avec
tout cela ? et soudain, il le vit sur le mur, en relief,

entouré des salauds dont Pierre lui avait parlé. Oui,
là, sa pauvre gueule! Depuis des jours, Jean l'imaginait, lui parlait... Ah! c'était bien lui.

Jean leva la main pour le toucher, il avait trop
attendu ce moment. Il savait que le bronze serait
tiède et vivant sous ses doigts et que cela ne l'étonne-
rait pas. Mais il ne put atteindre le haut relief : *Jésus
est condamné à mort.* Et la suite de l'histoire? — Jean
la trouva sur le pilier suivant : *Jésus est chargé de sa
croix.* « Et les autres, tout autour, avec leurs sales
trognes de flics!... »

Maintenant, Jean marchait très vite d'un pilier
à l'autre : *Jésus rencontre sa mère.* « Mince! Pierre ne
m'avait pas dit ça... » Il envia Simon de Cyrène et,
quand Jésus tomba pour la troisième fois, il serra les
poings. Et quand ils enfoncèrent les clous carrés dans
ses mains et dans ses pieds, il regarda ses paumes
intactes et il en eut honte.

Maintenant, Jésus était mort : vidé, tout blanc,
avec une écharpe de sang noir autour de la tête
comme ce copain de l'usine, l'année dernière. Tiens,
et on le mettait sous un drap, lui aussi! et sa mère, à
lui aussi, plus blanche que le drap... Fini, le gars
Jésus! Ils l'avaient eu, les flics! Mais où était donc la
suite : quand il sort du tombeau, vivant, guéri? Et
les yeux brillants des pauvres à travers le monde, à
travers le temps, attachés à lui? Pourquoi n'avait-on
pas aussi représenté cela?

Jean restait désemparé. L'église lui paraissait être
un tombeau; l'église, et l'hiver, et toute la terre : un
immense tombeau. « Je n'aime pas le monde, pensa-

t-il, je n'ai jamais aimé la vie ; mais maintenant je sais
pourquoi : c'est que j'attends autre chose... »

Cette pensée désolante le comblait. Il avait achevé le
tour de l'église sans rencontrer personne ; c'était
l'heure vacante entre la dernière messe et les vêpres.
« Je vais sortir, se dit-il avec regret. Il ne se passe rien
ici. Pourquoi rester ? » Mais, comme il tournait la
tête, une dernière fois, vers les fonds obscurs, il aperçut
une lumière rouge et marcha vers elle, le cœur battant.
Ses pas résonnaient ; il se sentait mal à l'aise comme
dans un musée de cires : la vie sans la vie... En approchant, il distingua enfin l'autel, prisonnier de ses
grilles, de ses stalles. Qu'est-ce que ça pouvait bien
être ? La nappe blanche lui rappela la table derrière
laquelle il avait vu Pierre pour la première fois,
un jeudi du mois dernier. Il trouva le décor assez joli :
ça ressemblait au Rex, ce grand cinéma dans Paris.
Mais au Rex, du moins, son cœur ne battait pas. Ici,
par exemple, il n'aurait jamais osé enjamber cette
grille, monter ces marches, ouvrir cette petite armoire.
Il lui semblait que quelqu'un le regardait, que tous
les Jésus de bronze, autour de lui, avaient détourné la
tête et le fixaient, et que le vrai se trouvait là, à
moitié enseveli, à moitié ressuscité, et respirant...
Cette flamme fragile, vivante, obstinée, couleur de
sang, il la suivait d'un regard angoissé : celui de
l'homme au chevet d'un malade. Il était devenu, lui
aussi, un personnage de cire, mais tout à fait heureux.
Il pensait à ses copains du ciel : au Christ et à ses
militants que Pierre lui avait nommés. Il essaya même
de leur parler :

« Jésus (il l'appelait déjà par son prénom), je suis moche, mais ça peut changer... ça peut drôlement changer, tu sais! »

C'est tout ce qu'il trouvait à dire aujourd'hui; mais il savait que demain il lui parlerait encore. Et il lui venait à l'esprit toutes sortes de questions à poser à Pierre; tant de questions qu'il craignait de les oublier d'ici jeudi. « Je passerai là-bas tout à l'heure... Madeleine y sera peut-être », pensa-t-il aussi, mais il était content de n'avoir eu cette pensée-là qu'ensuite. Rue Zola, on trouvait Pierre, Madeleine et ce troisième personnage, toujours absent, toujours présent, qui se cachait quand on arrivait : le Christ. Ici aussi, bien sûr, mais... comment dire? Oui, voilà : l'église, c'était le dimanche et Zola la semaine! Et il y a six autres jours dans la semaine...

Une cloche sonna dans les hauteurs. Jean ne savait absolument plus l'heure. Entre son réveille-matin, les sirènes des usines et les horloges des gares, voilà qui ne lui était presque jamais arrivé. Il pensa que c'était la définition même du bonheur. Ah! le temps passait bien ici...

« Il faut retirer votre béret, mon petit! »

Le vieux prêtre continua son chemin silencieux. Il portait lui-même un singulier chapeau carré que, sans quitter son livre des yeux, il souleva en passant devant l'autel. Jean, qui ne l'avait pas entendu approcher, retira très vite ce béret qu'il ne quittait guère que pour la nuit. Mais le mystère de cet homme qui, dans son désert obscur, lisait à mi-voix des mots incompréhensibles et lui avait donné au passage une parole sans un regard, avait assombri Jean.

Il se leva et sortit, son béret à la main; il se retrouva dans la rue blanche, un peu aveuglé, un peu assourdi, assez malheureux.

« Jean! »

Il ne se rappelait pas avoir jamais été appelé aussi doucement, si doucement qu'il hésita à se retourner.

« Madeleine!... Salut. »

Un vent flâneur attisait la flamme de ses cheveux; elle souriait; quand Jean pensait à elle, il la voyait telle.

« Vous sortez de l'église?

— Oui. (Ses yeux verts la fixaient, puis se détachaient d'elle comme d'une lumière trop vive.) J'étais bien, là, je... je pensais à mes copains du ciel!

— Mais vous n'oubliiez pas les copains de Sagny?

— Si, un peu.

— C'est le danger, dit-elle ⁺très bas. A Zola, on ne peut jamais les oublier... »

Ils marchèrent en silence, un moment. Jean fut heureux, jusqu'à ce qu'il s'en aperçût.

« Vous... vous rentrez chez vous?

— Non, je vais à Zola.

— C'est bien ce que je dis!

— Ce n'est pas chez moi, dit-elle, et son visage parut s'effacer. Chez moi, c'est là où habite ma mère, et où s'accumulent les raccommodages, et où la lessive n'est jamais faite à temps. Chez moi? je ne sais plus comment c'est fait, le jour : quand je pars, il fait encore noir et, quand je rentre, déjà noir! »

Jean faillit demander pourquoi, mais il sentit que

sa question n'eût pas été convenable; pourtant, il n'en
connaissait pas la réponse. Alors, il parla d'autre
chose :

« Ce grand Bernard, on ne le voit plus. Qu'est-ce
qu'il devient? »

Le visage de Madeleine s'assombrit de nouveau.
Pas de chance!

« Il est parti, répondit-elle, parti ailleurs.

— Pour quoi faire?

— Pour mieux prier, Jean.

— C'est moche de nous avoir quittés!

— Il ne nous a pas quittés : il pense à nous, comme
vous pensiez à vos copains du ciel, tout à l'heure.

— Ça ne nous sert à rien!

— Oh! si, Jean.

— Si vous vous contentiez, vous, de *penser* aux
pauvres types, ils coucheraient dehors!

— Cela ne suffit pas non plus de loger les gars,
de leur chercher du travail et de...

— Le type dont Pierre me parle... le Christ,
reprit-il timidement, il guérissait les gars, il leur
trouvait à manger, il les défendait contre les plus
malins : il ne se contentait pas de leur parler!

— Oui, mais lui, c'était Dieu; nous ne sommes
que...

— Raison de plus! Bernard a tort.

— Le... type dont Pierre vous parle a dit aussi :
« Ne jugez pas, et vous ne serez pas jugés! »

— Ah! »

Sa parole, une fois de plus, Jean la reçut en pleine
poitrine, comme un coup. Les phrases de Pierre le

touchaient, bien sûr! Mais quand il citait l'Autre, ah!
quel choc! Même quand il ne comprenait pas bien
les paroles, il les encaissait; à force de tourner autour,
tel un chien mendiant, la porte s'ouvrirait. « Ne
jugez pas, et vous ne serez pas jugés... »

« Bernard est un type bien, reprit Jean. S'il a
décidé ça, c'est qu'il a raison, raison pour lui... Mais
Pierre, repartit-il après un moment, est-ce que c'est un
curé qui s'est fait ouvrier, ou le contraire?

— Qu'est-ce que vous pensez?

— Je... (Il hésita, son front se plissait sous la brosse
des cheveux; ses yeux verts semblaient plus rapprochés
encore.) Un ouvrier qui s'est fait curé, dit-il enfin.

— Il faudra le lui dire, fit Madeleine en souriant.
Ne manquez pas de le lui dire! »

Ils passaient devant un bistrot rempli de types bien
au chaud derrière la vitre, prisonniers de leur compagnie, ignobles mais heureux. Leur joie fit soudain
chanceler celle de Jean. Ce gros, par exemple, qui
rigolait avec la fille de salle, ce gros-là lui parut
posséder la vérité. Il n'était pas seul, lui! et il riait :
le contraire même de Jean... Une sorte de colère
monta en lui; il fit ses yeux étroits, s'arrêta, cria
presque :

« Dieu, après tout, qu'est-ce qui prouve Dieu?

— Absolument rien, dit Madeleine. Heureusement!

— Pourquoi heureusement?

— Où serait la confiance? où serait la fidélité?

— Oui, c'est chic, la confiance... Mais tout de
même! reprit-il en regardant droit devant lui.

— Vous voudriez bien qu'il se montre?

— Oh! oui.

— Si vous ne savez pas l'attendre, c'est que vous ne l'aimez pas », répondit-elle très doucement.

Jean lui jeta un regard si profond qu'elle baissa le sien — oui, son regard d'automne devant les petits yeux verts.

Ils allèrent en silence et, pour s'empêcher de penser, Jean répéta :

« Tout de même...

— D'ailleurs, à ceux qui en ont besoin, Dieu donne signe de vie!

— Comment ça?

— Ses signes, oui : des petits faits inexplicables, des hasards, des coïncidences, un tas de choses qui n'ont rien à voir avec lui.

— Suffit de le lui demander?

— Non, d'en avoir besoin, je pense. »

« S'il pouvait m'envoyer un... un signe! pensa Jean. Mais pourquoi à moi plutôt qu'aux autres?... Et puis cela me rendrait-il aussi heureux que je l'étais tout à l'heure, devant la lampe rouge? »

« Non! dit-il très haut, c'est bien plus chouette, la confiance! »

Ils marchaient du même pas.

Il faisait froid et net : un temps de grandes personnes, sans un sourire; un ciel blanc.

« Vous rentrez chez vous? demanda Madeleine à son tour.

— Ah non! chez moi, je ne suis pas pressé d'y rentrer.

— C'est moche?

— C'est... c'est zéro! répondit-il en enfonçant ses

deux mains dans ses poches. Il n'y a qu'une chose
de bien dans ma piaule : pas de glace! Comme ça,
je ne vois le paysage qu'une seule fois, et surtout je
ne me vois pas!

— Tout le monde est seul, Jean. Ce qu'il faut,
c'est arriver à être seuls... ensemble!

Leurs pas sonnaient sec. Jean aimait bien ce bruit :
un seul pas, et pourtant ils étaient deux. Voilà, sans
doute, ce que Madeleine avait voulu dire...

Ils atteignirent la rue Zola, entrèrent au 28 :
personne.

« Pierre! Ho! Pierre... »

Il apparut, en gros chandail, la cigarette aux lèvres.

« Madeleine, je t'attendais. Tiens! salut, Jean.

— Je voudrais parler avec toi.

— Tout à l'heure, vieux. Michel est là.

— Encore en panne? demanda Madeleine.

— Non... oui... enfin, pas comme d'habitude! Il
m'est tombé dessus, avec une envie de pleurer ou de
casser la gueule à n'importe qui. Il m'a dit : « Assieds-
toi là! » et il m'a fourré une cigarette dans la bouche
pour être bien sûr que je ne dirais rien. Quand elle
est fumée, il m'en fourre une autre, sans cesser de
parler.

— C'est donc la seconde cigarette? fit Madeleine
qui fouillait dans le placard.

— La quatrième!... Reste manger avec nous,
Jean, on pourra parler.

— On parlera, mais on ne mangera pas, dit Madeleine; il n'y a absolument plus de provisions et j'ai...
(elle compta) douze francs.

— Je n'aurais pas dû payer le téléphone! As-tu de l'argent, toi?

— Mince, non! J'ai tout do... Enfin, je n'ai plus rien.

— On va toujours chercher le lait, décida Madeleine.

— Mais le lait, c'est comme le reste : il faut le payer!

— Bah! ça s'arrangera en chemin. Tout s'arrange toujours en chemin... »

On entendit Michel grogner, deux pièces plus loin :

« Qu'est-ce que tu fous, Pierre? Amène-toi!

— J'arrive! — Il haussa les épaules en signe d'impuissance et sortit en souriant. — J'arrive! »

« Je vais avec vous, Madeleine? proposa Jean.

— C'est ça, vous nous porterez chance! »

Le vent de la rue donnait à présent de grands coups d'épaule dans le vantail qui s'ouvrit avec violence; un tourbillon de papiers sales s'engouffrèrent sous la voûte avec les dernières feuilles puis ne bougèrent plus, tremblant sur place comme des rescapés. Madeleine et Jean affrontèrent, tête baissée, cette brusque tempête. Le vent, débondé, se ruait, toutes vannes ouvertes, dans les rues vides, hésitait aux carrefours. Chaque angle de mur devenait une étrave, les volets claquaient comme des voiles; le vent, d'une rue à l'autre, s'appelait, par-dessus les têtes, par-dessus les toits figés d'attente et de froid. Les deux naufragés avançaient avec peine.

Au croisement de l'avenue Jaurès, d'un coup de

balai, le vent leur jeta au visage une vague de feuilles et d'ordures qui se collèrent à eux, comme aimantées — impossible de s'en défaire! Ils tournèrent sur eux-mêmes, danseurs dérisoires et transis. Ah! enfin... Non! un papier bleu, plus obstiné que les autres, restait plaqué contre le visage de Madeleine. Jean voulut l'en débarrasser, mais s'arrêta, la main haute.

« Madeleine, regardez! Un billet de mille francs.

— Ah! fit-elle calmement, je vous le disais bien, tout s'arrange toujours en chemin... »

III

LA OÙ DEUX D'ENTRE VOUS...

L'HIVER tardif prit possession de Sagny par surprise, vers la mi-janvier. Tout se passa à l'aube, comme un coup d'État. Un hiver sale : pas le squelette, le cadavre. Le vent, lâchement, avait choisi ce coin de Sagny avec ses maisons basses, ses toits croûteux, ses portes mal jointes : tellement plus facile à tourmenter que les quartiers riches! Des nues, tombaient sans cesse une pluie transie, du grésil, une neige vaincue d'avance; comme si tout ce qu'il trouvait de plus froid et de plus triste, le ciel le déversât sur cette ville résignée, sur ce faux village. Pour les gens de Sagny, l'hiver, c'était de nouveau le matin semblable au soir, et les chambres aussi froides que la rue, car le système d'écluse des portes maculées et des escaliers gémissants ne fonctionnait plus. Pour l'instituteur, l'hiver, c'étaient les boules de neige, les cache-nez cachant les yeux, et les gosses qui toussent jusqu'à fond de cale. Pour l'un d'eux (Étienne), l'hiver, c'était, certains matins, un Parc inconnu, molletonné de neige et de silence où

l'explorateur en fourrures, après quatre-vingt-dix-
sept jours d'une marche épuisante parmi les crevasses,
les troupeaux d'igloos sauvages et les hameaux de
pemmican, plante enfin son drapeau à deux pas de
l'Arbre : Hurrah, gentlemen! le Pôle nord est
découvert...

De l'autre côté du mur de planches, les gosses de
l'Impasse — tch! tch! tch! leur haleine dans l'air
froid — jouent au train et dégringolent dans la gadoue :
catastrophe de chemin de fer!

« Vos gueules, les mômes! crie Jacquot sur le pas
de la porte. Vous allez réveiller la petite... Ça y est :
elle crie, naturellement! »

Les gosses rouges et noirs s'envolent à tire de
pèlerines vers le Parc : en un instant, le Pôle nord
devient tout gris. Et Jacquot rentre bercer Chantal
qui n'est plus qu'une bouche et deux larmes. Car la
petite fille dont Paulette ne voulait pas est née, la
nuit de Noël, et repose dans une crèche de chiffons.
Jacquot en est fier et joyeux; il trouve qu'elle ressemble
à Paulette; et Paulette trouve qu'elle ressemble à
son père : ils s'aiment de nouveau. C'est Pierre qui
l'a baptisée. Chantal, un chouette prénom! mais qui
ne permet aucun diminutif. Parmi les Dédette, les
Mimi, les Mémène, elle sera Chantal aux yeux ténébreux, encore aveuglés, encore égarés dans la nuit
d'où elle vient. Chantal ne distingue pas encore les
visages qui se penchent sur elle : celui d'Alain son
frère, émerveillé, un peu jaloux; celui de Luis qui a
pris sa face d'hiver : nez rouge et lunettes embuées;
celui d'Henri le militant, qui trouve que Jacquot

laisse un peu trop tomber les copains du Syndicat
depuis que la gosse est née ; celui de Pierre, un sourire
aux cheveux gris.

A quelques pas du petit lit, autre merveille, le vélo
neuf, rouge sang : de la couleur du vin qu'on n'a pas
bu pour pouvoir l'acheter.

Chantal ne sait pas ce qu'est l'hiver, mais tout
Sagny le sait jusqu'aux os. Le double rempart de la
misère et du froid fait d'elle une ville assiégée — remparts qui ne protègent pas, mais séparent. Certains
soirs, à l'heure où les façades des cinémas s'éteignent
d'un seul coup, Sagny est un mort sur lequel on vient
de jeter une couverture.

Mais, cet hiver-là, tous ceux qui, dans Sagny,
n'étaient pas *sous-prolos*, commerçants, vieillards, ou
bistrots : tous ceux qui n'étaient ni des résignés ni des
satisfaits, se passionnaient pour la Paix. Les pétitions
circulaient, les affiches fleurissaient la nuit sur les
murs gris, entre les lettres de *Défense d'afficher;* des
meetings réunissaient les gars qui s'étaient déjà vus
toute la journée derrière leurs machines, mais loin du
vacarme, cette fois, et les mains libres ! Cet appel
pour la Paix, que journalistes et chefs de partis
prenaient pour une manœuvre politique (et sans
doute en était-ce une), pour les militants de Sagny,
partisans ou chrétiens, c'était, dans leur hiver, l'espoir
du printemps du monde. Ils pensaient que, dans tous
les Sagny de la terre, d'autres hommes répétaient les
mêmes paroles avec le même sourire, et signaient
— quand ils savaient signer — d'une main aussi

épaisse et grise que la leur. Quand on parlait de la
Paix, Sagny devenait une ville de cinq cents millions
d'habitants : des noirs, des jaunes, des blancs. C'est
une pensée qui tient chaud, en janvier! Après sept ans
de communale, ce qu'on retenait de l'histoire de
France, ce n'était qu'une suite de guerres, dates de
combats, dates de traités : c'était donc un champ de
bataille, l'histoire de la France? et un tapis vert?
Et celle de tous les autres pays, un cimetière? Et
l'Honneur et la Gloire se soldaient donc toujours par
des bonshommes morts avant l'âge et des gosses en
noir? Si fiers, les orphelins! et ne rêvant que d'en
faire autant! « Nous entrerons dans la carrière... »
Allons, ça suffisait peut-être, à présent? — Mais vous
n'y pouvez rien, les gars! — Si, parce qu'on est nombreux et qu'on a rien à perdre! » Moi, j'étale le contre-
plaqué... Moi, j'étire l'acier... Moi, j'empaquette
les biscottes... Moi, je charge les fours... Moi, j'ai mal
aux reins... Moi, aux yeux... Moi, au ventre... Moi,
je m'emmerde... Moi, je m'emmerde... Moi, je m'emmerde... » C'est bon, après une journée d'atelier, de
vacarme, de poussière, de gestes répétés vingt mille
fois, c'est bon de se trouver ensemble, si pareils, si
différents, si nombreux, à la réunion pour la Paix
dans le Gymnase ou l'arrière-salle de Jojo!

Le Père Pierre est l'un de ces hommes. Quand il
rentre de l'usine après que des tonnes de camelote lui
ont passé par les bras (ces bras qu'il regarde parfois
avec la sympathie un peu méfiante qu'on témoigne aux
étrangers), quand Pierre sort de l'usine, l'air vif déplie
ses poumons, et les premiers regards qu'il croise rani-

ment son cœur, il recommence à aimer les visages.
Tout le jour, il n'a vu que des faces penchées vers le
fer, des yeux fuyants qui le regardaient à la sau-
vette. A présent, il les croise lentement, humainement.
En approchant de la rue Zola, il se frotte les mains
comme un artisan qui va se mettre au travail : tous ces
gars à dépanner! toute cette besogne utile, enfin! Tout
à l'heure, bien sûr, il sera désespéré, lisant pour la
septième fois, sans les comprendre, la liasse de papiers
crasseux où tient tout le malheur d'un type; ou
traînant, dans la rue aux volets aveugles, son troupeau
de pas-logés. La lassitude et, par grâce, au seuil du désespoir, le sommeil : une vraie soirée d'être humain...
« Mais pour les autres gars, pense Pierre, pour ceux
que rien n'attend au sortir de l'usine, quelle solitude!
quelle impuissance! quelle amertume! »

« Dis donc, vieux... (C'est Henri, le secrétaire de la
Cellule du quartier, qui travaille dans la même boîte
que Pierre.) Dis donc, tu viens à la réunion des Combattants de la Paix, ce soir?

— Si je peux, oui.

— Ça passe avant le reste!

— Ça dépend quel « reste ».

— Je sais que tu fais du bon boulot. Tu dépannes les
types; et même les copains du Parti viennent te
demander conseil. (Dix pas en silence.) Je ne t'aimais
pas, au début...

— Je sais.

— Remarque, jamais je n'ai...

— Je sais.

— Je ne vois pas pourquoi on ne travaillerait

pas ensemble ! » dit très fort Henri après un moment.

Il regarde droit devant lui; une vague de cheveux très noirs, toujours offerts au vent; un sourire impitoyable, avec deux dents pointues sur les côtés; mais un front chargé d'autres soucis que les siens : le même front que Pierre.

« Je ne vois pas pourquoi on ne travaillerait pas ensemble !

— Ça dépend à quoi.

— Tu es bien méfiant !

— Non, mais j'aime les trucs clairs.

— Ça tombe bien, moi aussi.

— Bon ! Alors, pas d'*anschluss* », dit Pierre en cessant un instant de sourire.

Mais c'est l'autre qui montre ses dents pointues :

« Et toi, pas trop de conversions !

— Tu m'as déjà entendu baratiner les copains ? Et ma « Cellule Zola », tu peux toujours y entrer : les portes sont ouvertes, même la nuit ! Ne t'en fais pas, ce n'est pas moi qui convertis, c'est le Christ.

— Je m'en fous. Alors, tu viens à cette réunion, ce soir ?

— Je tâcherai.

— Ça n'est pas une réponse. Si tu ne veux pas te mouiller...

— La Paix n'est pas un monopole.

— Alors, à ce soir ! »

Pierre le regarde s'éloigner : son blouson bleu, ses sandales de cuir, les poings fermés dans les poches, les épaules hautes de l'homme qui se durcit contre le

froid ou marche à la bagarre. Pierre sent monter en lui
une immense sympathie pour ce gars-là, une sympathie
de gosse : l'envie de se battre avec lui pour devenir
copains ensuite...

« Hé! attends-moi! » lui crie-t-il, et il le rejoint.

Ils repartent ensemble, en silence, du même pas.

Tandis qu'Henri leur parlait, les types du meeting
le quittaient du regard. Ils hochaient la tête, du geste
dont on salue des passants familiers : c'étaient ses
phrases qu'ils reconnaissaient au passage. Parfois, une
telle conviction et une telle ardeur à convaincre
l'animaient que sa voix s'altérait. Ses mains, dans l'air,
semblaient prendre un interlocuteur par les revers
de son vêtement et le secouer, le secouer : « C'est vrai,
ce que je te dis! c'est vrai!... » Mais, le plus souvent, il
employait les mots avec une habileté inquiétante
d'homme ivre : ivre de ses propres paroles, envoûté
par ses raisonnements; et les gars recevaient, une fois
de plus, leur ration de théories et de grands mots.
L'évolution du monde, la sociologie, la fatalité écono-
mique, tout y passait. Les gars se sentaient tantôt des
dieux et tantôt des fourmis. Quelquefois, ils *décro-
chaient* durant des minutes entières : « ce coup-là »,
Henri le leur avait déjà raconté! Alors, ils l'attendaient plus loin en soufflant un peu. Quand Henri
se rassit, on l'applaudit — « Il a bien parlé, ce soir! » —
comme un musicien dont l'exécution intéresse davantage que le morceau joué.

Il y eut un remous dans le fond : Pierre s'apprêtait
à quitter la salle. Mais Henri tendit un doigt vers lui :

« Le Père Pierre est des nôtres, ce soir. Vous le connaissez : c'est un prêtre-ouvrier. Il a sûrement quelque chose à dire ! »

Pierre, de loin, fit signe : « Non, rien ! » mais Henri demeura, le bras tendu. Le temps parut long. Pierre passa le dos de sa main sur son front. Luis, qui se trouvait dans une encoignure, cria d'une voix enrouée : « Vas-y, curé ! » et les autres se mirent à rire sans méchanceté. Pierre hésitait encore, et pourtant il marchait déjà vers la table, le cœur aussi calme que son pas. Les assistants l'applaudirent et plusieurs rallumèrent leurs mégots ; Luis se glissa au premier rang. Pierre les regarda en souriant, puis son visage devint grave et il le cacha dans ses deux mains un long moment, comme il faisait avant de commencer la messe. Ses mains rouges et ses cheveux gris : on aurait cru voir un vieillard qui pleurait ; on était un peu gêné. Mais ses mains s'écartèrent comme les nuages : on ne vit plus que son sourire, et beaucoup se mirent à sourire aussi.

« Non, commença Pierre, je n'ai rien à dire : rien d'autre que ce que vous pensez tous. Mais c'est bon, quand on ne sait plus très bien où on en est, d'entendre un type dire tout haut juste ce qu'on pense !... Généralement, quand des gars se réunissent, c'est *contre* ; mais ici, nous sommes tous *pour*, tous réunis pour une même chose... Si on vous disait de quitter cette salle tout de suite, vous auriez froid, dites ? et vous deviendriez tristes, d'un seul coup. Si vous êtes si bien ici, si vous êtes heureux, c'est parce que vous sentez bien que nous prononçons des paroles qui sont valables

pour tout le monde : des paroles que personne ne
peut refuser d'entendre, que tout homme droit doit
accepter. Alors, vous vous sentez en paix. Or, quand
on veut la paix dans le monde, il faut commencer par
l'avoir en soi, par être en règle sur ce point-là, comprenez-vous ? La paix, il faut la faire avec tous : pas seulement les copains, c'est trop facile ! mais les autres.
Leur dire carrément ce qu'on a contre eux, carrément
et calmement; et puis être en paix avec eux. C'est
comme ça qu'on arrive à l'unité : ne former qu'un avec
les types ! Quand tous les hommes au monde ne feront
qu'un, seront vraiment comme un seul homme : c'est ça
qui s'appelle la paix et... et ce sera drôlement chouette !»

Il regardait un peu au-dessus des têtes, en parlant.
Il abaissa son regard et vit les leurs attachés à lui,
immobiles et brillants. Les mégots s'étaient éteints;
les gars paraissaient ne plus respirer; lui-même perdit
le souffle un instant. Mais il vit Luis, devant lui, qui, de
son menton au poil gris faisait signe : Continue ! Il
continua.

« La guerre et le mal, c'est la même chose ! La
guerre, c'est le mal, le pire mal. Elle est toujours
quelque part. Mais, sans blagues, nous n'allons pas
faire comme les gosses qui crient : « C'est lui qui a
commencé ! c'est pas moi !... » Le mal commence
toujours quelque part; mais le bien, la paix qui est
le bien, il faut aussi qu'elle commence quelque part !
Dites, pourquoi ce ne serait pas ici ? ce soir ? Si nous
étions tous d'accord, tous copains, sans arrière-pensée,
sans différences, ce serait fait !... Moi, je ne suis pas
d'avis d'accrocher la paix à une politique : ce n'est pas

un wagon, la paix, c'est une locomotive! (Il se tourna
vers Henri.) La paix, ce n'est le monopole de personne,
tu vois!... Mais alors, ce qui est chic, c'est que la paix
est contagieuse. C'est une bonne maladie! Le type qui
est en paix, au fond de son cœur, le type aux mains
ouvertes, ah! je vous jure que tous ceux à qui il parle...
— même pas! tous ceux qui le rencontrent, sont obligés
de devenir comme lui. Ça vous est arrivé, dites?
de vous sentir heureux, un matin, même sans raison!
Et, quand vous rencontriez un inconnu, vous aviez
envie de lui dire : « Bonjour, vieux, ça gaze? » Eh
bien, vous n'avez pas remarqué que, ce jour-là, vous
étiez plus forts que les autres? Que, s'ils avaient des
emmerdements, vous les en tiriez?... Et aussi, quand
vous voulez faire rigoler tout l'atelier, il n'y a qu'à
rigoler vous-mêmes! Voyez-vous, la paix, c'est la
même chose, ce sera la même chose. Si vous aimez le
copain, il vous aimera; si vous aimez le pauvre type, il
sera moins pauvre type; et le salaud, il sera moins
salaud. Tenez, les flics, les C.R.S., ce ne sont pas des
salauds : ce sont des pauvres types. Ils ont l'ordre d'être
vaches avec des braves types. Eh bien, nous autres,
il ˙agit de faire juste le contraire : d'être chic, de nous-
mêmes, avec les salauds. Ça commence ainsi, la paix!
Il faut bien qu'il y en ait qui fassent le premier pas.
Ceux qui le feront, ce seront ceux-là les Combattants
de la Paix. Ça ne s'appelle pas céder : ça s'appelle être
les plus forts. Un Combattant de la Paix qui fait une
vacherie à un copain ou qui se dégonfle devant une
injustice, il peut aller se rhabiller! La paix, ça n'exige pas
seulement de signer des listes ou d'engueuler un type

qui lit *L'Aurore* — alors ça, zéro! La paix, ce n'est pas
seulement un truc de meeting : ça ne commence pas
après le dîner, la paix! Ça commence le matin, ça
commence dans sa piaule, même si on y est tout seul!
Et ça se continue toute la journée. Ça consiste à regarder les autres en face, le copain comme le patron,
et à leur dire la vérité. A ne jamais penser : « Celui-là
est foutu, laissons tomber! » ou : « Celui-là est un
salaud, laissons tomber! » Casse-leur la gueule s'ils le
méritent, bon! mais explique-leur le coup. Si les
prolos laissaient tomber les sous-prolos, et ainsi de
suite, vous parlez d'une paix!

— Tout de même... dit Henri à mi-voix.

— Non, mon vieux! L'innocent qui va être fusillé,
tu crois qu'il déteste les gars du peloton? ou même
l'officier? ou même les juges? — Mais non! il sait
bien qu'ils ne sont que des instruments, les instruments
d'une mauvaise cause et d'un mauvais système. Pour
nous, c'est la même chose : la Société est mauvaise;
même ceux qui en profitent en sont les victimes.
Ça n'avance à rien de les détester : c'est le système
qui est détestable. Lui, il faut l'attaquer, par tous
les bouts! Mais eux, il faut essayer de leur expliquer.
Si vous croyez que ça donne de la force de détester,
essayez seulement le contraire : d'aimer les autres, tous
les autres, et vous verrez la force que ça vous donnera!
et la paix que ça créera en vous et autour de vous!...
Créer la paix, c'est chic, dites? La paix, c'est d'aimer
les autres, pour les obliger à aimer les autres — et ainsi
de suite, sur toute la terre! Et ça n'est pas facile... »,
ajouta-t-il à mi-voix.

Puis il cacha de nouveau son visage dans ses mains. Un silence absolu régnait; personne ne toussa. Pierre dégagea son visage, laissa tomber lentement ses mains ouvertes, sourit et dit à voix basse : « C'est tout... Oui, c'est tout ». Puis il regagna la salle sans prêter attention aux applaudissements des gars qui tombaient, serrés, continus comme une pluie d'avril. En passant près de Luis, il le vit qui demeurait, la bouche ouverte, tel un enfant étonné, avec un regard déconcerté derrière ses lunettes de fer. Le vieux l'arrêta au passage, posa sur son bras, avec une exigence de chien, sa main dure au doigt mutilé.

« C'est la vérité, Pierre, la vérité! » lui dit-il d'une voix rauque.

C'était la première fois qu'il ne l'appelait pas « curé ».

Quand ils sortirent de la salle, ils trouvèrent la rue tout enneigée. Patiemment, tandis qu'ils parlaient, la neige, avec un silence d'enfants préparant une surprise, avait tout garni, tout doublé d'ouate. A présent, elle tombait sans hâte : la partie était gagnée. Les renforts arrivaient et, dans la clarté lunaire, prenaient leurs positions pour l'attaque à l'aube. Ce silence invitait au silence; ils marchaient sans parler, tous les cinq, Pierre, Madeleine, Luis, Jean et Michel le boxeur. Ils respiraient cet air implacable; chacun avançait dans sa solitude. Où était la vérité? dans la chaude communion avec les hommes, ou dans ce désert glacé? dans les paroles qui font battre le cœur, ou bien dans ce silence?

« Mince! dit Michel, on était mieux tout à l'heure!

— Ça n'est pas si sûr », murmura Jean.

Ils entendirent courir derrière eux et se retournèrent : c'était Henri. Avec ses cheveux gris de neige, ce soir, il ressemblait à Pierre.

« Les gars demandent qu'on établisse une parmanence des Combattants de la Paix chez toi, rue Zola. (La buée soulignait dans l'air froid ses paroles.) Qu'est-ce que tu en penses ?

— Ils trouvent que ce n'est pas assez encombré comme ça ? » fit Madeleine en riant.

Henri la regarda sans amitié :

« Allons, la plupart n'y sont jamais venus ! »

« ... et n'y viendront peut-être jamais sans cela », pensa Pierre aussitôt : mais il demanda seulement :

« Où comptiez-vous l'établir ?

— Chez moi », répondit l'autre un peu sèchement.

« Garder à tout prix l'alliance avec Henri, voilà qui est encore plus utile ! » se dit Pierre. Il repartit, et les autres le suivirent. Leurs pas crissaient dans la neige. Les sandales d'Henri étaient transpercées; il éternua.

« Alors ?

— Alors, tu sais bien que j'ai un autre boulot à faire rue Zola ! Je n'ai ni la place ni le temps de...

— Tu te dégonfles ! dit Henri sans méchanceté, car il se sentait plutôt soulagé.

— C'est tout ce que tu sais dire ? « Je me dégonfle », « Je ne veux pas me mouiller »... J'ai l'impression de m'être mouillé, ce soir, non ?

— Tu as bien parlé. »

Pierre s'arrêta :

« Il ne s'agit pas de paroles ! Est-ce que, oui ou non...

— Non, dit Henri brutalement. Non ! Tu endors les types.

— Je n'ai pas l'impression qu'ils roupillaient, fit Luis innocemment. Et toi, Michel ?

— Pierre les a plutôt réveillés, dit le grand, et il se mit à rire trop fort.

— Je sais ce que je dis ! Et tu le sais aussi bien que moi. Il n'y a qu'une chose qui compte : la libération ouvrière. Tout ce qui en distrait les types, que ce soit le cinéma, les journaux marrants, la radio ou ton genre de laïus sur l'amour...

— C'est chouette d'être comparé au *ploum-ploum tra la la !* Tu parles si je suis fier !

— Écoute, vieux, dit Henri avec une sorte de chaleur, tu sais bien que la fille qui achète *Confidences*, ou qui reste debout une heure devant leurs tréteaux à conneries, est perdue pour la lutte, tu sais ça ?

— Si tu confonds le Christ avec Saint-Granier, il y a gourance, je te le jure ! dit Michel.

— Qu'est-ce que ça a à voir ?

— Beaucoup à voir, reprit Pierre. Tiens, je vais te faire un cours, moi aussi. Tu trouves tout naturel que deux et deux fassent quatre ou que les roues tournent ; seulement, il a fallu un type pour trouver ça. Et maintenant, tu trouves tout naturel que les hommes soient frères ou qu'ils se sacrifient les uns pour les autres ; seulement, il a fallu un gars pour le dire, ça et beaucoup d'autres choses. Et justement c'est le Christ, tu vois ! Et c'est sa ligne à lui que je suis, et c'est sa paix à lui qui m'intéresse.

— La paix est tout d'une pièce : il n'y a pas une paix de ceci et une paix de cela!

— Je n'en suis pas sûr. Mais les gars sont tout d'une pièce, eux, quand ils suivent le Christ; et ils savent très bien ce qu'est la paix et elle est ce que je leur ai dit.

— Du baratin! »

Pierre s'approcha d'Henri; leurs haleines se confondirent. Il souriait toujours, mais ses yeux étaient très brillants :

« Tu es moche, Henri, fit-il lentement. Est-ce que je prétends, moi, que Marx, Lénine, Staline, c'est du baratin? Si ce que j'ai dit aux gars ne les avait pas touchés, crois-tu qu'ils penseraient à installer leur permanence chez moi? Mais tu te dis : « Ces gars-là sont à moi. Qu'est-ce que ce curé vient foutre ici? » Et tu es moche parce que, depuis quatre mois que tu m'observes sans amitié, tu sais très bien que je ne suis pas « un curé » et que, la libération ouvrière, j'en veux au moins autant que toi. Et tu sais très bien que, chaque fois qu'il y a eu une histoire injuste, je me suis mouillé pour les copains. Seulement, ça te déplaît de ne plus avoir le monopole de dépanner les types. Tu peux parler des trusts : tu as la même mentalité!

— Ta gueule!

— Non, mon vieux : tout ce que tu voudras, mais me taire quand j'ai quelque chose à sortir à un gars, c'est zéro pour la question! Tu vois, Henri, tu es ravi que j'aie refusé pour la Permanence, mais tu en profites pour m'engueuler : tu es moche.

— Moche et con, ajouta Michel, parce que le Christ, tu ne peux rien contre lui?

— Tu vas la fermer, ta grande gueule, non ?

— Non, c'est plutôt celle des autres que j'ai l'habitude de fermer !

— Écoutez, ça suffit, dit Madeleine. On est en train de devenir des bonshommes de neige !» Et elle s'ébroua.

Mais Henri regarda Michel en face (ce qui l'obligeait à lever la tête) et on vit briller ses deux dents pointues.

« Dis donc, Michel, c'est peut-être ton Christ qui t'ordonne de traiter des petites affaires plutôt moches, non ?

— Je n'ai pas de comptes à te rendre ! Je ne suis pas inscrit au Parti, moi !

— Fais ce que tu veux, mais pour ce qui est de la Paix, tu aurais mieux fait de rester chez toi, ce soir !

— Quels casse-pieds ! fit soudain Jean qu'on n'avait pas encore entendu. Madeleine est en train de prendre froid...

— Tu n'aimes pas le sport ? demanda Luis en rallumant à grand-peine un mégot détrempé. Communiste contre curé, c'est passionnant !

— Tu en connais un bout, Luis, dit Henri doucement. Ça te va bien de faire le sacristain : tu en as assez étripé en Espagne, des curés !

— Oui, et tes chefs m'en ont été bien reconnaissants : *Me echaron a fuera como in perro sucio*[1] ! »

Madeleine lui tendit la main en bâillant :

1. Ils m'ont fichu dehors comme un chien sale !

« J'ai sommeil, bonsoir !

— Henri, fit Pierre (il secoua la neige de sa capote
kaki), apporte-moi demain des listes à faire signer pour
la Paix. Je n'aurais peut-être pas dû t'engueuler,
ajouta-t-il après un instant, mais, vois-tu, je crois que
tu avais tort...

— Je vais réfléchir, répondit l'autre gravement,
je t'en reparlerai demain. Tu viens, Luis ?

— Non, je fais le détour avec Michel. *Salud !* »

Henri, qui marchait déjà dans une ruelle blanche,
se retourna en riant :

« Comment dit-on « rancunier » en espagnol ?

— Ça se dit *conio*, comme le reste ! Allez, grouille
un peu, grand ! »

Pierre regarda s'éloigner le géant et ce vieil homme,
à son côté, qui devait faire deux pas pour chaque
enjambée de Michel. Ce vieil homme déçu, qui s'était
cru fidèle, et qui se croyait trahi ; qui tenait des discours sur l'avenir du monde à un maigre chat au
collier de ficelle ; qui prétendait ne pas croire en Dieu
et crevait — oui, crevait de n'avoir personne à aimer !
Vieil homme dont les seules joies étaient de prédire le
pire et de mettre de l'ail dans tout ce qu'il mangeait.
Une vie perdue...

« Bonsoir, Père.

— Je vous raccompagne, Madeleine.

— Pas la peine, fit Jean trop vivement : j'y vais,
moi. Allez, bonsoir ! »

Pierre resta seul au carrefour, très seul même,
tout d'un coup. Henri avait presque disparu ; Pierre le
vit se retourner, sans raison, et il lui fit un grand signe

d'amitié. Puis il regarda Michel et Luis : leurs ombres dissemblables viraient à chaque lumière; celle de Luis gesticulait. « Il lui raconte sa vie, pensa Pierre, et Michel s'en fout... » A droite, Jean et Madeleine traçaient leurs pistes parallèles. Pierre vit le grand ôter son manteau pour le poser sur les épaules de Madeleine qui refusa, qui l'obligea à s'en revêtir.

Pierre repartit vers la rue Zola en frissonnant. « Henri aussi est seul, se dit-il, et bien plus que moi : il n'a personne à qui parler, personne d'autre que lui-même... »

Soudain, il songea à Bernard. Chaque fois qu'il rentrait, à la nuit, son cœur se serrait en franchissant le seuil de la maison vide. Il pensait à Bernard comme à un homme mort, et il s'en voulait.

« Bernard, dit-il tout haut. Qu'est-ce que tu fous, mon vieux ? Qu'est-ce que tu fous ?... Et quel boulot tu m'as laissé!... »

A ses côtés, un paquet de neige se laissa tomber d'un toit, mollement; puis tout se rendormit. « Au fond, Bernard a perdu les pédales », se dit-il; et cette expression tragique lui revenait sans cesse à l'esprit : « Ça allait trop vite, tu vois!... Mon Dieu, pria-t-il, faites, oh! faites que je ne perde pas les pédales!... »

Le lendemain, un inconnu, puis un autre, puis bien d'autres poussèrent la porte de la rue Zola, farauds et craintifs, comme les bêtes de la forêt quand elles s'aventurent dans une clairière.

« Il est là... euh! c'est Pierre qu'il s'appelle ?

— Non, répondait Madeleine, il est à l'usine.

— Je croyais qu'il était curé!

— Prêtre-ouvrier.

— C'est la même chose.

— Oui et non. Il sera là vers six heures.

— On reviendra. »

Tous revinrent. Pierre trouva sa maison pleine et jeta vers Madeleine un regard angoissé : « Tout ce monde à loger et à dépanner? » Mais non! ils venaient signer pour la Paix, et puis...

« Et puis causer avec toi, mais il y a trop de types. Viens manger un soir chez nous! Pas demain : je suis de nuit; mais jeudi?

— Non, jeudi, c'est toi qui viendras manger ici, tu veux? On sera quelques-uns!

— Ça n'est pas bien commode si vous êtes déjà...

— Au contraire! Apporte un peu à bouffer, voilà tout.

— Mais non, mais non! fit Madeleine, on se débrouillera.

— Tout s'arrange toujours en chemin, ajouta Jean, et il regarda Madeleine en riant.

— Vous êtes marrants : vous rigolez toujours, vous autres! dit un gars qui venait de signer.

— Qui ça, nous autres?

— Les... chrétiens.

— Je ne le suis pas, dit Jean, pas encore.

— Alors, c'est contagieux... comme la Paix!

— Tu les reconnais à leur sourire, reprit Jean, mais moi, je reconnais tout de suite que tu es du Parti.

— A quoi?

— A ton regard! Tu as le regard communiste : dur et droit.

— Et mes fesses, elles sont progressistes? demanda Luis qui les écoutait. Tu les entends, curé? Ils se flairent comme des clebs! « Ton sourire... Ton regard... » Ça n'est pas une discussion, c'est une chanson de Tino Rossi!

— Quel couillon! fit le gars écœuré.

— Viens tout de même jeudi, toi aussi! dit Pierre en souriant.

— Et ma femme?

— Amène-la.

— Et les gosses?

— La voisine les surveillera, il y a toujours une voisine...

— Tu es un drôle de type... A jeudi! »

Deux gars restaient plantés devant le crucifix avec une curiosité grave.

« C'est marrant, dit enfin l'un des deux.

— Il y en avait un comme ça chez un grand-père que j'avais, je ne sais plus où, quand j'étais tout gosse. Oui, c'est marrant...

— Ce sont des nuageux, ces mecs-là, mais ils sont heureux! — Et ils sortirent.

— Je ne comprends pas, fit Madeleine qui consultait les listes : vous n'avez pas signé, Jean?

— Plus tard!

— Mais pourquoi?

— Plus tard, répéta-t-il en détournant la tête.

— Michel non plus n'a pas signé! »

On frappa à la porte; le fait était si rare que personne ne songea à répondre. On frappa de nouveau, après un long moment; Luis cria : « Entre donc! » et remonta ses lunettes sur son front. Un jeune abbé poussa la porte.

« *Caramba!* Il vient faire la quête! » dit Luis, et il se tourna vers le mur.

Pierre se leva, tendit la main :

« Vous êtes le seul qui frappez ici!

— Je ne vous dérange pas? Je suis vicaire à Sagny-Haut, j'aimerais vous parler.

— C'est que, chaque mardi, nous nous réunissons entre prêtres-ouvriers; j'y partais. A moins que... »

Il allait lui proposer de l'accompagner au métro. Il pensa aux autres, aux nouveaux copains, qui le verraient dans la rue avec un curé; il hésita.

« J'aurais bien fait un bout de chemin avec vous, mais je comprends que cela vous gêne de marcher avec moi.

— Moi? Pas du tout, dit Pierre en rougissant. Allons-y! »

Jusqu'à la place Jaurès, ils demeurèrent silencieux : ils ne savaient par quel bout saisir leur rencontre. Pierre souriait avec embarras, les mains dans les poches; l'abbé parla le premier.

« J'étais au meeting, hier soir.

— En soutane?

— Bien sûr! répondit l'autre un peu rudement. Un prêtre ne vous paraît pas à sa place dans une réunion pour la Paix?

— Est-ce que votre curé le savait? »

Trois pas en silence.

« Non.

— Qu'est-ce que je peux faire pour vous? demanda Pierre doucement.

— Je ne sais pas. J'ai repris pied, l'autre soir; alors... alors je m'accroche à vous! »

Un type roux et qui marchait très vite les croisa.

« Salut, Paulo! lui cria Pierre. Tu en as une belle canadienne!

— Très belle, mais il n'y a rien dessous! répondit l'autre en riant (et il écarta le vêtement neuf sur une chemise en loques). Allez, salut!

— Viens donc jeudi, Paulo!... D'accord?

— Je n'ai jamais dit à l'un de mes paroissiens qu'il avait une belle canadienne, dit l'abbé à mi-voix.

— C'est pourtant le seul moyen d'apprendre qu'il n'y a rien dessous. »

La station de métro était en vue; l'abbé se décida :

« J'étouffe dans la paroisse!... J'étais fiancé. Je ne me suis pas fait prêtre pour jouer au football avec des gosses et assister aux enterrements de première classe! Enfin, Père!...

— Depuis combien de temps êtes-vous dans la paroisse?

— Six mois. Mais dans six ans ce sera la même chose! Toujours la même chose!

— *Tu ne crois donc pas au Saint-Esprit?* »

L'autre demeura interdit, la bouche ouverte, le bras immobile.

« Si, dit-il enfin, je crois que si! mais... mais il est avec vous, pas avec notre petit troupeau fidèle qui

représente à peine le vingtième de la paroisse. Quand
je vais dans Sagny, j'ai l'impression d'être à l'étranger;
et on m'y regarde, en effet, comme un étranger.

— Et le petit troupeau, alors, tu le laisses tomber?
Tous les petits troupeaux fidèles, ça te paraît astucieux
de les laisser tomber? ça te paraît honnête?

— Et les trente millions d'autres? Moi, je crève...
Oui, répéta-t-il lentement et sans complaisance, je
crève de posséder la Bonne Nouvelle et de ne pas la
partager.

— Je comprends très bien. Mais c'est à ton curé
qu'il faut confier cela, pas à moi.

— Vous êtes le seul dans Sagny auquel...

— Absolument pas! Et puis, les gars que je...
que je pêche, il faudra bien qu'ils finissent par s'accrocher à la paroisse; et s'ils n'y trouvent personne pour
les comprendre, ils seront perdus. Ça aussi, c'est un
boulot important!... Pourquoi souris-tu?

— Vous me souhaitez de rester dans la paroisse, et
pourtant vous dites en prière : « Mon Dieu, faites
« que je sois de moins en moins curé »... Est-ce vrai?

— Oui. Qui te l'a dit?

— Notre curé. »

« Comment le sait-il? se demanda Pierre. Quelle
boutade idiote — non! ignoble... » Et il aima d'avance
ce curé dans la mesure où il l'avait blessé, où il se
détestait.

« J'ai eu tort. Ça voulait simplement dire...

— Inutile de m'expliquer! Je comprends cela...
mieux que vous : je le vis. »

Deux soldats sortirent du métro en s'injuriant, et,

parvenus sur le terre-plein, s'empoignèrent. On s'attroupait déjà. Pierre fendit les rangs et sépara violemment les deux hommes.

« Faites pas les cons! Vous ne savez pas qu'il y a un flic sous l'horloge, non?

— Il s'amène! annonça quelqu'un, et les assistants se dispersèrent.

— Filez en vitesse! ordonna Pierre. Non! toi par la rue et toi par le métro, caltez! »

Il s'y engouffra lui-même, mais s'arrêta au milieu de l'escalier et releva la tête :

« Ton nom, vieux?

— L'abbé Levas...

— Non! le vrai : ton prénom?

— Gérard.

— Adieu, Gérard, et bon courage!

— Dites donc, cria l'agent en se penchant sur la balustrade du métro, vous étiez de la bagarre, vous!

— Pensez-vous! fit vivement Gérard.

— Je l'ai vu!

— Mais c'est un prêtre, voyons!

— Vous rigolez?

— Oui, dit Pierre, il rigole. Mais j'ai seulement cherché à séparer les deux types — ça c'est vrai!

— C'est vrai, monsieur l'abbé?

— Puisqu'il vous le dit!

— Allez, adieu, Gérard!

— Adieu, *Père!* » dit Gérard très fort.

Pierre regardait ces hommes autour de la table et se sentait heureux d'être l'un d'eux. La table ovale avait la forme de Paris, et les prêtres-ouvriers, là aussi, se trouvaient calmement installés tout autour : ceinturaient Paris d'amour et de sourire. Plusieurs avaient posé leurs mains à plat sur la table et Pierre regardait ces mains dont il reconnaissait le métier : le Père André, blanchisseur à Boulogne; le Père François, soudeur chez Simca à Nanterre; le Père Michel, tourneur à Ivry; le Père Robert, chiffonnier à Clichy; le Père Jacques dont un accident de machine, six mois plus tôt, avait entamé le dos des mains et qui portait ainsi dans sa chair les stigmates du Christ... Un seul montrait des mains blanches : le plus âgé d'entre eux, qui s'était voué à sauver les filles entre Clichy et Barbès, et qu'on appelait « le Père Pigalle ».

Tous ces ambassadeurs aux mains vides, ces messagers en blouson, bleu de travail ou capote kaki, parlaient à tour de rôle, sans impatience. Chacun disait ses espoirs, ses coups durs, ses erreurs; et Pierre reconnaissait au passage ses propres problèmes, et il reprenait courage. Les autres ne jugeaient pas : citaient seulement leur expérience quand elle pouvait servir à quelque chose, en ajoutant le plus souvent que, sans doute, elle ne pourrait servir à personne.

Pierre parla d'Henri et du meeting pour la Paix. Personne ne fit de remarques; seul le Père Pigalle se pencha et murmura à son oreille :

— « Voici que je vous envoie comme des agneaux au milieu des loups... Soyez doux comme des colombes *et prudents comme des serpents!* » ajouta-t-il en posant sa main parsemé de roux, sa main d'homme vieux sur la manche de Pierre.

— Mais...

— Chut! moi-même, je ne le suis pas. Mais l'Archevêché est très prudent... Je n'ai pas dit « l'Archevêque », mais « l'Archevêché ».

Pierre passa le dos de sa main sur son front. « J'ai bien fait, pensa-t-il après un instant très pénible, et je fais bien d'accepter l'alliance d'Henri. Je n'ai peut-être pas raison, mais je fais bien : parce qu'il n'y a rien d'autre à faire. Sinon, rompre le contact? — Alors autant se retirer tout à fait, comme Bernard!... Non! si je commence à penser à demain au lieu de vivre aujourd'hui, je suis perdu. Ou plutôt, ils sont perdus pour moi, car eux vivent au jour le jour : c'est la définition du prolétaire. Le Christ vivait au jour le jour; il est avec moi, il ne me laissera pas tomber... »

Et soudain, en regardant l'assemblée, il s'aperçut qu'il restait un siège vide autour de la table. Une grande chaleur lui monta jusqu'au front et qui était de la joie : « C'est Sa place! pensa Pierre. Il est parmi nous, bien sûr! Les mardis de la Mission, c'est le Jeudi Saint... » Il se sentait heureux de cette halte sans lâcheté, de cette alliance taciturne avec quelques hommes aux yeux clairs, au front aussi soucieux que le sien, aux mains aussi dures. Ils allaient repartir; pourtant, ils ne se quitteraient pas.

Pierre songea de nouveau à Bernard et demanda si quelqu'un avait reçu une lettre de lui.

« *Dom Bernard* m'a écrit, répondit le Père André. Il va bien. Il m'a demandé de vos nouvelles... »

« Et pourquoi ne m'a-t-il pas écrit, à moi? se

demanda Pierre. A moi ou à Madeleine ? » Il s'en sentit à la fois blessé et soulagé ; et il se l'avoua, mais sans en chercher la raison. « C'est au Père André que Bernard écrit, pensa-t-il encore, mais c'est pour nous qu'il prie. Il ne nous donne pas de ses nouvelles, mais il en demande des nôtres... »

La réunion était terminée : on se leva pour prier ensemble ; on alluma une cigarette et l'on partit chacun de son côté. Quelques-uns s'en allaient à pied par des rues mal pavées qui, commune après commune, portaient les mêmes noms : Jean-Jaurès, Gambetta ou Gabriel-Péri. C'était une immense banlieue, plantée d'arbres morts, bordée de bistrots aux vitres embuées, et traversée de rails et de canaux ; une ville d'usines, de maisons basses et de gazomètres, et qui faisait le tour de Paris.

Les autres prirent le métro pour regagner leur royaume misérable et, comme on franchit par le train de nuit des pays qu'on ne connaîtra jamais, ils traversèrent cette grande ville étrangère, ses jardins, ses quartiers riches, son opéra, sa cathédrale. Ils n'étaient qu'un tremblement sous Paris, un frisson dans ses avenues, vite oublié.

IV

« UN PRÊTRE EST UN HOMME MANGÉ. »

En croisant un écolier à pèlerine, Pierre s'aperçut qu'il s'ennuyait d'Étienne, et il décida d'aller le chercher à la sortie de l'école. Il s'arrêta sur l'autre trottoir, s'accota au tronc noir d'un arbre et regarda les gosses sortir en piaillant. L'école les dégorgeait par grappes; ils poursuivaient dehors leurs luttes confuses, leurs « hou! hou! », leurs accusations au doigt pointu. Ils traversaient en courant, après un regard fou en amont et en aval. Mais Pierre vit l'un deux s'arrêter sur le seuil, au milieu du fleuve des autres et flairer le vent, oiseau indécis. Pierre siffla le *signal*, les trois notes qui étaient leur secret; il vit Étienne tourner la tête et la joie monter dans ses yeux comme le soleil se lève.

« Justement, je pensais à toi, Pierre!

— Ah?

— Je me demandais pourquoi on nous apprenait le calcul, l'histoire... enfin tout, quoi! Ça ne te sert jamais à toi, Pierre! ni à papa! ni à personne!

« — Cela te servira peut-être à toi. Mais... regarde-moi! Ce bleu sur ta joue, là...?

— Je me suis cogné.

— On t'a cogné! Ton père?... Cette fois, j'en ai marre : je vais...

— Quoi faire? » demanda Étienne en le regardant bien droit.

Pierre soutint ces yeux d'océan pluvieux, ces lèvres serrées, ce petit menton d'homme, mais pas la tache bleue sur la joue.

« Parler à ton père et lui casser la gueule un bon coup, s'il le faut.

— Reviens lui parler chaque nuit, alors! » dit Étienne en détournant la tête.

Puis il se mit à marcher plus vite que Pierre et à murmurer entre ses dents :

« Laisse-moi faire, va!... Il n'y a qu'à me laisser faire!... Moi, je sais bien!...

— Tu sais quoi, mon vieux? demanda l'autre en lui parlant comme à un homme.

— C'est mon affaire.

— Tu n'es pas chouette avec moi! »

Étienne lui jeta un regard suppliant :

« Tu ferais tout rater, Pierre! Ne me demande pas! Ne me demande rien! »

Il suffisait d'un mot : suffisait de l'appeler encore « mon vieux », et il aurait tout dit; Pierre ne demanda rien.

Quand ils arrivèrent à l'Impasse, les chats venaient de déchaîner la guerre entre eux, et les enfants contre les chats, et les grandes personnes contre les enfants. Henri ouvrit brusquement sa fenêtre.

« Tu parles d'une corrida! Entre donc une minute,
Pierre.

— A tout à l'heure, Étienne. Et surtout, ne décide
rien sans moi! »

Sur les murs de la chambre d'Henri, un portrait de
Staline, une carte de la Corée et une de l'Indochine,
un appel du Parti, et la Colombe de Picasso. Pierre
s'assit sur le lit effondré. Devant lui, une cuisinière
où s'entassaient des ustensiles; de l'autre côté de la
fenêtre, une armoire inclinée et dont la porte s'entre-
bâillait : pareille à une vieille qui marche penchée
vers la terre et la bouche ouverte. La table était encombrée de tracts, au milieu desquels un éléphant de
porcelaine.

« Il est marrant, ton éléphant!

— Ne t'occupe pas de lui! répondit Henri en rougissant. (Pas de vie d'homme sans un secret, un secret
absurde...) Je t'ai fait porter des listes, avant-hier,
parce que j'ai réfléchi : tu avais raison. On peut travailler ensemble, à condition...

— On peut travailler ensemble, mais sans conditions.

— Oui, dit Henri avec effort; puis après un moment : Tu es un dur, Pierre! D'ailleurs, j'aime mieux ça.

— Non, un doux. Mais vous confondez toujours
les doux avec les faibles!

— Tu es très fort, au contraire : tu les as eus au
sourire, l'autre soir.

— Non, je les ai « eus » à la vérité, tu vois!

— Laisse tomber! Tu es plus malin que moi, c'est
tout.

— Non, vieux, pas plus malin : aussi sincère et aussi... engagé, ça oui!

— Fous-nous la paix! Tu es d'abord engagé avec les curés, et les curés le sont avec les patrons et les riches, et puis c'est marre!

— En somme, dit Pierre amèrement, je suis un faux curé et un faux ouvrier?

— Oui.

— Tu parles exactement comme mon patron ce matin, fit Pierre en se levant pour partir. Vous êtes les deux seuls! »

Il se retourna sur le seuil :

« Seulement toi, tu en reviendras! »

Il allait sortir.

« Je te préviens, Pierre, tous ceux qui ne sont pas avec nous sont contre nous!

— Ah? Tu vois, nous autres, c'est juste le contraire : tous ceux qui ne sont pas contre nous sont avec nous. Salut! »

Il sortit très triste; son seul espoir était qu'Henri fût aussi malheureux que lui. Il vit Luis qui parlait avec Paulette et faisait de grands gestes.

« Salut, Paulette! Qu'est-ce qui se passe?

— Il se passe, dit Luis, que cette ordure de taulier a fauché la lessiveuse de Paulette sous prétexte qu'elle traînait devant la porte. Sans blagues! Où veux-tu qu'elle la mette, sa lessiveuse? Dans le berceau de Chantal? *Pobrecita de la casa!*[1]

— Il dit que ça gêne pour le passage.

1. La petite pauvre de la maison.

— Tu parles! Ça doit gêner les chats, la nuit!

— Où est Jacquot?

— Il parle au taulier.

— J'y vais. »

Il les trouva dans l'arrière-salle du bistrot; l'un des deux allait casser la gueule de l'autre, mais on ne savait pas encore lequel. Le taulier était beaucoup mieux nourri, un peu trop vêtu: c'était le combat de l'ours et du loup. Pierre les engueula, renvoya Jacquot à son vélo et à sa fille, essaya ensuite de persuader l'hôtelier qu'il devait rendre cette lessiveuse. L'autre répondit que Jacquot commençait à le... « C'est bien simple: chaque fois qu'on me dit *Jacquot*, je tire la chaîne! » Pierre lui répondit que ce n'était pas un argument. « J'en ai marre de tous ces types! » dit le taulier, et il passa en revue, hargneusement, les gens de l'Impasse: ce sale communiste d'Henri, cette souillon de Paulette, ce voyou de Jacquot, ce vieil anarchiste de Luis « qui avait déterré des bonnes sœurs et zigouillé des curés »... Il surveillait l'autre de l'œil en parlant.

« Ça ne m'impressionne pas, vous savez! lui dit Pierre. Ce qui est moche, c'est qu'un type soit tué par un autre, pas que ce type soit un curé. »

L'autre, déçu, poursuivit sa litanie haineuse.

« Vous oubliez l'Arabe, fit Pierre calmement.

— Vous ne l'aimez pas? Pourtant, c'est toujours plein de Nord-Africains, chez vous...

— Ce sont tous des copains; mais celui-là est une belle ordure.

— Faut pas exagérer!

— Justement, je trouve qu'il exagère. Seulement, voilà, il est bien avec les flics, lui! »

Le bistrot était devenu rouge Beaujolais; il soufflait dans la figure de Pierre.

« Qu'est-ce que vous voulez dire?

— Mais la vérité, simplement. Dites, c'est si simple de dire seulement la vérité!

— Dans un sens, oui.

— Alors... (Il fit l'effort de poser sa main sur le gros bras de laine.) Alors, dites-moi la vérité sur Jacquot et les autres : pourquoi les détestez-vous?

— Ce sont des salauds!

— Ça ne veut rien dire.

— Quoi! Marcel qui bat son gosse toutes les nuits parce qu'il est soûl... — Denise! (Il venait de s'apercevoir que sa fille les écoutait en silence.) Veux-tu aller jouer, bon sang! »

Pierre regarda sans sympathie sortir la gosse pâle que ses parents gavaient et fagotaient, cette enfant unique, ce dessus de cheminée... L'hôtelier aussi la regardait sortir et, se retournant vers lui, Pierre vit dans ces yeux ignobles une lueur d'amour.

« D'ailleurs, reprit le gros homme, ils me détestent.

— Et vous les détestez. Mais c'est comme les disputes de gosses : qui a commencé?... Et puis, il faut aussi qu'il y en ait un qui, le premier, retourne la situation; sans quoi, c'est foutu!

— Foutu? Qu'est-ce que ça peut me fiche à moi?

— Ce que ça peut vous faire? Mais regardez votre gosse : elle n'ose pas jouer avec les autres!

— Tant mieux, je n'y tiens pas.

— Elle est heureuse, Denise, hein?

— Je fais tout pour ça.

— La faire trop bouffer, l'habiller bien cher...
Donnez-lui donc aussi des leçons de violon : c'est ça
qui rend les mômes heureux!

— Sans blagues, de quoi vous mêlez-vous?

— Ce qui rend les gosses heureux, c'est de jouer
avec les autres et de voir des sourires tout autour.
Alors, votre hôtel, entre nous, c'est zéro!

— On va changer tout ça, dit le patron en minau-
dant : je pense très sérieusement à installer une salle
de bains dans chaque logement...

— Vous êtes un rigolo, reprit Pierre écœuré. Mais
vous ne coucheriez pas une seule nuit dans aucune
de vos piaules!

— Dites, je ne suis pas un ouvrier, moi! »

Pierre devint tout rouge. Il pensa, un instant, que son
devoir était de gifler ce type. Le Christ... Non, le Christ
n'aurait pas giflé ce type. Pierre se força à sourire.

« Qu'est-ce que ça veut dire : « Je ne suis pas un
ouvrier »?

— Vous êtes marrants! Vous boulonnez, bon! et
vous gagnez votre paye, ni plus ni moins. Vous n'avez
pas besoin de prévoir, vous autres! Vous ne savez
pas ce que c'est que le lendemain!

— Non, dit Pierre en passant le dos de sa main sur
son front, nous ne savons pas ce que c'est que le lendemain; mais vous, vous ne savez pas ce que c'est
que de vivre au jour le jour.

— Vous ne gagnez pas beaucoup, bon! Mais vous
n'avez pas de risques. Vous...

— Taisez-vous, commanda Pierre sans cesser de
sourire. Maintenant, taisez-vous!

— Et pourquoi je me... Attendez! »

Le téléphone sonnait, à côté, dans le bistrot désert.
Le patron y traîna ses savates. Pierre le vit décrocher
le récepteur avec une sorte de respect (Ses doigts
velus sur l'appareil : l'alliance s'enfonçait dans la
chair, comme les lunettes dans le nez de Luis...)

« Allô... Oui, c'est moi... Qui ça?... L'Union des
Locataires? Et alors... Oui, c'est exact, mais ça me
regarde!... Je n'ai pas de raisons à vous donner!...
Vous pouvez voir mes livres! N'importe qui peut...
Écoutez!... Non, bien sûr!... Je ne dis pas!... C'est
une histoire idiote... Écoutez... Remarquez, je ne
demande qu'à être bien avec tout le monde!... Bien
sûr!... Tout le monde vous dira ici... (Il aperçut
Pierre et s'arrêta.) Enfin, c'est entendu... Dites-leur
bien que c'est entendu! »

Il raccrocha, parfaitement furieux, et chercha
l'autre des yeux.

Pierre marchait vers la porte. Le bistrot s'affaira
soudain, jeta dans son évier des verres et des petites
cuillers, y plongea ses avant-bras.

« J'aime pas les histoires, cria-t-il à Pierre sans le
regarder. Rendez la lessiveuse à vos copains : elle
est dans le réduit de droite, derrière les cabinets. »

Quand Pierre fut sorti, il prit un verre à demi et le
cassa en le lançant sur le dallage. Puis un autre.

Le réduit sentait un déménagement de pauvres :
dix ans de poussière et de pourriture. Pierre trouva
la petite Denise assise sur la lessiveuse et qui pleurait.

« Qu'est-ce que tu... qu'est-ce que vous avez à pleurer?

— Je... le... savais! répondit-elle en reniflant.

— Savais quoi?

— Qu'elle était là!... Et je n'ai pas osé le dire... »

Elle portait des boucles d'oreilles et un ruban dans les cheveux; on aurait dit un gâteau de Noël oublié dans un taudis. Pierre sentit son cœur se serrer.

« Tiens, tu vas m'aider à l'emporter, Denise! »

En traversant l'Impasse tous les trois (la lessiveuse, Denise et Pierre), ils semèrent la stupeur : les têtes s'immobilisaient derrière les vitres, puis on paraissait sur le seuil, toujours sans un mot, mais on regardait Denise avec d'autres yeux. « Enfin! » dit seulement Paulette, et c'était un mot plus précieux que *merci*.

Pierre prit la main de la petite fille et poussa la porte du Parc.

« Étienne, tu ne veux pas jouer avec Denise? »

Le regard bleu demanda : « Tu y tiens, vraiment? » et le sourire répondit : « Oui, mon vieux. »

« Alors, amène-toi, Denise! J'apprivoise le chat de Luis, je lui apprends à compter... »

En sortant de l'Impasse pour acheter du pain, Pierre rencontra Henri, le col du blouson relevé, les cheveux emmêlés par le vent, une boîte à lait à la main.

« Il paraît que tu as décidé le taulier à rendre la lessiveuse?

— Non. Je lui ai parlé, et puis il l'a rendue. Mais, entre-temps, on lui a téléphoné de l'Union des Locataires.

— C'est moi qui l'appelais d'un autre bistrot, dit
Henri en découvrant ses deux dents pointues. Tu vois,
la trouille est plus forte que la persuasion!

— Pour faire rendre une lessiveuse, oui; pour
changer un bonhomme, non.

— Tu penses avoir changé le taulier?

— Tu espères bien changer un jour la face du
monde dans tes réunions de cellule! J'ai planté une
graine, c'est tout.

— Elle devrait pousser, mon vieux, parce que
comme fumier, ah! dis donc!... En tout cas, tu vois
si je suis bath : je ne dirai pas un mot du téléphone!
Comme ça, on pourra croire...

— Tu n'as pas encore compris que je me fous de ce
qu'on croit ou pas? cria Pierre. Il n'y a que la vérité
qui m'intéresse!

— Viens, dit Henri, j'ai acheté davantage de lait
et un camembert entier : on va manger ensemble.
J'ai été salaud avec toi tout à l'heure. Au fond, tu
es un copain! »

Ils partirent bras dessus, bras dessous. Pierre souriait en pensant à la lessiveuse : « Toutes les guerres
se déclarent sur un détail idiot; pourquoi la paix
entre deux gars ne commencerait-elle pas de la même
façon? »

« Dis donc, demanda Henri, c'est le jeudi soir ta
réunion des pauvres mecs? Tu en ferais une gueule
si j'y venais!

— Viens assez tôt : tu serviras la messe!

— Ah! dis donc », fit seulement l'autre, mais il
riait tellement qu'il dut s'arrêter pour tousser.

Jean arriva le premier et réclama les listes pour la Paix.

« Tu t'es enfin décidé ? »

Il signa laborieusement, prenant tout son temps, comme pour un acte grave auquel on a beaucoup pensé d'avance. Puis il poussa un soupir et alluma une cigarette ; il la tenait entre le troisième doigt et l'annulaire et, quand il la portait à ses lèvres, sa main maigre cachait la moitié du visage : on ne voyait plus que les yeux au regard étroit, embusqués derrière ces créneaux.

« Je ne pouvais pas signer avant : j'avais un ennemi. Un type que je ne pouvais pas encaisser... J'ai mis trois jours à faire ma paix avec lui. Maintenant, je peux signer ! »

Il tourna les yeux vers Madeleine ; elle souriait.

« On est heureux », dit Jean.

Pierre, dans la pièce voisine ; Madeleine, dans celle-ci, qui mettait de l'eau à chauffer ; lui-même en paix avec le monde entier ; et sur le mur, en face d'eux, une croix de bois blanc : le grand copain silencieux...

« On est heureux, répéta Jean d'une voix si changée que Madeleine se retourna pour le dévisager et cessa de sourire.

— Madeleine, commença-t-il, je voulais vous dire... »

Mais le grand Michel entra dans la pièce, et Jean fut à la fois déçu et soulagé.

« Salut, Madeleine ! Salut, toi ! Où est Pierre ?

— Ici, dit le Père en paraissant sur le seuil. Qu'est-
ce qu'il y a de cassé ?

— Rien. Au contraire ! Enfin, si, tout de même...
Je viens de perdre trois cent mille, c'est chouette, non ?

— Complètement sonné !

— Mon vieux, tout ce que tu m'as raconté, l'autre
jour, mince ! quel bien ça m'a fait !

— Quand ça, l'autre jour ? demanda Pierre avec
méfiance.

— Eh bien, le... euh... dimanche, la veille du
meeting ! »

C'était le soir où Michel ne lui avait pas laissé dire
une seule parole, lui avait fermé la bouche avec des
cigarettes. Pierre et Madeleine se regardèrent en
riant.

« Pourquoi rigoles-tu ? demanda Jean. Quelquefois,
nous rentrons de l'usine, tous les deux, sans dire un
mot. Pourtant, quand on se quitte, je me sens rempli
de choses nouvelles !

— Quel rapport ? fit Michel.

— Aucun. Mais quel rapport entre notre... conversation et les trois cent mille que tu as perdus ? Trois
cent mille quoi, d'abord ?

— Du fric, mon vieux, du fric comme je n'en verrai
plus jamais ! »

Michel était, depuis deux mois, placier en couvertures pour une maison de Lille. Il en vendait quelques-
unes, par-ci, par-là. Récemment, un copain de son
beau-frère, fonctionnaire au Ministère de la Guerre,
lui avait obtenu une commande de dix millions pour
les troupes d'Indochine.

« Trois cent mille de commission, tu te rends compte ? J'ai d'abord dit oui, naturellement ; et puis j'ai dit... enfin, je viens de refuser. »

Plusieurs types étaient entrés depuis un moment. L'un d'eux dit, avec une sorte d'affection :

« Couillon ! un autre vendra les couvertures à ta place !

— D'ailleurs, ajouta une fille, il faut bien que les soldats aient des couvertures !

— Ma femme m'a dit tout ça, reprit Michel en secouant sa tête au nez écrasé. Mais je sens bien que j'ai raison. Je suis contre la guerre, j'ai signé pour la paix, cette histoire d'Indochine me dégoûte : je ne vais tout de même pas gagner du fric avec ! Enfin quoi, Pierre, sans blague ? »

On s'attendrissait, on allait admirer ; Pierre flaira la complaisance et parla durement :

« Évidemment, tu ne pouvais pas faire autrement : tu n'aurais jamais osé regarder les copains en face, avec ton argent ! Tu aurais changé de rue pour ne pas passer devant une croix !

— C'est important de regarder les autres en face ! dit un vieux à qui trois cent mille francs n'étaient pas passés entre les mains en un demi-siècle.

— Seulement, Michel, il faut retrouver un autre boulot, et en vitesse ! Je n'ai pas les moyens de dépanner les millionnaires, moi ! »

Michel prenait la tête de l'écolier qui escomptait une place de premier et obtient tout juste sa moyenne.

« Viens me servir la messe », lui dit Pierre.

On passa dans la grande pièce. Jamais les gars n'avaient été aussi nombreux. Pierre, derrière la table

d'autel, les dévisagea un à un avec un sourire où la
timidité semblait mettre une nuance de défi. Il
remarqua, tout au fond, un grand vieillard maigre,
bien vêtu de noir, et dont il connaissait le visage
quoiqu'il ne pût l'identifier.

« Il est tard, fit Pierre, on n'attendra pas les copains; mais on pensera à eux, dites? Michel, vois
donc ceux qui veulent communier... »

Le grand passa parmi les autres, en soufflant très
fort. Il proposait le pain fragile. Des mains rouges,
des mains noires prenaient avec précaution la petite
hostie, allaient la déposer sur la patène à côté de la
grande : une mère entourée de ses enfants. Ils par-
lèrent la messe, ensemble, en français. Jean restait
un peu à la traîne et finissait toujours après les autres :
c'était la première fois qu'il prononçait ces paroles.
Quand elles lui paraissaient trop singulières, ou quand
il n'y croyait pas entièrement, il se taisait. Durant un
silence, on entendit Luis, dans la cuisine, qui taquinait
Madeleine parce qu'elle ne mettait pas assez d'ail
dans les plats. Plus tard, elle entra à son tour et, fermant les yeux, récita par cœur avec les autres. Jean
lisait le texte sur ses lèvres. Il pouvait ainsi la fixer
sans devoir détourner son regard, et il en fut d'abord
heureux. Mais son cœur se serra et les mots s'arrêtèrent dans sa gorge. Il voulut croire que c'était le pathétique visage de Madeleine, tendu, fermé comme celui
d'une mourante qui l'impressionnait; en vérité, il venait
de comprendre que ce visage était tendu vers un autre,
fermé pour lui, et c'était de cela qu'il souffrait.

Quand on en fut au *memento des vivants*, chacun dit

tout haut ses intentions : « ...Pour un copain de
l'usine : on vient de s'apercevoir qu'il est malade,
mais trop tard... Pour les vieux qui meurent tout
seuls... Pour un gars qui sort de taule et personne ne
veut de lui... Pour la petite à Jojo, qui est perdue... »

« Non, dit Pierre avec douceur, pas perdue ! Tu
vois, prier, c'est être sûr qu'elle n'est pas perdue... »

Et il ajouta : « Pour un copain qui va être dans le
pétrin parce qu'il a été chouette... » Mais il ne regarda
pas du côté de Michel.

Après la messe, Pierre chercha des yeux le vieillard ;
il avait disparu. Ce jeudi-là, « l'occasion », chez
Damoy, était une livre de pois cassés et tous en avaient
apporté. Tant pis ! on en reprendrait trois fois. Pierre
demanda si personne ne connaissait des locaux vides :
un couple, avec trois gosses, couchait depuis sept nuits
dans des piaules différentes...

« J'ai nettoyé les carreaux du presbytère de Sagny-
Haut, fit l'un des gars : deux étages, mon vieux, deux
grands étages pour le curé et trois bonnes sœurs !

— On verra ça », dit Pierre en rougissant.

Il pensait à l'abbé Gérard.

« C'est tout vu ! » reprit amèrement un autre.

Et il expliqua que le curé était au mieux avec son
patron — celui qui habitait la maison neuve, à côté,
là, sur le Parc ! Et que son patron venait de faire une
belle saloperie : signé une convention collective hier
soir et renié sa signature aujourd'hui à midi « parce
que les autres patrons n'étaient pas d'accord, tu te
rends compte ? » Ce qui le blessait le plus était que
son patron fût au mieux avec le curé.

« Ton patron est bien avec le curé, lui dit Pierre à
mi-voix, mais toi tu es bien avec le Christ!... Et puis,
tu n'es pas le seul à avoir des emmerdements avec
ton patron : le mien a voulu me flanquer dehors, hier
matin!

— Pourquoi ? » demanda Luis.

Il avait retiré ses lunettes pour manger plus com-
modément : il ressemblait à un chien aveugle.

« Je suis monté lui dire qu'il ne respectait pas la loi.
Il n'y a pas de comité d'entreprise à la S. A. C. M. A.;
les types mangent sur les lieux de travail; les ateliers
du bas ne sont pas aérés, sept apprentis sont tombés
dans les pommes cette semaine!

— Qu'est-ce qu'il t'a répondu?

— Que j'étais le dernier entré et que c'était moi
qui rouspétais! Que j'étais manœuvre aux stocks et
que, ce qui se passait dans les ateliers, je devais m'en
foutre! Qu'il était très déçu : qu'il avait espéré que
moi, du moins, je comprendrais ses difficultés et
prendrais son parti. « Pourquoi *moi, du moins?* » lui
ai-je demandé.

— Tiens, pardi, parce que tu es curé! Donne-moi
des pois cassés, Madeleine.

— C'est cela que je voulais lui faire dire! J'en avais
honte pour lui... Il n'a pas osé. Alors il m'a prévenu
que, si je n'étais pas content, on ne me retenait pas!

— Tu n'en as plus pour longtemps, mon vieux.

— Eh bien, tant mieux! dit soudain Michel en
tapant sur la table et les écuelles sautèrent en l'air.
Tu vois, Pierre, ça n'est plus possible que tu travailles
à plein temps : on a trop besoin de toi! »

Il y eut de l'écho, tout autour de la table : « C'est vrai... trop besoin de toi... plus possible... »

« Vous êtes bien marrants, dit Pierre en passant le dos de sa main sur son front, il faut... il faut que je croûte !

— On se démerdera pour ça !

— Mais surtout, il faut que je garde le contact avec les copains, que je reste en usine !

— Évidemment, c'est beaucoup plus utile de charger des camions pour le compte du type dont tu nous parles, que de dépanner les copains !

— Vous ne comprenez pas.

— Si, très bien, dit Henri qui était entré depuis un moment. Moi je comprends très bien : il faut que tu travailles à mi-temps. Je te trouverai une autre place ; j'en parlerai à la Cellule ; Jacquot, parles-en à l'Intersyndicat...

— Par exemple, dit Jean, si on trouvait des logements vides : eh bien ! pour les *squatteriser* proprement, il faut d'abord parlementer avec les propriétaires ; si ça rate, on doit intéresser le quartier, faire l'occupation en douce à la meilleure heure et monter la garde quelques jours. Il faut du temps pour organiser tout ça !

— Dites, ce n'est pas moi qui vais *squatteriser* les logements ?

— Avec toi, fit un copain qui ne riait jamais et n'avait pas encore dit un mot, ce sera indiscutable, tu comprends ? indiscutable.

— Qu'est-ce que vous en pensez, Madeleine ?

— C'est normal, répondit-elle à mi-voix, le Père

Bernard aussi a fini par donner toutes ses journées. »

« Et il y est resté! » pensa Pierre. Les autres se sentaient joyeux de cette décision pas encore prise. Luis trouva un dernier litre dans un coin.

« Madeleine le gardait peut-être pour demain, hasarda Jean.

— Demain? Connais pas!... *Demain, on sera tous morts!* »

Il dévorait une tartine d'ail si gloutonnement qu'il paraissait rire, comme les chiens, et en jetant, comme eux, des regards furtifs de côté.

Pierre, silencieux, pensait à Dom Bernard, à la Mission, à...

« Madeleine, demanda-t-il soudain, les yeux brillants, ce vieil homme noir, pendant la messe, savez-vous qui c'était?

— Bien sûr, répondit-elle calmement : le cardinal archevêque de Paris!... Alors personne ne veut plus de pois cassés? »

Ce fut le dimanche suivant, en fin d'après-midi, que le curé de Sagny-Haut se rendit rue Zola. Le ciel était jaune et couvait la neige. Pierre revenait d'une partie de rugby; il jouait à l'aile droite de l'équipe S. A. C. M. A. qui avait gagné contre *Saint-Denis II*. Pierre était fourbu et ravi; il sortait de la bonne amitié des vestiaires : douches fumantes et claques dans le dos. Quand il le rencontra, devant la grande porte de bois du 28, il se sentait très loin du curé doyen de Sagny mais tout proche de saint Pierre, de saint André et des autres. L'Évangile aussi s'était d'abord joué à onze, une sacrée équipe!

M. le curé de Sagny-Haut était accompagné d'une vieille religieuse, directrice de ses œuvres de filles, blanche et ridée comme le dessus d'une crème à la vanille. Lui-même avait le visage parfaitement rose et tendu, une fleur de peau; rasé comme un comédien, et le cheveu neigeux. Ses yeux bleus, si honnêtes, un peu lents, paraissaient toujours en retard d'un regard sur sa parole.

Il se trouva donc, gants noirs, cache-nez noir, douillette exactement boutonnée, avec Pierre nu-tête, le col kaki relevé, les mains dans les poches, le balluchon sous le bras, devant l'énorme VIVE LA PAIX que les gars avaient inscrit à la craie sur la porte du 28.

« Monsieur le curé, dit Pierre en le précédant dans la froide cuisine, je m'excuse beaucoup : depuis ma première visite, la semaine de mon arrivée ici, je ne vous ai pas...

— Je sais que vous êtes très occupé.

— Complètement pris, monsieur le curé.

— Vous devez être étonné de me voir...

— Mais pourquoi?

— C'est un coin où l'on ne rencontre guère la soutane!

— Monsieur le curé, quel est celui de vos vicaires qui a la charge de ce quartier?

— Vous! » fit vivement la bonne sœur en pointant un doigt blanc et un regard vif sur Pierre.

Il se mit à rire :

« Bien sûr, mais...

— Évidemment non, dit le curé avec un geste tranchant de sa belle main. Le plus souvent on n'affecte pas... géographiquement les vicaires! C'est donc ainsi que vous procéderiez, reprit-il plus doucement, si vous étiez le curé de cette paroisse?

— Monsieur le curé, vous ne vous êtes certainement pas dérangé aujourd'hui pour savoir comment je mènerais votre paroisse si j'en avais la charge! »

Pierre pesait ses mots, il avait perdu l'habitude de tels interlocuteurs. Et puis, il éprouvait la sensation déplaisante que chaque parole qu'on lui disait était préparée et chacune de ses réponses consignée : la sensation d'être inculpé. Il ne pouvait détacher son regard de cette main si belle, aux gestes voulus, et pour laquelle le curé éprouvait visiblement une complaisance théâtrale. La main se cabra sous l'insistance de ce regard et se mit à tambouriner sur la table grossière. A cette même place, trois jours plus tôt, Luis coupait fin de l'ail sur son gros pouce avant d'en parsemer son assiettée.

« Je suis justement venu vous parler de l'un de mes vicaires, M. l'abbé Levasseur.

— Je ne le connais pas.

— Vraiment? l'abbé Gérard Levas...

— Ah oui! Gérard. Il est venu ici mardi.

— Je le sais. Et que vous a-t-il dit?

— Si vous venez ce soir, monsieur le curé, dit Pierre très doucement, c'est que vous le savez déjà. »

La main comprit avant le regard qui interrogeait encore.

« En effet... Vous connaissez mal le travail d'une paroisse : c'est une *usine* (il détacha le mot) exactement agencée. Si l'un de ses rouages... »

Pierre savait qu'il allait dire : « Si l'un de ses rouages » et devinait la suite. Il faillit l'interrompre.

« ... si l'un de ses rouages cesse de fonctionner ou même seulement de fonctionner au rythme du reste... (« C'est la machine entière... », pensa Pierre)... c'est la machine entière qui se trouve déréglée.

— C'est l'évidence, monsieur le curé.

— L'abbé Levasseur est ce rouage incertain. Or, il est chargé du patronage de nos garçons et du caté-chisme des tout petits. Vous imaginez aisément le désordre...

— Oui, dit Pierre sans chaleur. Mais qu'y puis-je, monsieur le curé?

— Détourner M. Levasseur d'un apostolat incer-tain. Vous voyez ce que je veux dire?

— Vous voulez dire : le mien! »

La main répondit : « C'est cela! » La parole démen-tit poliment. (Le regard, distancé, se posait çà et là.)

« Nullement! Mais je connais M. Levasseur. Il est fait, comme tous les... comme la plupart des prêtres pour le travail de paroisse. Voyez-le. Dites-lui...

— Monsieur le curé, votre vicaire est venu me voir de lui-même; et, de moi-même, je l'ai... non pas découragé d'un autre apostolat, mais encouragé à faire son travail comme on le lui demandait. S'il revient me voir, je lui tiendrai le même langage;

mais ne me demandez pas de le dégoûter, moi-même,
de ce à quoi j'ai donné ma vie, ça non!

— Vous le devriez, fit gravement le curé en regardant ses ongles. Si vous n'étiez pas installé à Sagny,
M. Levasseur n'aurait pas cette tentation.

— Et si votre prédécesseur n'était pas venu à
Sagny, glissa vivement la vieille sœur, Madeleine
serait encore notre Enfant de Marie la plus zélée.
Je ne la vois même plus le dimanche à la messe...

— Je l'y vois tous les jours, dit Pierre en souriant.
A quoi Madeleine vous était-elle utile, ma Sœur?

— Elle aidait les catéchistes, elle décorait l'église,
elle dirigeait le rosaire, elle... — je ne sais pas, moi!

— Elle était un exemple vivant pour nos jeunes
filles, dit le curé en écartant les mains.

— Combien sont-elles? demanda Pierre un peu
rudement.

— Mais... vingt-deux, répondit la sœur.

— Sur deux mille qui dépendent de la paroisse?

— Deux mille?

— Oui, ma Sœur : deux mille jeunes filles, autant
de jeunes gens, trois mille petits, deux mille cinq cents
vieillards, six mille hommes et femmes, voilà la paroisse.

— Non, coupa le curé, le quartier, pas la paroisse!

— Quelle différence?

— Comment, quelle différence? Mais nos fidèles
sont environ douze cents : ce sont eux les paroissiens.

— Pourquoi eux seuls?

— Parce que, dit le curé, il faut d'abord sauver et
conserver ce qui existe. Le reste... le reste viendra
plus tard : on ne peut pas tout faire!

Il s'était levé et marchait, les mains dans le dos, noblement nerveuses; marchait à trop grands pas : vêtu d'un pantalon, il aurait changé de démarche.

« C'est précisément ce que j'ai dit à l'abbé Levasseur. Il m'a répondu qu'il ne supportait pas la pensée de posséder la Bonne Nouvelle et de ne la partager qu'entre si peu d'âmes; et j'ajoute, moi : d'âmes qui justement la connaissent déjà!

— C'est une chimère, fit le curé en levant les bras, non pas au ciel mais jusqu'à son visage rose, une honorable chimère!

— Monsieur le curé, quand les Onze sont partis évangéliser le monde entier, c'était une folie plus grande encore!

— C'est vrai, dit la sœur, et Pierre vit luire une braise sous la cendre de son regard.

— Écoutez, reprit le curé en se rasseyant, j'ai la charge d'un troupeau, moi. Le garder, le conduire à Dieu, voilà ma tâche.

— Non, fit Pierre obstinément, vous avez la charge d'une paroisse. On dit : « Voici un quartier de seize mille *âmes*. » Je n'en vois pas une seule qui ne soit votre enfant!

— Je le voudrais bien, mais soyez raisonnable!

— Il n'est pas du tout « raisonnable » de laisser tout le troupeau pour partir à la recherche d'une brebis égarée! Pourtant, c'est le commandement.

— Tout à fait raisonnable, au contraire, quand on sait que le troupeau restera fidèle durant ce temps! Malheureusement, il est prouvé...

— Mais il ne doit pas vous quitter! C'est avec lui

tout entier que vous partez à la conquête des âmes :
ce n'est pas un troupeau, mais une armée! Sans quoi...

— Allons, chacun son rôle!

— Non, monsieur le curé, chacun ses méthodes;
mais tous les chrétiens ont le même rôle!

— Tous *militants?* Je sais, c'est un mot à la mode!

— *Patronage* aussi fut un mot à la mode, dit Pierre
avec douceur. Tenons-nous-en donc plutôt aux mots
qui ne passent pas : *Apostolat* en est un. »

La belle main s'impatienta.

« Cet apostolat, dans ce quartier-ci, vous vous en
occupez... à votre manière. N'empiétez pas sur la
paroisse, voilà tout!

— Je lui apporte, au contraire : je recrute de nouveaux chrétiens qui, tôt ou tard...

— Vous empiétez sur elle en détournant d'elle,
involontairement, un vicaire et une... militante!
Quant à vos néophytes, je crains beaucoup que jamais
ils ne soient à leur aise dans le milieu paroissial.

— C'est aussi ma seule crainte, monsieur le curé,
et le seul vrai problème.

— La faute à qui?

— Au « milieu paroissial » dont vous parliez, dit
Pierre résolument en se levant à son tour : aux autres
chrétiens qui ne les accueillent pas avec un regard de
frère aîné, mais de cohéritier.

— C'est la faute des bons paroissiens et de leur
clergé, n'est-ce pas?

— Quand un enfant blesse un de ses cama-
rades, c'est le père qu'on en tient responsable. Est-ce
injuste?

— Voilà, dit la sœur comme pour elle seule : pas coupable, mais responsable...

— Je ne pensais pas, fit amèrement le vieux prêtre en joignant ses mains, que je trouverais ici mon juge. »

Des deux poings Pierre s'appuya sur la table et, se penchant vers lui :

« Pardonnez-moi. Mais n'étiez-vous pas venu ici en accusateur ? Et quant à juger, non ! J'ai appris d'eux à ne jamais juger.

— D'eux ?

— Des ouvriers.

— Ce sont eux qui vous forment ? (Pierre abaissa la tête en souriant.) C'est le monde à l'envers !

— Le Christianisme, c'est le monde à l'envers ! Les premiers seront les derniers... Heureux ceux qui pleurent !... Et malheur aux riches !

— Le monde à l'envers, mais pas le désordre ! Vous ne me ferez jamais croire que mon *devoir* (la main, comme un cœur rose sur l'étoffe noire) consiste à laisser mes vicaires déserter la paroisse, et ses œuvres péricliter. Dans un monde qui se paganise, je mets mon honneur à transmettre cette paroisse telle que je l'ai reçue il y a vingt-sept ans.

— Elle a beaucoup changé depuis, monsieur le curé.

— Comment cela ?

— A ma connaissance, la population a doublé et le nombre des usines triplé. La mortalité infantile aussi, ajouta-t-il doucement ; et la criminalité tout autant...

— Ah ! fit le vieil homme rassuré : le quartier a

changé, voyez-vous, et pas la paroisse. Quelle victoire!

— Celle des villes assiégées et qui résistent encore un peu... La victoire de cette maison neuve, là, au milieu de ces taudis. Il ne faut pas confondre survivants avec vainqueurs, monsieur le curé!

— Je ne dis pas qu'il n'eût pas fallu créer une seconde paroisse...

— Pourquoi? demanda Pierre, sans égards. Votre église est donc pleine, chaque dimanche? Et il n'y a donc place que pour vingt-deux filles aux Enfants de Marie, ma Mère?

— Il fallait...

— Faire ce qu'a fait le cardinal : créer la Mission de Paris et la mettre au service du Diocèse.

— C'est une expérience!

— Pour Rome, peut-être; pour le cardinal et pour tous ceux qui y ont engagé leur vie, c'est beaucoup plus qu'une expérience.

— Le cardinal, le cardinal! Vous vous prévalez d'une caution bien forte. Qu'est-ce qui nous prouve l'intérêt que notre archevêque... »

Pierre l'arrêta du geste; il s'assit et, d'une voix qui s'altérait à mesure :

« Il était en secret ici même, parmi nous, jeudi soir. »

Les belles mains se firent immobiles et blanches tels deux gisants, le visage lui-même devint d'un rose plus fragile.

« Son Éminence n'a jamais rendu visite à mon église », dit lentement le curé.

Il se leva lourdement. C'était un gros vieux homme et Pierre eut pitié de lui. « Écoutez... » commença-t-il, mais la porte s'ouvrit. Le curé et la religieuse, qui s'étaient retournés, virent sur le seuil un inconnu dont la neige parsemait le vêtement gris et qui souriait.

« Il y a un moment que je frappe, dit le *Père Pigalle*, mais sans réponse ! Est-ce que... ?

— Bonsoir Père. Ici, vous savez, on ne frappe pas : on entre !

— Merci. Bonsoir, ma Mère, bonsoir, monsieur l'abbé.

— Monsieur le curé, rectifia Pierre. Voici le Père... euh ! (Il ne se rappelait que son surnom.)

— Bardet.

— Ah ! souffla le curé à l'oreille de la sœur, le « Père Pigalle », vous savez ? »

Le visiteur s'était retourné vers la nuit. Il en ramena, par le poignet, une fille mal fardée dont le corps paraissait deux fois plus âgé que le visage. Elle tenait à la main une valise de carton un peu défoncée.

« Et voici Suzanne que je vous amène parce que... Mais Madeleine n'est pas là ?

— Elle ne tardera pas.

— Ah !... Je... Est-ce que Suzanne peut se reposer dans la pièce voisine ? Mais... y a-t-il une pièce voisine ?

— Oui. Venez, Suzanne. »

Pour se donner une contenance, la fille arrangeait ses cheveux d'une main aux ongles lépreux et regardait le sol. Pierre la conduisit dans la chambre.

« Allongez-vous, Suzanne, si vous êtes fatiguée. »

Il aurait voulu lui dire aussi qu'elle se trouvait chez des *copains;* mais il ne savait pas trop ce que ce mot signifiait à Barbès-Rochechouart. Le Père Pigalle ferma la porte sur elle.

« Il y a six mois que je travaille à la tirer d'affaire, dit-il, et aujourd'hui — aujourd'hui dimanche! — c'est fait. Je l'ai baptisée, ce matin, sur son insistance. Et je vous la conduis, Père Pierre, parce qu'il faut d'abord l'éloigner de son quartier, ensuite qu'elle se repose au milieu d'amis, et qu'ensuite vous lui trouviez du travail.

— Je lui trouverai du boulot, assura Pierre, et même un logement. Mais pour le repos...

— J'avais pensé que votre maison communautaire, à Choisy...

— Oh non, ce n'est pas ce qu'il lui faut! » répondit Pierre vivement.

Au ton et au regard, le Père Pigalle comprit qu'il préférait ne pas donner d'explications devant les autres; mais le curé l'avait aussi senti :

« J'aurais cru moi-même, hasarda-t-il en ouvrant des yeux faussement étonnés, que le château que vous avez réquisitionné à Choisy et où vous envoyez justement ceux qui évitent les Autorités ou qui... »

Pierre devint tout rouge :

« Ou qui crèvent de tuberculose! ou que leur patron, qui va à la messe le dimanche, a réduits au chômage parce qu'ils luttent pour gagner plus de douze mille francs par mois! Et bien d'autres, monsieur le curé, bien d'autres que vous ne connaissez pas! Et le gars qui mène la boîte est un ancien

bagnard : oui, il a descendu un flic, il y a sept ans. Le
milieu y est un peu mélangé, comme vous voyez!
C'est pourquoi je préfère que Suzanne n'y aille pas,
pas encore. Les convalescents, on ne les envoie pas
respirer le bon air dans le métro, n'est-ce pas? Mais
dans la Maison du Père aussi, le milieu sera très
mélangé...

— Je comprends, dit doucement le Père Pigalle
comme si tout cela s'adressait à lui, mais peut-être
monsieur le curé ou vous, ma Mère, pourrez nous
dépanner. Est-ce que Suzanne...?

— Je ne crois pas, dit la sœur : si vous craignez
l'ambiance de Choisy pour cette personne, je crains,
moi, de contaminer mes jeunes filles.

— Contaminer? explosa le Père Pigalle dont les
veines temporales devinrent des fleuves gonflés char-
riant la colère. Qui contaminerait vos filles? Cette
baptisée de ce matin? Cette enfant qui renonce à tout
et risque sa vie — oui, ma Mère, sa vie! — pour venir
au Christ? C'est Marie Madeleine, et vous la chassez
de votre communauté? Prenez garde, ma Mère : elle
entrera avant vous dans le Royaume des Cieux, c'est
le Christ qui l'a dit! »

Le curé étendit sa main vers la religieuse :

« Dieu nous jugera, ma Sœur : Lui, du moins, sait
que vous êtes sans tache.

— Les péchés? mais n'est-ce pas secondaire? reprit
Pierre à qui la présence de l'autre redonnait du sang.
Il y a des mois que je ne me suis pas confessé : je n'y
songe plus. Et, certains jours, quand je vois cette
misère, tout autour, et moi si impuissant et que cela

n'empêche pas de dormir, ah! pour me punir, je
devrais me priver de ma messe : j'en suis indigne... »

Le curé leva les bras, puis les yeux, au ciel :

« Comment voulez-vous qu'un saint prêtre...

— « Je n'ai pas besoin de ceux qu'on appelle des
saints prêtres », fit le Père Pigalle.

— Comment ?

— C'est le cardinal qui parle, pas moi : « Ce qu'on
« appelle un saint prêtre n'est le plus souvent qu'un
« fonctionnaire célibataire et tolérant. J'ai besoin de
« votre feu, pas de leur onction. Entre sauver une
« âme et lire son bréviaire, quand le temps manque
« pour faire l'un *et* l'autre, comment hésiter ?... »
Voilà ce que le cardinal a dit, devant moi, et ses yeux
étaient remplis de larmes. Quand il traverse des
quartiers entièrement païens, le cardinal étouffe
d'angoisse : toutes ces âmes dont il est responsable...
Quand vous-même, monsieur le curé, traversez les
ateliers d'une usine de Sagny ou pénétrez dans un
hôtel meublé...

— Je ne l'ai jamais fait.

— Les trois quarts de vos paroissiens travaillent
en usine et vivent en hôtel, murmura Pierre.

— Vous m'excuserez, dit le curé assez sèchement,
mais je ne pense pas qu'on se fasse prêtre pour river
des boulons toute la journée!

— Je ne pense pas non plus que ce soit pour jouer
au football avec des garçons ou projeter *Fabiola* au
cinéma paroissial, fit le Père Pigalle. Le Christ avait
des mains d'ouvrier, monsieur le curé, comme celles
du Père Pierre, pas comme les vôtres ni les miennes.

— Je le répète : Dieu nous jugera, Père! Dieu est au-dessus du cardinal. Vous venez, ma Sœur? »

Pierre les arrêta d'un geste. Il se sentait parfaitement malheureux.

« Une minute encore, monsieur le curé! J'ai peur que vous ne reveniez plus ici, et je déteste les malentendus... Revenons à l'essentiel. L'abbé Levasseur est libre, Madeleine est libre, et je vous donne ma parole que je ne les influencerai pas. Mais j'ai quelque chose à vous demander en retour : chaque nuit je dois loger quatre, cinq ou six hommes, chômeurs expulsés, sortis de prison; ou des femmes enceintes; des familles, quelquefois. Je crois que vous avez de la place au presbytère. Si je savais pouvoir compter en permanence sur une pièce, quelle qu'elle soit...

— Je voudrais vous aider, mais j'occupe tout le rez-de-chaussée avec ma sœur et le premier vicaire.

— Et l'étage?

— Ce sont les archives de la paroisse, mon petit : je ne puis pas y toucher. Mais tenez, cette maison neuve, contre la vôtre, appartient à l'un de mes bons paroissiens. Le hangar que voici est complètement vide. Je lui en parlerai, voulez-vous?

— Je vous en remercie, murmura Pierre sans chaleur. Bonsoir, monsieur le curé. Bonsoir, ma Mère. »

Le vent eut le temps de jeter une poignée de flocons blancs. Quand la porte se fut refermée, les deux prêtres se regardèrent en silence. Pierre passa le dos de sa main sur son front et s'assit.

« Et Suzanne? » demanda le Père Pigalle d'une voix un peu enrouée.

En levant les yeux pour répondre : « Je ne sais pas... Je ne sais plus... », Pierre aperçut le Christ sur le mur et il dit :

« Ne vous en faites pas, Père : on se démerdera! »

L'autre ouvrit la porte de la chambre. Suzanne, sa valise à la main, se tenait droite, les yeux grands ouverts, comme Lazare.

Les deux hommes baissèrent la tête. Autant que son regard, ils craignaient ses paroles; mais avant qu'elle eût prononcé un mot, l'autre porte s'ouvrit et la religieuse entra, sa robe et son voile rajeunis : constellés de neige.

« Je viens chercher Suzanne, dit-elle très vite. Elle va bien se reposer dans notre maison. Je vous la rendrai ensuite, Père Pierre; mais cette sorte de paix lui aura fait du bien, même si notre paix est injuste ou imméritée, ajouta-t-elle très bas. Venez, Suzanne... »

Elle s'arrêta sur le seuil, si petite à côté de la fille aux jambes nues perchées sur de hauts talons :

« Vous comprenez, Père... Pigalle, dit-elle encore, je tiens à entrer avec elle dans le Royaume de Dieu! »

V

LA NUIT DES OLIVIERS

PIERRE revenait, dans la nuit, d'une réunion pour la Paix chez des copains du Bas-Sagny. Il avait neigé toute la soirée, et maintenant il pleuvait : la tristesse succédait à la pureté, c'était l'image du péché. Pierre marchait, environné de cette froide et bruissante présence. Ses chaussures prenaient l'eau et ses vêtements, après avoir longtemps résisté, se laissaient transpercer de partout. Il avait l'impression de marcher sur la mer.

En pénétrant sous la voûte du 28, Pierre aperçut un homme qui allait et venait dans la cour et traçait sur la neige la piste d'un animal enchaîné.

« Ho! Qui est-ce?

— Marcel! (Le père d'Étienne.)

— Pourquoi n'es-tu pas entré? La porte est ouverte! »

Marcel ne répondit pas. « Il se sent donc coupable, pensa Pierre. Pourvu que... »

« Étienne? cria-t-il.

— Oui, fit l'autre très bas.

— Quoi! Vite! allez, entre! »

La lumière sans pitié tomba sur le visage de Marcel : plus de la chair, mais de la viande, et dont Marcel n'était plus le maître. Visage figé, bouffi, qui soufflait, puait, suait l'alcool. Dans les yeux larmoyants, un regard, comme pris sous la glace, veillait encore ce visage mort. Mais Pierre regardait les mains de Marcel, dures et fermées, pareilles à des outils.

« Alors? Étienne?

— Il est parti!

— Ah! bon.

— Qu'est-ce que tu croyais donc? »

Pierre ne répondit rien, mais regarda Marcel si fixement qu'il vit son visage devenir mauve.

« Tu es fou! murmura l'autre.

— Non, c'est toi. Il y a longtemps que je voulais te le dire et même te casser la gueule! Et, ce soir, c'est toi qui viens en pleurant. Tu es un salaud, Marcel, un beau salaud! »

L'autre pleurnichait en reniflant trop fort; ainsi font les enfants qui veulent être entendus à travers une porte. Il aurait préféré pleurer, bien sûr! mais pleurer, ou rire vraiment, ou respirer à fond, Marcel ne le savait plus. Pierre prit pitié de lui mais sans l'aimer, comme on plaint un cadavre.

« Écoute, Marcel, pourquoi bats-tu ton gosse?

— Tu ne peux pas comprendre : ta vie est trop simple. D'abord, tu habites trois pièces, trois pièces pour toi tout seul!

— Je ne suis jamais seul, Marcel. Et ça, tu vois, ce n'est déjà pas simple.

— Tu rentres du boulot; tu trouves ici des types à dépanner, à loger, à baratiner; tu manges chez l'un, chez l'autre; c'est un autre genre de travail, voilà tout!

— Fatigant, Marcel!

— Pas tant que de retrouver une piaule pourrie, avec un nouvel emmerdement tous les jours, et une femme qui gueule!

— Après toi? Elle a bien raison.

— Oui, bien raison; et moi, je gueule après elle. Comment veux-tu que ça finisse? Quand je rentre, je suis crevé...

— Elle aussi!

— Alors, je ne suis pas pressé de rentrer. Tu ne le serais pas non plus, à ma place!

— Je n'irais pas de bistrot en bistrot avaler les saloperies que tu bois. Tu pues, Marcel! tout ton corps pue l'alcool!

— J'en ai besoin. Tu es costaud, toi. Moi, depuis que j'ai été malade, mon boulot est au-dessus de mes forces... Je ne peux pas en sortir!

— Et tu crois que c'est en buvant...

— Je ne crois rien. Je sais que, pendant deux heures, je me sens heureux et fort, et je ne vois plus que des copains partout. Deux heures, ajouta-t-il doucement, c'est bon à prendre...

— Et quand tu te réveilles, tu flanques une tournée à ton garçon!

— Étienne! cria l'autre sur un ton que Pierre n'oublierait pas, et il cacha son visage dans ses mains.

C'est lui qui me réveille, reprit-il d'une voix étouffée. Alors, toute la saloperie du lendemain me revient en tête d'un seul coup, à l'avance, en pleine nuit; et j'ai envie de crever, Pierre!... Pourquoi est-ce qu'il rêve tout haut? Pourquoi est-ce qu'il crie?

— Il rêve que tu le bats, Marcel, il me l'a dit. Tu l'as démoli, et tu voudrais qu'il dorme comme un ange?

— Comment veux-tu qu'on en sorte, là encore? demanda Marcel en fermant les yeux (et son visage bouffi était celui d'un mort de faits divers). Toujours l'injustice : quand les choses commencent bien, ça roule tout seul et de mieux en mieux; mais quand ça commence mal, c'est foutu. On ne sait même plus à qui la faute. Si seulement on avait habité deux pièces... Étienne... »

Il recommença de pleurer, salement; son nez coulait. Et, de nouveau, Pierre eut honte de le considérer comme un objet.

« Assez!... Alors, Étienne?

— Il n'est pas rentré, ce soir. Il est parti, j'en suis sûr! Il n'a même pas pris son chandail... Germaine pleure, elle est toute blanche... Il faut qu'il revienne, Pierre!

— Pour que tu finisses par l'estropier?

— Il est peut-être allé se jeter à l'eau...

— Non : toi, tu le ferais! pas lui. Il est plus costaud que ça! Et puis, il m'avait parlé...

— C'est pour ça que je viens te voir : tu étais son copain.

— Je suis son copain, mais il ne m'a rien dit.

— Retrouve-le, Pierre! Tu penses, il est en train

de marcher dans la nuit... Il doit tousser... Et s'il n'est pas là demain, Ahmed ou le taulier me dénoncera, les flics s'amèneront...

— Et ce sera bien fait!

— Retrouve-le, Pierre!

— Si je le retrouve, je ne te le ramènerai pas, dit Pierre en le poussant dehors. Salut! »

Il le regarda partir, bossant du dos sous la pluie, pitoyable. Sa solitude lui serra le cœur; il semblait que le ciel même l'avait abandonné, que cette froide averse l'exilait.

« Marcel! cria Pierre, dis-moi que tu regrettes! Dis-moi que tu ne recommenceras pas! que tu essaieras de ne pas recommencer!

— Tu le sais bien », hurla Marcel, et il tomba à genoux, au hasard, dans une flaque.

Pierre courut à lui. *Ego absolvo te...* Il prononçait tout bas les paroles de l'absolution et, parvenu devant cette masse de pluie et de larmes, il traça en l'air un grand signe de croix. Puis il releva Marcel par les épaules :

« Écoute, tu vas rentrer chez toi et tu ne boiras pas. Tu te foutras dans un coin et tu tâcheras de prier.

— Comment ça?

— Tu penseras à Étienne, et puis à moi qui le cherche! De toutes tes forces, hein?

— C'est toi qui me demandes quelque chose? dit Marcel timidement.

— Oui. Et si tu ne le fais pas, toi, je n'ai aucune chance de retrouver le gosse! »

Un nuage passait devant la lune. Pierre ne voyait plus Marcel; il sentait seulement son haleine brûlante. « La nuit noire, pensa-t-il, cette fois, c'est la nuit noire... » et il se sentit tout seul.

Il gagna l'Impasse à tâtons. Comme il passait devant la chambre de l'Arabe :

« Ton copain Étienne n'est pas rentré, ce soir...

— Ta gueule! lui dit Pierre. Quand est-ce que tu cesseras de te mêler des affaires des autres? »

Puis il frappa à l'arrière-boutique du bistrot. L'hôtelière tricotait en écoutant la radio; la voix du taulier, à côté, couvrait par instants celle de Tino Rossi.

« Bonsoir. Il faut que je parle à Denise.

— C'est qu'elle est couchée, monsieur l'Abbé! »

La taulière marquait toujours un respect conventionnel envers Pierre, dont le voisinage ennoblissait son bistrot.

« Il faut que je lui parle... Et à elle seule! »

La grosse femme se rassit.

« Alors, montez dans sa chambre, monsieur l'abbé : troisième porte à droite. »

Pierre ouvrit la troisième porte à droite et alluma sans ménagement. Denise était assise dans son lit, très droite, les yeux craintivement tournés vers le seuil.

« Oui, dit Pierre, c'est moi. Tu m'attendais, n'est-ce pas? »

Elle hésita, puis fit non de la tête; les bigoudis valsaient d'une façon ridicule autour de ce petit masque tragique.

« Tu sais pourquoi je viens? (Non.) Denise, tu ne

dois pas me mentir, à moi! Rappelle-toi la lessiveuse... »

Denise devint toute rouge. Elle se mit à trembler;
c'était la première fois qu'elle le voyait sans son sourire.

« Éteignez la lumière : elle me fait mal aux yeux!

— Tu crois peut-être que tu vas dormir, ma fille,
pendant qu'Étienne est en train d'avoir froid et d'avoir
peur? Sans blagues!

— Je... je ne sais pas où il est. Éteignez! »

« Chaque nuit, il y a un Judas quelque part, pensa
Pierre amèrement : cette nuit, c'est moi. » Il savait
qu'Étienne avait confié son plan à Denise, à elle
seule, et qu'elle lui avait juré le secret. Il s'assit sur
le lit.

« Éteignez!

— Quand je saurai où est Étienne. »

Il avait honte : cette lumière dans les yeux, c'était
le truc des flics... D'abord, il apitoya Denise sur
Étienne perdu dans la pluie; puis il mit en doute
leur amitié; puis il la mit en jeu : jamais plus
il ne lui parlerait! il ferait semblant de ne pas
la connaître! il... — Le serment était le plus
fort. « Elle me préfère Étienne », pensa Pierre
avec joie.

Pourtant la lumière dans les yeux et l'envie de
dormir l'emportèrent :

« Gare de Lyon », dit enfin Denise.

Elle avait *tenu* douze minutes.

Pierre aurait bien voulu prendre un taxi — pas
assez d'argent! Et puis, dans Sagny, on voyait parfois

des taxis arriver, jamais stationner; ils repartaient au plus vite vers les beaux quartiers. Il prit donc le métro, comptant les stations, se trompant dans ses calculs, résigné, puis fou d'impatience, bousculant les types qui traînaient dans les escaliers... Quand il sortit à l'air libre, respirant comme un évadé, l'horloge de la gare le fixait de son œil d'insecte à facettes : 11 heures 28. C'était une heure de train, ça, non?

Il traversa la chaussée, courant vers la gare, évitant les taxis (ils encombraient la rue, à présent) mais pas les injures de leurs chauffeurs, se précipita vers la salle d'attente des troisièmes. « S'il pouvait y être encore! Mon Dieu, s'il pouvait... — Salaud! se dit-il soudain en s'arrêtant, si tu avais une seule petite graine de foi, tu croirais qu'il est là, et il y serait! »

Il marcha, le cœur battant, jusqu'à cette porte qu'il poussa. La salle était presque vide : seule, une forme allongée dormait sur la banquette la plus éloignée. Pierre siffla le *signal*, et le dormeur tourna vers lui son visage.

« Étienne! »

Vingt pas les séparaient : le temps, pour Pierre, de remercier Dieu et de reprendre souffle; pour Étienne, celui de sourire, puis de craindre, puis de reprendre confiance.

« Pierre, comment m'as-tu trouvé?

— J'ai... j'ai deviné.

— A cause du journal?

— Oui, mentit Pierre, à cause du journal. »

Les cils battirent en pluie blonde.

« Tu vois, j'ai été bête de ne pas te le dire, tu l'aurais forcément deviné, que je partirais pour leur village d'enfants! (Pierre se rappela l'article : en Provence, une « république » d'enfants abandonnés...). Tu es gentil d'être venu me dire au revoir, Pierre! J'ai sept cents francs que Denise m'a donnés : ça me conduit jusqu'à (il regarda son billet) Pont-Saint-Esprit. Après, je ferai du *stop*... Le train part à dix heures cinquante-cinq.

— Tu dormais, tu l'as manqué, dit Pierre.

— Quoi?

— Regarde l'horloge... Ah! non, tu as déjà vu un homme pleurer, sans blagues? (Il pensa à Marcel.) Écoute, vieux, je ne venais pas te dire au revoir mais t'empêcher de partir... »

Le garçon releva lentement un regard encore noyé mais si froid que l'autre se sentit jugé, rangé parmi les bourreaux d'enfants, les indicateurs de police : le clan de Judas.

« Toi? dit Étienne, toi qui étais mon ami!... »

C'était la parole du Christ au Jardin des Oliviers; Pierre ne put la supporter.

« Je suis ton ami, Étienne! ton seul ami avec Denise. C'est toi qui nous abandonnais!... On va se faire rembourser le billet et tu reviendras avec moi. »

Il lui prit la main et ne la lâcha plus de tout le retour. Il ne cessa pas non plus de parler, écœuré de sa propre habileté à convaincre cette tête fragile et que hantait le sommeil. Ah! comme il aurait voulu payer le supplément : Pont-Saint-Esprit - Garrigues, mettre Étienne dans le train... et partir avec lui! Cette main

qui s'accrochait à la sienne, un peu griffue, un peu
chaude : cet oiseau qu'il tenait captif... Ce petit
animal résigné qu'il ramenait à son étable ignoble...
Toi, toi qui étais mon ami!... « Oh! faites que je ne me
sois pas trompé, mon Dieu! C'est la nuit... »

Comme ils arrivaient à l'Impasse :

« Attends! murmura Étienne. Je ne... Oh! pardon... »

Il se tourna vers le mur et vomit. Pierre n'y tint
plus :

« Repartons, Étienne! Il existe un train du matin :
je vais chercher de l'argent, je paierai le train. Repartons!

— Non, dit le petit, je dois rester : il y a maman... »

C'était le seul argument que Pierre n'avait pas
invoqué.

Madeleine et Jean étaient partis à la piscine; Luis,
malade, dormait recroquevillé dans son lit, surveillé
par son chat; Henri assistait à une réunion de cellule;
Michel n'avait pas reparu depuis l'affaire des couvertures. Pierre se trouvait seul et voulait se coucher tôt;
il pensait au sommeil comme à une eau tiède. Il lui
paraissait incroyable que la porte ne s'ouvrît pas
devant Michel, impérieux et éploré, ou devant
quelques inconnus à cacher, à loger. Il la regardait
sans cesse et, lorsqu'elle s'ouvrit, il éprouva presque
du soulagement.

Il connaissait de vue ce garçon en culottes de golf,
chemise vive et foulard jaune. Où donc avait-il ren-

contré ce regard noir, ces cheveux brillantinés, ce visage un peu trop bien nourri?

« Je suis le fils de votre voisin; nous habitons la maison de briques à côté.

— Bonsoir.

— Bonsoir. M. le curé a parlé à mon père à propos du hangar; et mon père m'envoie vous dire que ce n'est pas possible.

— Bien. Mais... il est vide?

— Oui, Enfin, pour l'instant. Vous savez ce que c'est qu'une maison : on n'a jamais assez de débarras!

— En effet. Alors, bonsoir.

— Mon père est désolé. Il pense que vos gens seraient mieux logés à l'hôtel; il m'a chargé, pour contribuer aux frais, de vous remettre...

— Non.

— Mais...

— Pas d'argent. D'ailleurs, il n'y a plus une chambre dans aucun hôtel de Sagny. Sans quoi, la question ne se poserait pas : « mes gens » ne sont pas des mendiants.

— L'argent peut toujours arranger les choses!

— Pas quand on touche le fond! Les choses dont je m'occupe ici, l'argent n'y peut plus rien. Bonsoir.

— Alors, qu'est-ce qui...?

— Un hangar vide, par exemple. »

Il y eut un silence. Le gars baissa les yeux sans répondre. Pierre reprit :

« Ou encore deux heures de queue à un guichet, une demi-nuit passée à classer le dossier d'un pauvre

type qui n'y comprend rien, quatre visites au même
endroit pour obtenir ce qu'on vous y refusait d'abord ;
beaucoup de pas, beaucoup de temps perdu...

— Le temps, c'est de l'argent !

— Justement non, c'est tout sauf de l'argent. Et
l'argent, ça n'est pas grand-chose...

— Ce n'est pas l'avis des ouvriers de mon père !

— Ne jouez pas sur les mots ! dit Pierre très
sèchement. Si vous parlez de la convention que votre
père a signée la veille et déchirée le lendemain, je
connais l'histoire, et je la trouve moche.

— Elle ne vous regarde pas : vous n'êtes pas un des
ouvriers de mon père !

— Je suis un ouvrier, ça suffit.

— Non ! La solidarité doit jouer d'abord à l'intérieur d'une usine. Mon père est plus proche d'aucun
de ses ouvriers que vous ne l'êtes !

— Si cette solidarité-là existait, dit Pierre doucement, votre père se priverait de vacances ou de bagnole,
ou il sous-louerait une partie de sa maison plutôt que de
fermer un atelier. Mais, quand il met des types à la
rue, les gars viennent me voir pour que je les dépanne :
ils savent que je suis plus proche d'eux. C'est comme
ça !

— Parce que tout est faussé, dit le garçon en
plissant son front. Est-ce que je peux m'asseoir ?

— Tout est faussé. Mais est-ce que, par hasard,
vous croyez que c'est la faute du pauvre type de
quarante ans qui n'a jamais gagné plus de douze mille
par mois, et qui loge dans une seule pièce avec sa
femme et ses trois gosses ? sérieusement ?

— Mon père dit que se sont les syndicats qui ont tout faussé.

— Les loups doivent trouver qu'avec les troupeaux de moutons, ce qui fausse tout, ce sont les chiens! »

Le gars commença : « Qu'est-ce que...? » mais, avant d'achever, il comprit ce que l'autre avait voulu dire.

« Il n'empêche, reprit-il sans assurance, que ces grèves de solidarité, par exemple, sont honteuses; et que maintenant les Syndicats mettent leur nez partout.

— « Maintenant », oui. Mais que de fautes, que d'injustices commises par les vôtres entre autrefois et maintenant!

— « Les vôtres »? Je vois que vous êtes pour la lutte des classes! dit le jeune homme.

— Un type qui serait contre la neige en hiver et le soleil en été, ce serait chouette! Allons, ça ne sert à rien « d'être contre » les évidences!

— Eh bien, moi je ne l'accepte pas comme ça! Naturellement, vous devez penser que je mange trop, que j'ai de l'argent de poche, que je finis tranquillement mes études en attendant de succéder à mon père — et c'est vrai!... (Il se leva.) Mais alors, quoi! c'est classé, une fois pour toutes? Bourgeois, patron, votre ennemi? Maladie héréditaire, hein? Eh bien, non!... Je connais des vieux prof, des types ruinés ou des curés, tenez! qui, pour vivre, ont deux fois moins d'argent qu'un manœuvre. Ce ne sont peut-être pas des prolé-taires, eux?

— Non, dit Pierre, avec douceur, parce que ce n'est

pas seulement une question d'argent. Votre vieux
prof et les autres possèdent au moins trois richesses
que nous n'aurons jamais : la considération, les relations et la culture. Essayez de vous imaginer l'état
d'esprit d'un type qui n'a rien derrière lui, ni culture,
ni traditions; et, devant lui, la perspective d'un tête à
tête avec une machine, toujours, même quand il
ne sera plus assez fort pour la conduire... Essayez!

— J'y ai déjà pensé.

— Et votre père?

— Je ne sais pas, nous n'en parlons jamais.

— Bien sûr, fit Pierre amèrement, ce serait mal
élevé! Ou bien on vous traiterait de communiste, et
vous auriez l'impression de trahir les vôtres, d'être
un ingrat.

— Mais je le serais!

— Peut-être. Allons, vous voyez bien, c'est sans
issue.

— Enfin, Père... »

L'autre sursauta de s'entendre appeler ainsi; le
garçon fit silence, puis reprit :

« Enfin, Père, vous savez bien, vous, qu'il y a de
bons patrons!

— Je suis sûr qu'il en existe.

— Des patrons qui ne font qu'un avec leurs gens,
comme certains officiers ne...

— Un officier ne fait qu'un avec sa troupe quand ils
sont en plein baroud : la mort ne vise pas. Mais un
patron mal payé, mal logé, et qui vivrait sans réserves,
sans sécurité, sans plan d'avenir, ce n'est pas possible.

— D'ailleurs, ce serait la mort de l'usine!

— Peut-être.

— Mais est-ce que l'ouvrier ne pourrait pas, lui, calculer un peu, prévoir, se constituer des réserves?

— Non, dit Pierre gravement, je vous jure que non : quand on gagne juste de quoi se nourrir, quand on peut être renvoyé le lendemain, quand on fait le même geste vingt-cinq mille fois par jour, le soir, on ne tire pas des plans : on va au ciné voir Tarzan, ou bien on milite. C'est le premier luxe bourgeois : ne pas militer...

— Oui, fit l'autre avec un regard noir, militants! Et ces salauds de politiciens profitent de la misère des pauvres types!

— Eux *aussi* en profitent.

— Pourquoi « eux aussi »?

— Asseyez-vous, dit Pierre. Vous devez être un chic type, sans quoi il y a dix minutes que je vous aurais mis à la porte : je suis crevé de fatigue et je me lève à six heures. Alors, écoutez-moi : est-ce que vous ne croyez pas que c'est aussi une drôle d'exploitation, cette histoire de convention collective de votre père?

— C'est une question de loyauté, au contraire! Mon père pouvait supporter cette augmentation de salaire, mais d'autres patrons ne le pouvaient pas. Le syndicat patronal a décidé de ne pas la faire et mon père a obéi.

— C'est la lutte des classes que vous venez de définir. Votre père a donc partie liée avec les autres patrons et pas avec ses gens?

— Mais...

— Vous trouvez honteuses les grèves de solidarité; mais, vous voyez, c'est la même chose qui vient de se passer dans l'autre camp. Avec cette différence, ajouta-t-il plus bas, que les uns logent à quatre dans une chambre et que les autres possèdent des hangars vides...

— Je reparlerai à mon père de cette question.

— Non, dit Pierre en souriant, vous ne lui parlerez même pas de notre discussion. Il y a le chauffage central, chez vous...

— Et alors?

— En ouvrant la porte, vous serez baigné de chaleur, vous verrez les meubles de votre enfance, le chapeau de votre père suspendu au portemanteau, et vous serez attendri. Vous monterez dans votre chambre. Pouvoir marcher chez soi, de long en large, ça change tout! Vous vous laverez à l'eau chaude, et votre reflet dans la glace vous assurera que vous ne faites rien de mal dans la vie, et c'est vrai! Que votre père est un chic type, un grand travailleur, et c'est vrai! Alors, vous vous coucherez avec une bonne conscience, si sûr d'avoir raison et d'être dans votre droit....

— Vous oubliez qu'avant de dormir, on prie dans le noir!

— Oui, c'est notre point commun à tous : prier dans le noir.

— Pour le hangar, dit le garçon dont les yeux brillaient un peu trop, si je ne vous en reparle pas demain, c'est que...

— Merci, bonne nuit. »

Le garçon ne lâchait plus la main du Père :

« C'est vous qui faites le curé, fit Pierre en plaisantant : vous me tenez la main !

— Bonsoir. »

Il partit dans la nuit, assez lentement, la tête basse. Pierre le vit s'arrêter devant le hangar puis se retourner.

« Père, cria-t-il, vous vous rappelez dans l'Évangile : « Et le jeune homme s'en alla tout triste... »

— « ...parce qu'il possédait de grands biens ! »

— Il ne faut rien exagérer, nous ne sommes pas les Rothschild, vous savez !

— La bonne conscience, déjà ! dit Pierre en riant. Faites attention : on est toujours le pauvre de quelqu'un... »

Le grand Michel est venu chercher Pierre à la sortie de l'usine, la tête dans les épaules, les yeux au fond de leurs fentes comme deux souris, les poings indécis.

« Viens au bistrot, il faut que je te parle.

— Pas besoin de bistrot ! Rien qu'à ton air, je vois bien que tu as fait une idiotie...

— Écoute, il m'a énervé !

— Qui ça ?

— Le contrecoup !

— Tu as cassé la gueule au contremaître ? (Le grand se dandine d'un pied sur l'autre.) Et tu es foutu à la porte ? (Un *oui* muet d'écolier.) Oh ! merde,

mon vieux, merde! c'est la septième place que je te
trouve. (Les doigts énormes font *huit*.) Tu es complètement brûlé à Sagny. La dernière fois que j'ai parlé
de toi à des copains, il y en a deux qui m'ont dit :
« La brute? Ah! non, un type pareil, ça fout une
« taule en l'air!... »

— Qui est-ce qui...?

— C'est ça! Tu vas leur casser la gueule, à eux
aussi, pour tout arranger? Alors, démolis-moi : je
pense exactement comme eux.

— Écoute!

— Non, mon vieux, j'en ai marre! »

Le grand se sent abandonné. Il pense qu'il a mal
fait de refuser le coup des couvertures; sa femme
avait raison. Une petite brune à boucles d'oreilles,
avec bigoudis le samedi soir : une femme épatante
et qui piétinerait des familles entières, à Guignol,
pour placer son gosse au premier rang... Mais quand
ça se retourne contre vous, une femme pareille, fini
de rire! Michel en est là, ce soir. Il n'ose plus rentrer
à la maison : il sait qu'on lui reparlera des couvertures : « Pour une fois où tu ne t'étais pas trop mal
débrouillé!... » Et Pierre qui l'abandonne, à présent...
Si ça se trouve, Jésus aussi l'abandonnerait!

« Naturellement, fait Pierre, je vais encore chercher. Mais, franchement... »

Le gros ours s'enfuit, emportant sa promesse
comme un rayon de miel.

Au 28, Pierre trouve Madeleine désespérée devant
un couple muet :

« C'est la cinquième fois que ceux-ci reviennent

On dirait que, sortis d'ici, ils ne sont plus capable de rien!

— Si, de tout foutre par terre! » dit Pierre, l'œil sombre.

Madeleine le dévisage.

« Ah! ça ne va pas non plus? C'est... Jean?... Roger?... Luis?...

— Michel. Enfin, il y a des jours comme ça! »

Des jours où, parmi les quinze types taciturnes qui attendent Pierre, alignés contre le mur tels des condamnés, un autre personnage s'est glissé qui n'attend ni travail, ni logement, ni parole : le Désespoir. Ce soir, il est là, entre Pierre et Madeleine, le Prince de ce monde! Et ils savent que tout ce qu'ils font, ce soir, sera défait demain. Leurs gestes sont sans chaleur; ils doutent s'ils agissent encore par amour ou seulement par devoir, ou pire : par habitude. Ils rencontrent une paix perfide : « Tant pis si tout cela ne sert à rien; ce qu'il faut, c'est le faire — même pas! *l'avoir fait.* » C'est la paix absurde du fonctionnaire. Ils sentent bien, cependant, que toute cette sécheresse s'accumule quelque part, comme l'orage. Où tombera la foudre? Où, sur Sagny qui dort déjà du sommeil du pauvre?

« Bonsoir, Madeleine. Sale soirée, hein?

— Demain, ça ira mieux! Bonsoir, Père.

— Je ne vous ai pas demandé : c'était chouette, l'autre soir, la piscine avec Jean?

— Je ne sais pas s'il est très heureux, répond lentement Madeleine. (Elle est déjà dehors : dans la nuit, qui vous verrait rougir?)

— Il y a longtemps que nous n'avons pas parlé ensemble. Mais il a bien fait de ne pas venir ce soir, ajoute Pierre à voix basse : je n'avais rien à donner... Bonsoir, Madeleine. »

Bientôt, Pierre se glisse dans son lit, glisse dans le sommeil, fuit Sagny, lâchement.

Une heure plus tard, un incendie se déclare chez Jacquot et Paulette : une flammèche échappée de la cuisinière a mis le feu à des ligots de petits bois qui ont embrasé un paquet de linge sale. Le petit Alain se réveille et hurle; Jacquot lui crie de se taire, ouvre les yeux, croit rêver, puis saute hors du lit : « Paulette, debout! debout!... Sors les gosses! Sors aussi le vélo! » Jacquot vide un broc et la fameuse lessiveuse sur le foyer; le feu repart, plus enragé. Jacquot court remplir ses récipients à l'autre extrémité de l'Impasse. « C'est commode, merde! » Il hurle un nom en passant devant chaque porte : « Marcel!... Luis!... Henri!... Au feu!... » La pompe est habillée de paille : pourvu qu'elle ne soit pas gelée!... Elle l'est!... Non!... Si!... Ah! non! la voici qui coule... à tout petit jet, la vache!

Presque nus sous de vieux manteaux, les pieds enfilés sans chaussettes dans des chaussures non lacées, Henri et les autres sont sur le tas, leur seau à la main, frissonnants et aveuglés. On organise la chaîne, mais avec cette salope de pompe, tu parles si c'est pratique! Le taulier, en robe de chambre, donne des ordres mais n'approche pas. S'il pouvait flamber avec sa

turne, ça vaudrait le coup!... Étienne, fasciné, reste
planté devant le feu, indifférent et transfiguré par
l'incendie, tel un arbre; il se fait engueuler de toutes
parts. Les chats aux yeux phosphorescents se sont tous
réfugiés dans le coin des cabinets et miaulent à la
mort. Jacquot sauve les meubles; il est luisant, avec
de grandes traînées noires. Denise regarde tout ça
de sa fenêtre : quel cinéma! « Ne prends pas froid,
lui dit sa mère. Albert! Albert! ne t'approche pas!... »
Pierre arrive, hagard, hirsute : le ronronnement, la
clarté, la clameur l'ont tiré d'un sale rêve pour le
jeter dans un pire. A coups de pelles, de balais, de
couvercles de lessiveuses, on rabat les flammes vers le
plancher pourri, loin des charpentes du toit. Les rats
débusqués fuient entre les jambes. Pang! Pang! les
vitres pètent. Un contrevent, à demi dévoré par le
feu, dégringole. Le vélo rougeoie, machine de Lucifer.
Chantal ne s'est même pas réveillée : « Vous vous
rendez compte, si c'est heureux les gosses! » et Alain
s'est déjà rendormi sur le lit de Luis : « *Ma veu voi
le feu... Ma veu...* »

A une heure dix, l'incendie est éteint; personne
n'a pensé à appeler les pompiers. Aucune autre chambre n'a souffert; mais celle de Jacquot est une grotte
noire et suffocante où flotte un âcre brouillard d'aube.
Si on l'abandonnait ainsi, il y pousserait de l'herbe en
avril prochain et des arbustes y feraient signe par la
fenêtre... Le taulier, que personne n'écoute mais que
chacun entend, voue Jacquot et Paulette au diable :
« ...Ils peuvent bien se loger où ils voudront, tiens!...

L'Union des Locataires? Je lui conseille de s'en
mêler cette fois, mince alors!... Des incendiaires!...
(Cette trouvaille ravive son discours.) Et toutes les
réparations, hein? ils me paieront toutes les réparations!... Incendiaires!...

— *Callate!* » lui crie enfin Luis.

Et Henri traduit :

« Fermez votre gueule! Ils sont drôlement plus
emmerdés que vous... »

A ce moment, arrive Ahmed, son chapeau en
arrière, sa chemise orange, sa démarche en canard. Il
revient d'une coucherie quelconque; il s'arrête au
seuil du désastre avec un sourire fat qui signifie :
« Si j'avais été là, rien ne serait arrivé... » ou plutôt :
« Heureusement que je n'étais pas là! » Suprême
insulte, il allume une cigarette devant la ruine fumante,
puis il lui tourne le dos, sort une clef de sa poche et,
sans un mot, pénètre dans sa chambre intacte.

On s'organise pour la fin de la nuit : Alain restera
chez Luis; Jacquot, Paulette et la petite coucheront
chez Pierre où il y a de la place. Chez le taulier aussi,
il y a de la place, mais pas pour des *incendiaires!* Les
persiennes de fer sont déjà refermées : chaque fenêtre
ressemble à un coffre-fort.

Luis ne dormira pas de la nuit. Il a tellement peur
que ses rats ne viennent goûter au petit Alain, qu'il
veille et injurie son chat d'une voix sourde quand la
vieille bête prétend s'assoupir. Il pense aussi aux rats
de Jacquot qui doivent rôder sauvages dans l'Impasse :
« *Ça sent la chair fraîche...* »

Luis, enfermé avec ce petit inconnu, ne peut plus
échapper à ses fantômes : deux grands fils en Espagne,
qui l'ont renié puis dénoncé... C'est *trivial*, n'est-ce pas ?
Ils sont riches, à présent, Luis l'a appris, et l'un d'eux
a un enfant de cet âge. Luis regarde dormir cette
image du petit-fils qu'il ne connaîtra jamais et qu'on
élève, sans doute, en lui faisant croire que son grand-
père est mort. Il retire ses lunettes qui s'embuent,
cache dans son dos ses mains de franc-tireur et se
penche sur la tempe transparente. A quoi rêve le
petit ? A son propre grand-père, peut-être ?... Oh ! s'il
se plaignait, s'il lui tendait les bras, oh ! de quel cœur
le vieux Luis se donnerait à lui !... Être utile, être
aimé, quelle source !... Il lui parle tout bas en espagnol : « *Mi pequeñito... mi pequeñito querido... mi umbre-
cito*[1]... »

L'enfant se retourne : il va parler... Peut-être va-t-il
dire : « Grand-père » ? Oh ! Luis...

« *Tobus... tobus...* »

Alain rêve d'autobus.

Chez Pierre, on a dressé un lit de camp où lui-
même va s'allonger, laissant sa couche à Jacquot et à
Paulette. Et, comme la petite Chantal les gêne dans
le lit trop étroit, Pierre la prend avec lui. Il sait qu'il
ne dormira pas ; mais il lui semble que le sommeil de
la petite fille est fait de sa propre veille : son insomnie
est secrètement utile, comme une prière. Elle sera aussi,
sans un mot, sans un geste, une épreuve décisive, une

---

1. Mon tout-petit... Mon tout-petit chéri... Mon petit homme...

espèce d'agonie. Car la petite fille a trouvé sa place
chaude au creux de l'épaule : celle qu'aucun être aimé
n'occupera jamais, aucune femme, aucun enfant
malade... Pierre respire cette odeur de vie tiède et,
quand il se penche, reçoit ce souffle tranquille. Le
souffle pur d'un corps où la mort n'a pas encore choisi
sa place; un souffle court, au rythme du cœur si
fragile. Pierre l'entend battre contre sa joue, sous
les cheveux légers qui sentent le savon et le lait. Il a
peur et confiance : il est père. Il pense : « Je pourrais
avoir créé ce souffle... Non! pas créé, mais donné,
permis... Ce que je donne, moi, ne se lit pas sur un
visage. Ceux qu'il m'arrive de combler me tournent le
dos, et je dois souhaiter qu'ils repartent. Ils ne me
livrent que leur nuit... Cette petite enfant Chantal qui,
sans moi, ne serait pas venue au monde, je ne suis rien
pour elle. Tous ceux pour qui je vis, je ne suis rien pour
eux... » C'est le Désespoir qui rôde à nouveau, mais
vêtu d'amour, cette fois. Le Prince des Ténèbres a
choisi cette alliée de trois mois qui dort avec une
plainte brève à chaque expiration....

Parce qu'elle tressaille et s'agite soudain, Pierre
s'aperçoit qu'une larme est tombée sur la joue duve-
teuse; et, parce qu'il fait encore noir, il se laisse
pleurer. Si longtemps! il y avait si longtemps...
« Notre père qui êtes aux cieux... » Les cloches de
Sagny-le-Haut sonnent, toutes raides, dans l'air
gelé. Cinq heures : c'est une heure pour mourir ou
pour naître... Pierre, en souriant, dit définitivement
adieu au bonheur humain et serre dans ses bras
l'enfant des autres.

A six heures, on appelle derrière la porte :

« Dis donc, tu es réveillé?

— Attends ! J'arrive. »

Pierre borde Chantal dans son nid de toile dure et rejoint Henri, tout échevelé. C'est samedi, et ils ne travaillent pas : d'habitude, ils en profitent pour laisser le jour se lever avant eux; mais, ce matin, le ciel hésite encore.

« Dis donc, Pierre, il n'y a qu'une solution pour eux : le hangar en face, là.

— J'y ai aussi pensé.

— Il est vide?

— Oui.

— On va voir le propriétaire ce matin même et, s'il n'accepte pas...

— Il n'accepte pas, dit Pierre. (Le fils n'est pas revenu hier.) Mais il faut essayer encore.

— Pas le temps. On va le *squatteriser* aujourd'hui.

— Écoute...

— Laisse tomber! Je connais au moins vingt logements vides dans le coin. Il faut commencer une bonne fois!

— Bien », dit Pierre après un instant.

En face d'eux, le hangar de briques roses se dégage des brumes froides, citadelle silencieuse. Ils dressent leur plan sous le regard blanc de l'aube. Tous les copains du quartier devront entraîner leurs voisins : c'est devant ces témoins que Jojo, qui est serrurier, ouvrira *proprement* la porte. On aura transporté les meubles de Jacquot. (Humides et froids de nuit, ils

dorment debout au milieu de l'Impasse.) On installera
Paulette et les gosses et on allumera le feu. Puis on
calculera la somme à proposer au propriétaire, s'il
veut bien discuter. Ils fixent l'heure : celle où les
flics déjeunent. Tout doit être achevé avant qu'ils
interviennent. On ne matraque pas tout un quartier
parce qu'il approuve en silence! On n'expulse pas
une famille pour restituer un hangar vide! et surtout
on n'agit pas sans ordres! Qui oserait les donner? Et puis,
le temps qu'ils arrivent...

La matinée se passa en visites, appels sous les fenêtres : « A midi, oui! midi... Jacquot, de la Parisienne
des Ciments, tu sais bien?... Oui, mon vieux, flambé,
cette nuit!... Un hangar vide depuis des mois!... Le
Père Pierre est d'accord... Pierre est d'accord... Le
Père Pierre est d'accord... » On promet de prévenir les
copains, d'amener les femmes. « Dis donc, je connais
un toubib qui sera sûrement d'accord... Dis donc,
dans ma maison, il y a un ancien juge de paix... Dis
donc, en allant chercher les gosses, je pourrais prévenir
le directeur de l'école... »

A midi, le quartier est sur place, silencieux, très
grave. Beaucoup ont apporté un petit cadeau pour
Paulette et Jacquot : du bois, des fleurs, des boîtes
de conserves. Jojo ouvre la serrure, proprement : le
hangar apparaît, vide, mais sale et froid comme une
crèche. Certains ont pensé à apporter des balais et
des seaux : on s'affaire, on dispose les meubles sur le
ciment encore humide. Les Rois Mages (Riri, la mère
Arthur, pépère Bérard et d'autres) remettent leurs
présents. Deux branches de mimosa, une casserole

d'eau qui chauffe sur le feu et un petit bébé qui dort dans sa vieille voiture transforment ce garde-meuble en demeure humaine : le boulot est terminé.

On paraît avoir oublié que la maison de briques appartient à quelqu'un! Au début, on a perçu un sourd affairement, vu des têtes passer et repasser derrière les fenêtres, entendu plusieurs fois la sonnerie du téléphone, puis plus rien. Paulette, avec un sourire encore fragile, ferme sa porte. A ce moment, arrive le commissaire de police, escorté de quelques agents. Henri et Pierre expliquent posément l'histoire : l'incendie, le hangar vide, Chantal (trois mois)...

« Vous, c'est le prêtre-ouvrier? demande le commissaire avec une curiosité plutôt sympathique.

— Cela n'a aucun rapport, répond Pierre. Vous voyez, le quartier entier est d'accord. Nous sommes prêts à indemniser le propriétaire. Nous l'avions pressenti d'abord, il a refusé. Ces copains ne peuvent pas coucher dehors, n'est-ce pas? »

Silence.

« Laisse tomber! » murmure Henri.

Le commissaire jette un regard vif sur chacun des assistants : un vrai déclic d'appareil photographique! On retient son souffle. Il fait signe aux agents et repart. Luis crie victoire, Henri le fait taire : « Rien n'est gagné! Il faut monter la garde jusqu'à demain soir... » On organise aussitôt le roulement; Pierre et ses amis se réservent les heures désolantes de la nuit.

Tandis que Madeleine et quelques autres vont essayer de « régulariser » auprès de la Mairie et du Relogement, le quartier veille avec révérence sur sa sainte famille, sur sa conquête fragile et si lourde de conséquences.

Car tout Sagny la connaît déjà! Et d'autres banlieues se la racontent : « Ils ont bien fait!... Penses-tu, ils vont se faire expulser!... Il paraît qu'il y a un curé dans le coup... Tu sais qu'on peut les coller en taule?... S'il y a un procès, on ira déposer pour eux!... » On vient même d'assez loin voir le *piquet de garde* : quelques femmes qui tricotent, quelques copains qui jouent aux cartes. Il fait beau : un ciel tout neuf avec de grands nuages de mariée. Plus familier qu'indiscret, on regarde, à travers les carreaux, Paulette qui fait sa lessive, Jacquot qui graisse son vélo. Ils ont le sourire inquiet des gagnants de la loterie : heureux, mais pas tranquilles. Ils ont hâte que cette journée-ci et la nuit prochaine soient passées : après, leur semble-t-il, ils auront une sorte de *droit* d'habiter ici... Seul, le petit Alain est déjà chez lui : il a trouvé le coin qui fera la maison de sa poupée de chiffons, et une écurie pour ce morceau de bois découpé qu'il appelle GAMIN et qui figure un cheval. Les enfants sont partout chez eux!

Le temps est lent à passer, aujourd'hui. Le ciel lui-même s'impatiente; les nuages tournent au gris pigeon et dérivent de plus en plus vite, comme pour fuir la pluie... que voici! On s'abrite chez Pierre; il a été convenu que sa porte serait toujours ouverte et le téléphone prêt à alerter les copains, en cas de coup dur : trois coups de fil, aussitôt *répercutés*, et tout le quartier encombre la rue, de nouveau, et empêche la police d'opérer!

Le soir tombe; les radios s'allument et les caissières des cinémas s'installent dans leur cage à sous. Samedi soir, c'est le règne de Tarzan, de Bourvil, de l'accordéon et du bistrot; c'est jour de congé pour le ventre et le bas-ventre. Paulette, Jacquot et leurs gardes se sentent seuls : tout Sagny leur tourne le dos et court se brûler aux enseignes lumineuses. Autre sentinelle désertée, le clocher sonne obstinément ses heures dans le tumulte, dans le murmure, dans le silence.

A deux heures du matin, Pierre et les siens prennent la relève jusqu'à l'aube. Le vent s'est levé, parsemé de larmes. Les veilleurs se sont emmitouflés dans des hardes, assis sur des bancs à la porte du hangar, serrés l'un contre l'autre. Il y a là Jean qui ne dit rien, Marcel à peine ivre, Michel avec sa tête de boxeur vaincu, et Luis dont le chat ronronne sur ses genoux. Jacquot, qui s'interdit de dormir tandis que les autres veillent, les rejoint en apportant sa chaise. Ils parlent; puis, quand ils n'ont plus rien à dire, ils s'obligent encore à parler. Car chacun craint de s'endormir, mais personne n'ose le dire...

« Dis donc, Luis, tu roupilles ?

— Tu es fou ! »

Pierre voit bien que ses compagnons, un à un, sombrent dans le sommeil : « Bah ! pense-t-il, je les réveillerai tout à l'heure. Du moment que je veille, moi... »

Et il tourne sa face vers la pluie, vers le vent vivace — et il s'endort.

Réveil en sursaut, frisson, mauvais rêve : deux cars de police aux phares braqués sur le hangar; dix, vingt hommes en pèlerines qui ont déjà forcé la porte et commencent à sortir les meubles...

« Vite, les gars! hurle Pierre. Ils sont là!

— Hein?... Quoi?...

— Ne bougez pas, vous autres! Ou plutôt je vous conseille de rentrer chez vous, sans histoires! »

C'est le commissaire de ce matin, mais mal rasé, bouffi de sommeil, méconnaissable.

Ils se tiennent indécis, honteux, aussi prêts à bagarrer qu'à fuir. Pierre passe le dos de sa main sur son front.

« Attendez!... Toi, tu prendras le petit Alain chez toi...

— Moi, je peux coucher Paulette et Jacquot.

— Et Chantal?

— Bien sûr.

— Bon, alors, attends-les... Vous autres, à demain! Et... ne vous en faites pas! »

Pierre les regarde se fondre dans la nuit. « Vous n'avez pas pu veiller seulement une heure avec moi... »

A ce moment, on entend une porte qui claque, une dégringolade sur des marches de pierre :

« J'en étais sûr...! Arrêtez!

— Qui êtes-vous encore? Continuez, vous autres!

— Le fils du propriétaire de ce local : je vous donne l'ordre de laisser ces gens tranquilles. C'est d'accord, entièrement d'accord avec...

— Je ne crois pas, coupe le commissaire. Si votre père me le confirmait, j'aviserais. Je serais, d'ailleurs, obligé de le poursuivre pour plainte injustifiée.

— Mon père ne pensait pas...

— En voilà assez! C'est lui qui m'a téléphoné, il y a une demi-heure, que le moment était venu. »

Le garçon lui tourne le dos. Il regarde l'une des fenêtres de la maison : pas de volets, pas de lumière non plus; repoussante comme un œil mort. Puis il marche vers Pierre d'un pas de somnambule :

« Je ne rentrerai pas. Oh! Père, c'est ignoble...

— Tu parles comme un petit garçon, dit Pierre en le prenant aux épaules. Rentre chez toi et essaie de comprendre ton père, mais sans laisser tomber les gars du dehors... Et tâche de rester ce petit garçon que tu es, ajoute-t-il doucement, toute ta vie!

— Je ne rentrerai pas ce soir!

— Alors, viens dormir chez moi, vieux. »

L'opération est terminée : Paulette et les gosses grelottants, Jacquot dont les yeux brillent, sont partis avec les copains. Les meubles, parqués dans la cour tels des poulains transis, coucheront dehors une seconde nuit; la cuisinière est encore rouge.

Les agents remontent en car dans un grand froissement de pèlerines, les portières claquent, les moteurs tournent. Le commissaire va jusqu'à Pierre qui, depuis le début du naufrage, se tient immobile, les mains dans les poches.

« Estimez-vous heureux que je ne vous fasse pas de complications!... Vous n'êtes pas honteux, vous, un prêtre, d'être communiste?

— D'abord, je suis libre. Ensuite, je ne suis pas communiste. Et puis qu'est-ce que ce hangar vide peut bien avoir à faire avec le communisme?

— Comment, qu'est-ce que...? Oh! »

Il suffoque : il est de bonne foi. Pierre ne trouve plus un mot; l'autre non plus.

« Un prêtre communiste! répète-t-il en regagnant sa voiture. Un prêtre... un prêtre communiste! »

Un instant plus tard, la rue est redevenue silencieuse et noire : rien que le vent libre, et ce fourneau qui rougeoie.

Pierre ferme les yeux; il respire mal. Cette semaine qui s'achève en désastre n'a-t-elle pas été une longue suite de nuits? Qu'une seule nuit interminable, remplie d'angoisse, de trahison, de reniement, de mauvais sommeil? La Nuit des Oliviers...

VI

LES BÉATITUDES

PIERRE se réveilla, amer et battu; cet endroit, cette journée lui paraissaient aussi désolants qu'un port à marée basse. Pour la première fois, *dimanche* ne signifiait rien pour lui; ce dimanche avait goût de lundi matin.

Sans réveiller son compagnon, Pierre descendit vers l'Impasse. Le vent jouait dans ses cheveux, dans les maigres branches de l'arbre du Parc, dans le linge gris qui séchait : le même vent qui, cette nuit, chargé de larmes... Le vent est vraiment un enfant.

Pierre s'arrêta un instant devant la ruine aveugle et noire où Paulette et Jacquot habitaient heureux. En passant devant la chambre de Luis, Pierre regarda par la fenêtre : remontant sans arrêt ses lunettes et léchant son doigt pour tourner les pages, Luis lisait une histoire au petit Alain qui l'écoutait, fasciné, une main caressant le chat, l'autre tenant une vaste tartine d'ail.

« ... alors le Chef des Partisans s'adressant à ceux de

la Maison rouge : « Rendez-vous! leur cria-t-il, sinon je vous fais sauter! » Pour toute réponse... »

— Il est chouette, ton conte de fées! dit Pierre. La suite au prochain numéro! J'ai besoin d'Alain. Viens, mon bonhomme. »

Ils partirent, la main dans la main — Pierre conduisait, mais le petit donnait l'allure — et pénétrèrent dans le bistrot par l'arrière-boutique. Les chaises étaient curieusement assises les unes sur les autres, et les tables empilées par deux, pareilles à des acrobates au moment du « et hop! » et des bravos. Le taulier briquait son percolateur.

« Salut », dit Pierre.

Pas un mot de plus! Il ne demandait rien, ne fausserait pas le jeu.

Sans répondre, le gros homme fit cracher sa locomotive dans une tasse, ajouta un sucre, jeta une cuillère légère dans la soucoupe, tendit le café fumant à Pierre et s'en servit un autre, mais avec deux sucres.

« Merci », dit Pierre.

Et Alain répéta d'une manière comique : « *Méfi!* »

Le gros se pencha par-dessus son zinc, regarda l'enfant et... mais oui, c'était un sourire! Depuis plus de six mois qu'il vivait ici, Pierre n'avait jamais vu une chose pareille...

« Attends voir! »

Le patron empoigna d'autres manettes, dévissa, vida, cogna, tassa de la poudre, revissa — *pchhhut!*... *pffff!*... *Chchch!*... — et remplit une grande tasse de chocolat qui déborda quand il y eut jeté trois sucres.

Il sortit de derrière son autel pour servir cérémonieusement le chocolat d'Alain sur un guéridon qu'il torcha d'abord.

« Attention, c'est chaud!... Tiens, trempe un croissant dedans...

— Monsieur Baltard, dit Pierre (c'était aussi la première fois qu'il l'appelait par son nom d'homme), vous savez ce qui s'est passé hier et... cette nuit?

— Oui, répondit le bistrot en s'affairant, les yeux baissés, à frotter son zinc. Et je sais aussi ce que vous venez me demander.

— Je ne...

— Écoutez! explosa l'autre (il avait l'air, lui-même, d'un énorme percolateur tout rouge), vous me prenez pour un gros salaud, c'est entendu! Et si je ne l'étais pas tant que ça? Vous en feriez une gueule, tous!... L'autre jour, vous m'avez parlé. Bon. Vous avez cru que je ne comprendrais rien, naturellement! Vous vous êtes dit : « Ce con-là... »

— Je ne me suis rien dit du tout.

— Eh bien, tenez, merde! je les reprends, vos copains : oui, je les reloge. Ma femme dira ce qu'elle voudra. Si on veut que les choses changent, il faut bien que quelqu'un commence, bon dieu! sans quoi, c'est foutu... C'est pas votre avis?

— Si, dit Pierre.

— Seulement, pour les réparations, il faut qu'ils se débrouillent!... Tu veux encore du chocolat, toi? Alors amène ta tasse... (pffff!... chchch!...) L'assurance paiera, remarquez! Mais quand?

— Je ne sais pas.

— Voilà! On ne sait pas! Et moi, en attendant, je
ne peux pas avancer cet argent : je ne suis pas banquier,
moi, sans blagues!

— Ne vous en faites pas pour les réparations, vous
serez épaté... »

Le taulier se versa un grand beaujolais, l'avala et,
d'une voix différente :

« Allez vite leur dire la nouvelle avant que je
change d'avis...

— Vous n'en changerez pas, dit Pierre : certaines
choses, quand on les a comprises, c'est pour la vie!...
Viens, bonhomme. Dis merci au monsieur...

— Les gosses n'ont pas à dire merci! jamais! pour
rien! Au contraire, c'est nous qui devons les remercier », ajouta M. Baltard d'une voix étouffée.

Dehors, Pierre se pencha vers Alain, baisa sa tempe
tiède et lui dit à l'oreille :

« Tu as bien travaillé!

— *Tabayé* », répéta Alain.

Cette fois, Pierre ne put régler sa hâte sur le trotti-
nement du gosse. Il le prit dans ses bras et gagna à
grandes enjambées la chambre d'Henri qu'il trouva
brossant ses cheveux — autant labourer la mer!

« Dis donc, si on lui foutait une bonne petite grève
dans son usine, au salaud du hangar?

— Tu es comme le commissaire de police, toi : tu
confonds tout!

— Il ne l'aurait pas volé!

— En tant que patron? Allons, ça n'a rien à voir!...
Et puis ça ne logerait pas Paulette, Jacquot et les
gosses. Fais la bise à Henri, Alain! »

Henri l'embrassa quatre fois, comme font les pauvres, gravement.

« As-tu une idée pour les reloger ?

— Non, pas une idée, une chambre.

— Ah ! dis donc... »

Le récit de l'entrevue avec le taulier laissa Henri stupéfait et comme intimidé.

« Tu vois, conclut Pierre pour rompre le silence, le « baratin » a du bon !

— Oui, dit Henri pensif, quand il y a quelque chose derrière... »

Puis brusquement :

« Dis, Pierre, tu ne veux toujours pas venir à la réunion des grévistes de la C.M.T. ?

— Non. Je ne suis pas d'accord avec leurs revendications. Ils vont faire fermer l'usine, ou renvoyer cinquante ouvriers : des vieux et des sous-prolos. C'est une grève idiote : ils travaillent à plein temps et ils sont peut-être les mieux payés de tout Sagny !

— S'ils font la grève, d'autres suivront.

— Et après ? Attendons les conventions collectives. Si les patrons ne revisent pas les taux, alors la grève sera juste : alors, il faudra y aller ; et ce ne sera pas une rigolade ! ajouta Pierre en plissant le front.

— Tu voudrais une grève avec quête aux portes des églises sur ordre de l'évêque, toi !... Laisse tomber !

— Non, fit Pierre sèchement, ce que je voudrais, c'est pas de grève du tout parce que les patrons seraient raisonnables. Seulement toi, ça ne t'intéresse pas !

— Je ne crois pas au Père Noël, voilà la différence !

— Tu ne croyais pas au taulier non plus. »

Henri ne trouva rien à répondre. Pierre passa son bras sur l'épaule bleue.

« Mon vieux, il s'agit de Paulette et de Jacquot, d'abord. Ils ne rentreront dans leur piaule que quand elle sera réparée. Alors, j'ai pensé... »

Quand Pierre et Henri arrivèrent sur le terrain communautaire, les *castors* y travaillaient déjà. (C'étaient les gars qui construisaient, en équipe, leurs futurs logements.) Ils comprirent vite ce qu'on attendait d'eux : à Sagny, tout le monde connaissait l'histoire du hangar et son épilogue nocturne, et tout le monde la ressentait comme une injustice et une injure. Il s'agissait — menuisiers, électriciens, maçons et peintres — de travailler à réparer la ruine de l'Impasse. « Aujourd'hui même? — Aujourd'hui même! — Toute la journée? — Toute la journée! — Merde! On s'était levé tôt (un dimanche, dites!) pour avancer la construction communautaire. Chacun, en se rasant, en marchant sous les réverbères encore allumés, en frottant ses mains engourdies, avait calculé l'avancement du boulot : « Ce soir, on en sera là... Ou même, peut-être... » Et maintenant ce curé et son copain le communiste venaient tout flanquer par terre avec leur chambre à réparer. Oui, deux gosses, bien sûr!... Et puis il fallait prouver au taulier... Bon, bon! Mais quoi, les maisons du terrain communautaire aussi, c'était utile!... Moins urgent? Ah! si vous allez par là, on ne ferait rien!... Allez, on vient! mais ce que vous pouvez être emmerdants avec vos histoires! N'avaient qu'à ne pas foutre le feu!... »

Droits et froids comme des bonshommes de neige, Pierre et Henri les laissaient parler, sachant très bien que les gars viendraient à l'Impasse, et qu'ils refuseraient de s'arrêter à midi pour manger, et qu'ils seraient ce soir drôlement contents d'eux.

Ils arrivèrent à huit dans l'Impasse mal éveillée où les portes bâillaient et les volets s'étiraient. Huit, avec brouettes, seaux, truelles, scies, marteaux, pinceaux et chansons... « Pendant que vous y êtes, en attendant que sèche le plâtre, donnez donc un coup de pinceau chez Marcel, réparez le plancher de Luis, mastiquez les carreaux d'Henri... Merci, les gars! »

Le surlendemain, ils étaient seize à dîner chez Paulette pour fêter la chambre neuve. Les voisins avaient apporté couvert, table et chaise. Invité après pas mal d'hésitations, le taulier avait refusé après bien plus d'hésitations : « Trop de boulot! » Mais il avait envoyé Denise et quatre litres de rouge, à la condition qu'on rende les bouteilles. Toute l'Impasse, Ahmed excepté, vint boire à la santé de Chantal, la seule qui dormît. Pourtant, Denise aussi s'endormit sur l'épaule d'Étienne, et Alain sur les genoux de Luis qui n'osait plus bouger. Henri n'arriva qu'assez tard : il venait de la réunion des grévistes C.M.T. Il se glissa jusqu'à Pierre, les lèvres serrées, les yeux vagues. Le visage de l'homme qui va vomir et celui de l'homme qui doit se délivrer d'un souci secret sont les mêmes.

« Je leur ai dit qu'ils devraient attendre les Conventions Collectives, que les copains n'étaient pas d'accord avec leur grève...

— Qu'est-ce qu'ils ont décidé?

— Ils votent, en ce moment.

— Et tu n'as pas attendu!

— Je laisse tomber : dans les deux cas, je râle, Alors!...

— Toi, lui dit Pierre en souriant, le front plissé, un de ces jours, tu vas te faire balancer par tes dirigeants!

— *Et toi?* » répliqua Henri, et il montra ses dents pointues.

Pierre demeura sans paroles et sans sourire : « Se faire balancer par ses dirigeants... » Mais il se rappela le vieillard en noir qui, l'autre jeudi, avait assisté à sa messe, au milieu des copains.

« Ne t'en fais pas pour moi! »

Comme la conversation tombait, que les hommes bâillaient et que les femmes regardaient l'heure, on réclama de Luis un récit de la guerre d'Espagne. C'était leur Iliade et leur Odyssée. Déjà, on se reversait à boire, on s'accoudait. « Chut!... Eh! vos gueules!... » Luis jeta un regard vif en direction d'Henri puis un autre, très tendre, sur le petit garçon qui dormait sur ses genoux.

« Non, dit-il d'une voix enrouée de tristesse, cela ne vaut pas la peine de réveiller un enfant. »

Le lit de Pierre ressemble à un campement levé à la hâte. Il le fait assez soigneusement chaque matin; mais, après que vingt types se sont assis dessus dans la journée, lourds de souci ou de solitude, vingt corps fatigués, vingt âmes vides, ce n'est plus qu'un lit de faits divers. Mais le sommeil exact, avare qui compte ses heures, y attend Pierre fidèlement. Il s'allonge, fait un dernier signe de croix, la seule prière de sa petite enfance, et s'endort.

Pas ce soir! Deux mots l'en empêchent, deux dents pointues : « *Et toi?...* » Pierre ouvre les yeux dans les ténèbres. (Celles d'un roi et celles d'un condamné sont les mêmes.) Il est bon de faire halte, même la nuit, sur une route solitaire. « *Et toi?* pense-t-il. *Numquid et tu?...* »

« Allons, ne fais pas le curé! » dit-il tout haut.

Pierre ouvre les yeux et considère froidement le travail de six mois : oui, six mois depuis ce soir où il attendait Bernard à la sortie du métro et donnait une cigarette à cet inconnu qui était Luis...

Alors? — Alors, il est mal avec son patron, mal avec son curé, assez mal avec le Parti... Mais quoi! il n'est pas venu ici pour eux! Il est venu pour les Petits, les Pauvres; le reste n'est qu'un *sous-produit...* Bon! mais que leur a-t-il apporté? C'est le Père Bernard qui a fondé la maison de repos communautaire de Choisy; le Père André, l'épicerie communautaire de Bagnolet; le Père Robert, les terrains communautaires de Clichy... Mais lui, le Père Pierre? Rien. Car il se méfie de l'*Organisation* : « le pire piège... »

Mais il ne se méfie pas assez des mendiants, des épaves peintes aux couleurs du désespoir, de tous ceux qui, chaque jour, *exploitent* la rue Zola. Renvoyer quelqu'un est au-dessus de ses forces. Déjà, le renvoyer les mains vides, c'est dur; mais le cœur vide!... Et que leur apporte-t-il? Du boulot, un logement, un dépannage, bon! Mais le Christ, hein? le Christ?...

« Si, dit Pierre tout haut, Il est ici! »

Cela a commencé à l'usine; Henri lui-même l'a remarqué. Cette confiance nouvelle des gars les uns dans les autres, cette entraide, ces réconciliations, cette unité qu'on ne trouvait, avant lui, que dans la lutte politique... Et cela a gagné les foyers, les hôtels et, par eux, les autres usines du quartier. Tout cela, c'est le travail des copains de la rue Zola. Ce que Pierre admirait tant à son arrivée : le désintéressement, la fraternité des gars... « Tu es emmerdé? Tu n'as plus le rond? tu as perdu ton boulot? Installe-toi à la maison, on se tassera... Ta gosse est malade? Dis, j'ai ma mère à Blois et un copain routier, on va s'arranger... » On ignorait encore l'Évangile, mais on le vivait déjà. « Il faut nous convertir à eux », disait toujours Bernard! Eh bien, tout cela gagne chaque jour!...

Ces longues journées sans vie... (Ah! si les riches savaient ce que sont des journées toutes semblables et sans aucun espoir de changement! La prison, l'hôpital, on en sort! l'usine, on en change seulement...) Ces journées si mortes que jamais on n'en parle entre soi, ne constituent plus toute leur existence. On se réunit, presque chaque soir, chez l'un ou chez l'autre. On parle d'abord politique, syndicat — vieille habitude! — mais, quand Pierre parle d'autre chose, on l'écoute aussi d'une autre oreille. Il existe un habitant de plus à Sagny, et c'est le Christ... Il y a des gars qui, le samedi soir, vont au bal pour y faire danser les filles les plus moches, celles qu'on n'invite jamais. Il y a des gars qui sont venus trouver Pierre : « On a envie de se construire une chapelle, pour nous autres.

Tu es d'accord? » Il y a un gars qui fait de la taule
parce qu'il piquait les paletots de laine des chiens
riches pour les gosses pauvres de son hôtel. Il y a...
il y a le meilleur et le moins bon, jamais le pire!

« Oh! que je les aime, pense Pierre, que je les
aime!... » Jamais il ne se résoudra à travailler à mi-
temps! Il s'agit d'être avec eux, sans cesse, au plus
dur, « au plus près »... Qu'on ne lui parle pas d'*efficacité :* la fraternité passe d'abord. Ni de *plan*, surtout!
Oh! la bonne conscience de ceux qui font des plans!...
Dommage pour eux, que la vie remette tout en question chaque matin! « Que je les aime!... »

Il pense à chacun d'eux... A Madeleine qui s'épuise,
et son visage est une peau si tendre, tendue sur une
tête de mort... A Jean, le sombre, qui s'exalte dans le
Christ et soudain se méfie de lui, de Pierre, de tout le
monde... A Henri, le partagé... A Michel, qui n'ose
plus se montrer parce qu'il ne trouve pas de travail.
Encore un qu'il faudra aller chercher par la main!...
A Luis, seul avec ses secrets... A l'abbé Gérard, qu'on
n'a pas revu... A Suzanne, la protégée du Père Pigalle... Au Père, lui-même... Car un visage en appelle
un autre et c'est cela l'Église! et cela, l'Amour!
Étienne appelle la petite Denise, et Denise le taulier...
Hélas! c'est aussi la charnière avec le monde des
Sourds, de tous ceux qui n'entendent pas le cri de
Sagny, la grande plainte du Christ Ouvrier : l'Arabe
de l'Impasse, les flics, le patron de la maison neuve!
(Pierre se refuse à penser : le curé...) Oh! pouvoir leur
parler d'homme à homme! Casser cette vitre qui les
empêche d'entendre et s'appelle Argent, Privilèges,

Habitudes, ou même se baptise Devoir! « *En cas d'incendie, briser la vitre...* » Faudra-t-il que le monde s'enflamme pour qu'enfin...? Mais non! la vitre alors s'appellera Honneur, Martyre, Représailles...

« Mon Dieu, faites qu'ils s'aiment! » prie Pierre.

« Et comment s'aimeraient-ils quand toi-même ne les aimes pas? » Car Pierre est devenu un ouvrier. C'est dans une église, ou dans un appartement bien chaud, ou au ciel qu'on peut aimer à la fois les agents de police et les ouvriers, les propriétaires d'hôtels meublés et leurs locataires, le Conseil National du Patronat et les manœuvres non qualifiés! A l'usine, à l'hôtel, en prison on ne le peut pas. C'est la misère de ce monde ouvrier : *ne pas pouvoir aimer les autres sans trahir les siens...* Quand on écrit un livre ou qu'on en lit un, tout semble possible! Pierre le croyait aussi, ce soir de septembre, où il découvrit Sagny, où il rôda, seul dans l'Impasse à l'odeur nocturne de pourriture, quand il écrasa la bille de cristal d'Étienne, quand il entendit...

Est-ce une hallucination? Comme ce premier soir, et si souvent depuis, il vient d'entendre un cri.

« Non! C'est moi qui dors à moitié... Pourtant, Marcel a bu, ce soir, au dîner de Paulette : il se peut très bien que... Si j'entends un autre cri, je me lève. Et, cette fois, je lui retire le gosse! Si j'entends un autre cri... »

Il n'y aura pas de second cri : Étienne s'est évanoui sous les coups.

Un soir, Pierre trouva, parmi ceux qui l'attendaient

rue Zola, la vieille sœur Marie-Joseph accompagnée d'une Suzanne méconnaissable, couleur de maïs et de brugnon. Il y avait quelque chose de large et de solide dans son front, ses bras, son assise : la paysanne avait repris sa place en elle, chassant la fille.

« Maintenant, il faut qu'elle travaille, Père, dit la sœur. Ou plutôt qu'elle gagne sa vie; car, pour ce qui est de travailler, elle l'a fait chaque jour avec nous, n'est-ce pas, Suzanne? Mais elle a hâte de *gagner* de l'argent... de l'argent propre, ajouta-t-elle à mi-voix.

— Bon, dit Pierre, je vous remercie, ma Mère!

— C'est moi, fit-elle en posant sur son bras une main impérieuse et suppliante, moi qui vous remercie en Notre-Seigneur. Et je reste à votre service, Père, dans tous les cas semblables. »

Pierre hésita à l'embrasser devant les autres (quatre fois, comme il se doit); par respect humain pour elle, il ne le fit pas.

« Du travail pour Suzanne, je m'en charge. Mais le logement, ce sera plus dur...

— Suzanne continuera de demeurer chez nous : elle le désire et nous le désirons.

— Bien! Alors, allons ensemble voir Henri et Jacquot. »

En chemin, il hésita un moment avant de demander :

« Que devient Gérard?

— L'abbé Levasseur n'appartient plus à la paroisse.

— Je ne l'ai pas revu, vous savez!

— Je le sais. Monsieur le curé lui a demandé sa

parole de ne pas revenir chez vous durant un mois.
Il l'a donnée; mais, après un mois de travail paroissial
acharné, il a demandé à être relevé. C'était la semaine
dernière.

— Où est-il, à présent? demanda Pierre d'une voix
altérée.

— Je ne sais pas. C'est un sujet de tristesse pour
monsieur le Curé; nous n'en parlons jamais... Vous le
jugez mal, ajouta-t-elle fermement après un silence.

— Monsieur le Curé? Vous vous trompez, ma
Mère. J'ai repris, phrase après phrase, notre entretien.
Il avait entièrement raison; et moi aussi. C'est le
drame de la Terre : chacun a raison. Je pense seulement que monsieur le Curé n'est plus à sa place à
Sagny. Et encore! comment l'en retirer sans le
blesser?

— Vous comprenez tout : pas étonnant que vous
ayez les cheveux gris à votre âge! » fit la Mère
bonnement.

Pierre présenta Suzanne aux copains de l'Impasse.

« S'agit de lui trouver du boulot, dit-il à Jacquot et
à Henri, c'est une chic fille... »

Ahmed sortit de sa chambre, le chapeau en arrière,
les souliers pointus, la bague au doigt, et commença
de tourner autour de Suzanne. Pierre l'entraîna par le
bras :

« Amène-toi une seconde! »

Et quand ils furent à l'écart :

« Tu vois cette fille? Bon! Eh bien, si jamais tu
touches à un seul de ses cheveux, on s'enfermera

tous les deux dans ta piaule — à égalité, tu vois ? —
et alors je te casserai la gueule jusqu'à ce que tu dises
« Assez ! »

— Ça n'est pas mon genre, dit l'Arabe d'une lèvre
écœurée.

— Pas le mien non plus. Mais avec les salauds,
on est amené à changer de genre, tu vois ?

— Tu ferais mieux d'être bien avec moi, le curé !

— Je t'emmerde, dit Pierre calmement. Je prie
pour toi, tu entends ? *Je prie pour toi*, mais je t'emmerde.

— C'est ce qu'on verra », jeta l'autre en s'éloi-
gnant.

Pierre trouva Étienne en conversation avec Suzanne :

« ... à la campagne ? des bêtes en liberté ? vous êtes
sûre ? »

Oui, elle en était sûre : dans son enfance, elle se
rappelait même avoir vu...

« Écoutez ! proposa Pierre, au printemps nous
irons à la campagne, un dimanche, tous les trois ! à la
vraie campagne... Étienne, tu as mauvaise mine :
qu'est-ce qui ne va pas ?

— Rien du tout », fit le gosse vivement.

Et comme l'autre — « Viens donc voir là ! » —
fronçait les sourcils en le regardant, il lui tourna le
dos.

« Parlant de boulot, dit Pierre à Henri, il faudrait
en trouver pour Michel.

— A la tienne ! Il a encore cassé la gueule d'un
type avant-hier !

— A propos de quoi ?

— Je ne sais pas trop, répondit Henri en détournant les yeux. De... ta copine Madeleine, je crois. Laisse tomber ! »

A propos de Madeleine, oui. Le type l'avait appelée « la putain du curé », et Michel — *taf !* — d'un seul coup au menton avait étendu le gars sur le trottoir. Ouf ! ça fait du bien, quand on est chômeur et qu'on ne peut plus se payer le club de boxe : de l'entraînement gratuit ! C'était un moyen passable de fermer la gueule du bonhomme ; mais Michel avait grand ouvert la sienne et colporté partout l'injure : pareil à celui qui, grattant un bouton, en essaime d'autres sur son visage. Ceux qui l'écoutaient raconter son histoire : « ... alors *taf !* ah ! mon vieux, d'un seul coup, etc. » prenaient l'air lâche et gêné du gars qui désapprouve les deux parties. Seul, Jean s'enflamma :

« Tu as drôlement bien fait ! Mince alors ! Qu'il revienne me le dire, ton type, je te jure que je lui fais son affaire ! »

Michel jeta un regard d'entraîneur sur l'autre, long comme un pendu, maigre comme la tour Eiffel, avec sa pomme d'Adam qui faisait l'ascenseur.

« Dans ce cas-là, fais-moi tout de même signe ! » lui dit-il.

Jean gardait cette épine dans son corps et, comme toujours, il en voulait à Pierre, à Madeleine et sûrement à ce grand copain, le Christ, qui le laissait tomber quand, d'un seul geste, il aurait pu tout arranger. « Dites seulement une parole et Madeleine m'aimera... »

« Écoute, vieux, lui dit Pierre un soir de lassitude, qu'est-ce que tu attends maintenant pour te faire baptiser ?

— Pas encore.

— Tu n'aimes pas le Christ. Tu n'as pas encore choisi ?

— Oh si !

— Alors, ça ne peut pas durer. Tu vois le boulot que j'ai ! Et, au lieu de m'aider, tu me prends du temps : ce n'est pas chic, mon vieux. »

Jean ne répondait rien, cachait le bas de son visage avec la main qui tenait sa cigarette, et baissait les paupières derrière le rideau de fumée.

« Regarde-moi, Jean. Tu n'as donc pas confiance dans le Christ ? »

Jean ôta sa main et leva les yeux ; Pierre reçut sa réponse et son regard en plein visage :

« Confiance en Lui, oui ! en toi, non. »

« Voilà donc à quoi aboutissent six mois d'efforts, pensa Pierre, six mois d'amour... » et il sentit qu'il souriait mal.

« Pourquoi pas en moi, Jean ?

— Parce que tu es un pauvre type comme nous autres.

— Bien sûr ! Et c'est même pour cela que tu devrais avoir confiance. Si le Christ n'était pas devenu un pauvre type comme nous autres... (Il s'arrêta. « Il y a bien le Père, dans sa gloire, pensa-t-il. Mais non ! ce n'est pas l'amour du Père qui les attire... ».)

— C'est vrai ! dit Jean, s'il n'y avait que le Père...

— Dis donc, il est notre père! Tu as aimé ton père, non ? »

Le visage de Jean se durcit soudain : tout en os, avec des yeux froids.

« Moins que mes copains!... Le Christ, poursuivit-il tendrement, c'est mon meilleur copain; l'autre, c'est « Notre Père qui êtes aux cieux » : on est peinard, aux cieux, on ne peut pas comprendre!

— Tu débites complètement : Il est partout à la fois. Il est assis entre nous deux, tu vois...

— Le Christ, oui, pas le Père!... Et toi aussi, reprit-il après un silence, toi aussi, tu es peinard, Pierre.

— Moi ?

— Tu peux te tirer quand tu le veux. Quand tu en auras marre de nous autres et de l'usine et de mes conneries, tu t'habilles avec une robe noire et tu repars dans une paroisse ou une école de curés. Tu es pareil au fils du patron, qui se croit ouvrier parce qu'il fait un stage. Quand on sait qu'on peut en sortir, ça change tout... »

Il y eut un silence et, comme il se prolongeait, Jean regarda le Père : il le vit se lever, si rouge que ses cheveux en paraissaient presque blancs.

« Si je devais en sortir, comme tu le dis, ce serait maintenant, fit Pierre d'une voix inconnue. Maintenant, après ce que tu viens de dire! »

Il se mit à marcher dans la pièce en donnant des coups de pied dans les meubles et en parlant comme pour lui seul :

« Bon sang, j'en ai entendu, déjà!... Odette qui,

au moment de communier pour la première fois, m'a crié : « Arrêtez! je n'y crois pas! » et s'est sauvée... Georges qui ne voulait pas que je le baptise : « Après, je ne t'intéresserais plus », disait-il... Et Riri, qui m'a réveillé à minuit parce qu'il venait de voir le pape au cinéma et qu'il n'encaissait pas les costumes!... J'en ai entendu, je te le jure! Mais (il s'arrêta devant Jean) une aussi sale injustice que ce que tu viens de me dire, jamais, Jean, jamais!... Comment peux-tu...

— Je suis trop malheureux! cria le grand, trop malheureux! »

Il essaya de se lever mais retomba, les coudes sur la table, le visage dans ses mains si maigres qu'elles ne le cachaient pas : on le voyait, entre les doigts, comme à travers des barreaux.

Pierre étreignit ce grand sac d'os, mal ficelé dans son chandail vert : fagot mal fagoté, il le prit entre ses bras.

« Imbécile, tu as peut-être un seul vrai copain et tu l'envoies promener! Pas confiance en lui? Tu préfères rester seul dans ton coin, comme un gosse qui ne veut pas qu'on le console!... Imbécile! »

Jean releva la tête; jamais on ne lui avait parlé si tendrement. Il dit très bas :

« Je suis malheureux parce que j'aime Madeleine et qu'elle ne m'aime pas.

— Elle ne te *préfère* pas! Tu sais bien que Madeleine a choisi d'aimer tout le monde.

— Ça n'existe pas! Elle en aime un autre, à sa manière... Voilà tout!

— Et qui donc? »

Jean le regarda fixement, ses yeux brillaient.

« Celui auquel elle ressemble de plus en plus. »

Pierre crut que ce regard si aigu le dépassait. Il se retourna et vit, sur le mur, le crucifix de bois.

« Le Christ?

— Non, dit Jean, toi. »

Pierre leva la main pour le frapper, mais s'arrêta, confus, le bras haut. Il dut reprendre son souffle; il passa le dos de sa main sur son front tout humide.

« Jean, commença-t-il d'une voix que lui-même reconnut mal et qu'il écoutait comme celle d'un autre (mais c'était bien un autre qui parlait, puisque lui-même ne savait pas encore ce qu'il allait dire...) Jean, tu vas te mettre à genoux devant la croix et dire un acte de contrition. »

Jean hésita un instant. Deux larmes toutes neuves jaillirent soudain de ses yeux et il se jeta aux pieds de son copain :

« Mon vieux... mon vieux...

— Non, dit Pierre doucement, moi, ça n'a aucune importance, tu vois? Mais Madeleine... Mais Lui... Ton acte de contrition, Jean, devant Lui! »

Le grand se laissa tomber à genoux devant le mur blanc, la joue contre cet oreiller si dur où ses larmes laissaient des traces, les bras en croix, immenses.

Pierre, pour l'aider, murmura les premières paroles : « Mon Dieu, j'ai un extrême regret... » Mais il entendit seulement une voix rauque qui remontait pénible-

ment, telle une ancre rouillée, du fond d'un océan
d'amertume :

« Je suis un con, mon Christ! Je suis un con... »

Pierre conserva cette blessure. Il avait donc vécu
tant de mois aux côtés de Jean sans comprendre ses
regards! Ce sang si chaud, ce cœur battait à son insu!
Il existait donc d'autres réserves, d'autres secrets que
ceux de l'âme? Oh! Pierre, que de paroles perdues!
que de vains conseils!... Il se retrouva timide, attentif,
comme aux premiers jours : chacun lui paraissait
porter un secret, et chaque visage aussi précieux et
fragile que celui d'un convalescent. Il ne suffisait
donc pas d'aimer les visages : il fallait aussi les deviner...
A sa droite, les couples heureux; à sa gauche, les
gosses prêtes à se prostituer à la sortie du métro, les
fiancés païens qui échangeaient leurs photos nus, les
bals et les terrains vagues du samedi soir. Une fois de
plus, tout n'était pas si simple! L'amour humain n'a
pas que deux profils.

Un soir, sans lever le nez des papiers qu'il classait,
Pierre demanda à Madeleine sur un ton qu'il voulait
désinvolte :

« Comment trouvez-vous Jean?

— Malheureux.

— Qu'est-ce qu'on peut faire pour lui?

— Rien, répondit-elle à mi-voix : il a découvert le
Christ mais le garde pour lui. Il ne l'a pas encore
trouvé chez les autres.

— Peut-être est-il déçu, voyez-vous? (Pierre sentit
qu'il rougissait. Tant pis! Il continua.) Peut-être

porte-t-il un grand espoir... un amour secret... Vous
ne répondez pas?

— Si je n'avais pas compris, Père, je vous répon-
drais !

— Et alors, Madeleine? demanda-t-il encore pour
rompre le silence.

— J'ai choisi », dit-elle d'une voix forte.

Il craignait tant de voir des larmes dans ses yeux
qu'il n'osa pas lever la tête. Il enchaîna très vite :

« Et Michel? Quoi de neuf pour Michel?

— Loulou lui avait trouvé du boulot. Mais il
ne s'est présenté que le lendemain : l'emploi était
pris ! »

Ils n'ajoutèrent rien. Chacun sentit que l'autre
venait de *classer* définitivement le cas Michel, et aucun
des deux n'avait le courage de protester.

Madeleine marche dans Sagny par un jour d'hiver
immobile. La rue est plate, les murs droits, les arbres
figés. Pas une flaque qui donnerait aux pavés un
regard, pas un souffle qui donnerait un geste aux
branches. Madeleine avance dans ce musée de février,
désert et transi. Ses amis la reconnaîtraient de dos,
aux flammes de cheveux qui s'échappent de son
foulard, à cette tête toujours levée, à cette démarche
dont chaque pas semble un envol : sa démarche
d'*assomption*. Madeleine marche et s'efforce de ne
penser à rien d'essentiel. Depuis l'autre soir, elle vit
comme le temps : au bord du dégel... Et, par crainte

des larmes, elle garde l'esprit froid et le cœur fermé.

Au tournant de la rue, elle aperçoit devant elle une vieille qui marche, seule aussi. Cette vieille est le contraire même de Madeleine : le visage reste penché vers le sol, et chaque pas semble l'incliner davantage à la rencontre de la terre. Sa hâte même — elle trottine! — n'est qu'une fièvre de profiter des heures qui lui sont mesurées : ses pas comptent le temps qui lui reste. Et pourtant, elle aussi ne doit être occupée, comme Madeleine s'oblige à l'être, que de questions petites.

Pourquoi Madeleine s'arrête-t-elle et sent-elle son cœur battre parce qu'à vingt pas devant elle, dans une avenue déserte de février, cette petite vieille...?

« Je serai cette vieille femme! »

Cette soudaine pensée balaie toutes les autres. Madeleine vient de se heurter au Temps... Cette rencontre, que certains savent différer jusqu'à leurs derniers jours, l'attendait donc au tournant d'une rue froide! Contre le Temps, Madeleine n'a dressé, jusqu'à cette heure, que les pitoyables barricades de ses journées trop bien remplies. Entre le signe de croix de l'aube et celui de la nuit, pas le temps pour penser à soi!... Mais, cette fois, impossible d'échapper! Le Temps bat le rappel : *« Tu seras cette vieille femme...* Alors, tu te retourneras et, d'un regard navré, tu contempleras ta vie perdue... Cette existence unique, tu l'auras traversée en aveugle! Des couples heureux, des enfants étrangers et, fuyant au plus loin, les mendiants ingrats auxquels tu auras, pour rien, donné

ton temps, ta peine, ton sourire — voilà ceux que tu
apercevras, autour de toi et te tournant le dos, quand
tu seras cette vieille femme...

« Tu auras tout partagé, Madeleine! Mais partager,
ce n'est pas donner; aimer tout le monde, ce n'est pas
aimer. Loger, dépanner, encourager des gars, est-ce
que cela valait la peine de désespérer Jean, de rester
stérile? de tuer de fatigue ce corps, d'empêcher de
battre ce cœur que Dieu t'a donné pareil aux autres?
Et c'est en son nom que tu tournes le dos à tout ce
qu'il a permis! Tu te crois donc d'une autre chair,
d'une race choisie? L'orgueil, Madeleine! L'orgueil
et la présomption, car ce travail est chaque jour à
recommencer, donc inutile.

« Renonce! il est encore temps : tu n'es pas cette
vieille femme... Allons, tu sais bien quelle part de
complaisance tu mets dans ton attitude et ton sourire!
dans cette parole de l'autre soir : « J'ai choisi!... »
Tu te forces sans cesse. Est-ce que les enfants qui sont
agréables à Dieu, se forcent jamais?... Renonce,
Madeleine! Et regarde-la bien : car, un jour, tu seras
cette vieille femme. Ne perds pas entièrement ta vie
d'ici là!... »

« J'ai choisi », répète Madeleine, les dents serrées;
et elle reprend sa marche.

Mais les jambes lui manquent de nouveau; car,
plus impérieuses que toute pensée, voici que les images
l'assiègent. Tant de petits bonheurs! Un logement
soigné, du linge entretenu, un pas dans l'escalier,
un projet pour le dimanche suivant, un repas vraiment
préparé!... Un tablier sur sa robe et qu'on ôte au

dernier moment, un petit cadeau enveloppé de papier
de couleur et qu'on reçoit, ou qu'on offre... Le cirque
à la Porte de Sagny, la Foire du Trône un samedi
soir, le cinéma, la piscine, une balade à vélo, au temps
du muguet, au temps des lilas, un gâteau d'anniver-
saire... Tout ce qu'elle refuse aux autres, ou se refuse,
afin d'assurer la permanence rue Zola : projets,
attente, parfums, rires, musique, tout cela soudain
l'assaille. « Mais puisque c'est permis, Madeleine!
puisque c'est permis... »

Elle lève la tête vers le ciel blanc. C'est le premier
geste de l'homme qu'on jette en cellule : chercher la
lucarne. Madeleine aussi lève la tête et reçoit sa
réponse comme une flèche : une voix monte en elle,
de bien plus loin que ses désirs sacrifiés et ces arguments si logiques! une voix plus sûre et plus forte à
mesure que Madeleine rattrape à grands pas *la vieille
femme qu'elle ne sera jamais!* Et cette voix dit :

« Bienheureux, vous qui êtes pauvres!... Bienheureux, vous qui pleurez!... Bienheureux, vous qui avez
faim et soif de la justice!... Bienheureux, ceux qui ont
le cœur pur, ceux qui pardonnent, ceux qui sont
persécutés pour la justice, ceux qui veulent la paix!...
Ah! bienheureux, ceux de Sagny, capitale de la misère et de l'Espoir! Et bienheureux, ceux de la rue
Zola qui est le cœur de Sagny!... »

« Mon cœur bat jour et nuit, pense Madeleine :
voilà la seule mesure du temps! »

Elle va dépasser la vieille et ne se retournera même
pas pour voir son visage. Les symboles ont-ils un
visage?

Ses petites pensées l'avaient déjà reprise tout entière. Cela n'avait donc été qu'un passage ? Comme la
nuit de Pierre, comme le désespoir de Jean, un passage
décisif...

Elle marchait donc, pacifiée, lorsqu'elle aperçut
par terre, devant elle, quelque chose d'insolite. Elle
ne put s'empêcher d'y porter le regard et le regretta
aussitôt : c'était un crachat plein de sang. Il y avait
longtemps que Madeleine n'éprouvait plus de nausées
que morales ; avoir « mal au cœur » était, pour elle,
avoir le cœur serré. Mais, quelque pas plus loin, elle
aperçut un second crachat sanglant. Dès cet instant,
elle sut qu'elle en rencontrerait d'autres, et aussi
qu'elle suivrait cette piste immonde parce qu'une
misère extrême se trouverait au bout. Le Petit Poucet,
sur ce chemin-là, était un condamné à mort. Mais la
trace du Christ, de Caïphe à Hérode ; d'Hérode à
Pilate et de Pilate au Golgotha, ne devait pas non
plus être bien délicate ! Tant de larmes versées depuis
ne l'ont pas encore effacée...

Tous les vingt pas, peut-être, le sang indiquait à
Madeleine sa nouvelle route. Elle avait déjà oublié
son chemin primitif ; elle suivait à la trace un inconnu
qu'elle pouvait secourir. Cette piste la conduisit rue
Zola. Elle n'en fut pas surprise et, avant de pousser
la porte, elle savait qu'elle trouverait là Roger.

Il était assis dans le coin, contre la fenêtre : une
dépouille en forme de Roger, une tête de mort toute
ridée, un fœtus de cadavre avec le regard de Roger.

Pierre se tenait debout devant lui, les poings aux

hanches, le front plissé; à son côté, aussi taciturne, le fils du voisin au hangar.

« Salut, Roger! fit Madeleine le plus joyeusement qu'elle put. D'où t'es-tu évadé, cette fois?

— Bretonneau, répondit Roger avec un clin d'œil et une sorte de grimace qu'il prenait pour un sourire; mon douzième hôpital, ça ne te dit rien? »

Il tira de sa poche son mouchoir, se tourna vers la fenêtre et cracha. Madeleine seule savait ce qu'il cachait là.

« Il ne reste plus un seul hosto, maintenant, dit Pierre.

— Si, Beaujon! (Le garçon pointait sur une liste.) Ça tombe bien : j'ai un ami interne, là-bas.

— Beaujon, Roger? tu es sûr que tu n'es pas grillé, à Beaujon? »

Il fit signe que non et se détourna de nouveau. Pierre en profita :

« Il faudra bien qu'ils l'acceptent n'importe où, dit-il à voix basse, et ce soir même! Mais comment le transporter voilà la question!

— Si je prenais la bagnole de pap... de mon père? proposa le garçon, en devenant tout rouge.

— Celle qu'il range à présent dans le hangar? Il nous doit bien ça! Ne demande pas la permission, surtout! Après, tu lui diras que c'était pour épater une fille : il te pardonnera volontiers.

— J'emmène ton ami Roger là-bas et j'y reste jusqu'à ce qu'ils l'aient hospitalisé! (Il était tout frémissant de bonne volonté).

— Naturellement, dit Madeleine avec calme.

— Allez, sors ta voiture ! Moi, je vais porter Roger...

— Qu'est-ce que tu crois ? fit Roger. Je tiens debout !

— On sait que tu es un homme, mais fous-nous la paix ! »

Pierre le saisit à bras le corps, contre sa poitrine : si léger...

« Mince, tu es drôlement lourd, Roger !

— Et, cette fois, tâche de ne pas te sauver avant d'être guéri ! » lui dit Madeleine, la bouche sèche.

Roger écarta son mouchoir ignoble pour répondre en clignant un œil :

« Je ne promets rien ! »

Il eut une sorte de crise d'étouffement, tandis que Pierre le chargeait sur le siège de l'auto.

« Cale-le bien contre moi, Pierre. Et si je vais trop vite, vous me le direz, Roger ?

— Pensez-vous ! Jamais vous n'irez aussi vite que moi quand je conduisais, ah là là ! »

A l'ombre de la mort, il se vantait encore... « C'est un gosse, pria Pierre. Père, pardonnez-lui ! »

« Adieu, Roger. Tiens, j'ai un mouchoir propre, prends-le donc ! »

Pierre regarda s'éloigner la voiture dans ce plat décor gris. Illusion de l'optique, il lui semblait qu'elle diminuait, diminuait, fondait sur place ; c'était si angoissant qu'il cria deux fois : « Roger !... Roger !... » Il n'espérait rien. Ce type, qu'il tenait vivant contre son cœur, l'instant d'avant, il ne le reverrait plus, voilà tout. Mais il ne l'acceptait pas encore ainsi, puisqu'il cria, une fois de plus : « Roger !... »

En retournant chez lui, il ne pensait qu'à ce visage

flétri aux yeux immenses apparu derrière la vitre,
un jeudi, et qu'il avait en vain cherché dans la nuit.
On pouvait encore le sauver, alors! Il aurait suffi d'être
plus vif, plus persévérant. « Aimer et vouloir... Oh!
Roger! Roger!... » Il sentait encore, dans ses bras
inutiles, le petit pantin cassé, le pauvre gars sans
défense; et il fut *choqué*, en pénétrant dans la cuisine,
de se trouver face à face avec Michel le géant.

« Ah! te voilà, toi! »

Depuis des jours, Michel hésitait à venir; courbait
le dos sous l'orage, chaque fois qu'il rentrait chez lui;
n'osait plus réclamer lorsqu'à table sa femme servait
le gosse mieux que le père : « Il travaille, lui, au
moins! »; se retenait de casser des gueules à longueur
de journée pour tromper sa force; se décidait enfin à
venir rue Zola, son seul refuge...

« Ah! te voilà, toi! »

— Oui, dit Michel, avec le dernier sourire insolent
du gosse qui va éclater en sanglots, me voilà! »

Pierre s'y trompa :

« Ça te va bien de faire le mariole! On se décar-
casse pour te dépanner et tu nous rigoles au nez?
Sans blagues!

— Écoute...

— Une autre fois, mon vieux! Je t'écouterai une
autre fois. Mais ce soir, non!

— Père..., commença Madeleine.

— Vous avez quelque chose à lui proposer, Madeleine? Moi pas.

— J'avais pensé... », dit Michel avec un grand effort.

« Roger! pensait Pierre. Il est en train de crever...

En ce moment, peut-être... J'aurais dû penser à la confession, je n'ai pensé qu'à l'hôpital... Le curé de Sagny, lui, aurait pensé à la confession... »

« Pas ce soir, Michel! Reviens... je ne sais pas, moi! reviens un de ces jours. Mais ce soir, vois-tu, fous-moi la paix. »

Michel sortit si brusquement que Pierre ne s'en aperçut pas tout de suite. Madeleine lui toucha le bras.

« Madeleine, je pense à Roger.

— Moi, je pense à Michel, répondit-elle presque durement.

— Mais...

— Il faut laisser les morts ensevelir les morts! Moi, je pense à Michel. Vous avez eu tort, Père... Je crois, reprit-elle d'une voix plus douce mais aussi ferme, je crois que vous avez eu tort.

— Il reviendra!... Et puis, Madeleine, c'est un incapable : l'un de ces types qui nous font perdre notre temps et qui nous empêchent...

— Il ne reviendra pas. Et... avez-vous déjà oublié l'affaire des couvertures, Père? »

Pierre se leva, ouvrit la porte et, d'un bond, se trouva dans la rue :

« Michel!... Ho! Michel!... Où es-tu, Michel? »

Il courut jusqu'au boulevard Gallieni, appela encore, tourna par la rue Barbusse — personne! Il se dit que Michel allait rentrer chez lui et qu'il suffisait... Mais non! pas ce soir : trop gravement blessé pour supporter, ce soir, les haussements d'épaule de sa femme! Il traînerait dans les rues, mais lesquelles? Pierre parcourut encore, tout essoufflé, les rues

Gambetta, de Stalingrad, Paul-Bert, Anatole-France, de l'Église, des Maraîchers... *Aimer et vouloir...* « Madeleine, elle, l'aurait retrouvé », songeait-il humblement en rentrant rue Zola. Sur le grand vantail, l'inscription VIVE LA PAIX! avait été délavée par les averses. Oui, c'en était fini de la Paix, ce soir, pour le Père Pierre!... Il trouva Madeleine apprêtant la nappe d'autel et la chasuble.

« Non, lui dit-il d'une voix rauque, je me prive de ma messe! Je n'en suis pas digne!...

— Il reviendra », dit doucement Madeleine.

Il revint, en effet, la semaine suivante, quand tous les copains du jeudi se trouvaient à table. Pierre se leva, avec un grand sourire.

« Viens t'asseoir près de moi, Michel!

— Non, je ne m'assois pas. J'ai à vous parler... à vous tous. »

Ils posèrent leur couteau et tournèrent vers lui leur visage; Michel baissa la tête. Madeleine, immobile, le fixait d'un regard qui ne cillait plus.

« J'ai beaucoup réfléchi, ces jours-ci. Tout seul... reprit-il péniblement. Tout seul, on ne fait peut-être que des conneries! Mais enfin, c'est comme ça... Merde à la fin! Il faut que ma femme et mon gosse croûtent, non?... Et puis je ne suis bon qu'à ça, après tout! c'est bien ce que vous pensez tous?

— Bon à quoi, Michel? demanda Madeleine d'une voix blanche.

— J'ai signé cet après-midi : je m'engage dans les C. R. S... C'est ça que je devais vous dire... »

Il osa relever les yeux au bout d'un moment; il les vit tous, pareils à des statues.

« Tu vois, Michel... commença Pierre.

— Non, curé! coupa Luis, ne fais pas de phrases! Il n'y a rien à dire : ce serait trivial. Nous sommes des ouvriers; et Michel, qui était un copain, passe de l'autre côté. On comprend. On ne lui en veut pas. Mais il n'y a rien à dire de plus.

— Serrez-moi la main, demanda soudain Michel, tous! »

Il fit le tour de la table, et chacun lui serra la main sans un mot; Pierre était très pâle; Madeleine seule eut le courage de l'embrasser.

Quand il fut sorti, elle essuya du revers de la main sa joue qu'il avait mouillée de ses larmes.

VII

LES CATACOMBES

Mars enfin gagna la partie. Dans les rues de Sagny, qu'un vent tiède parcourait de nouveau comme un sang, les arbres ouvraient leurs yeux de feuilles, les maisons étonnées cessaient d'être des caves. Sagny, aux cris des oiseaux, entrait en convalescence. Les passants, dont l'hiver avait fait des pantins au souffle fumant, retrouvaient leur lenteur, leur souplesse, prenaient le temps de se retourner, de se faire de loin, à travers le jeune soleil, des signes d'amitié. Le soleil, justement, serviteur dévoué, se levait avant vous, se couchait après vous. Plus de noirs départs à l'usine par les ruelles transies, par les rues aux volets fermés, aux poubelles pleines, aux réverbères dormant debout! On ne croisait plus des regards inquiets dans des faces de cadavre, mais des visages humains : la grande fraternité de mars commençait... Et, prodige, ces feuilles étaient les mêmes qu'aux arbres du parc Monceau, ces oiseaux sifflaient les mêmes chansons que dans les beaux quartiers! Pareil aux tout petits

enfants et aux bêtes de race qui ne distinguent pas le
riche du pauvre, le printemps innocent se plaisait à
Sagny.

Un soir, Étienne monta, en courant, chercher son
ami à la sortie de l'usine.

Pierre l'observa de loin qui piétinait, sautait d'une
jambe sur l'autre : jouait à la marelle des impatients.

« Ho! Étienne!

— Pierre, Pierre, l'épi, dans le Parc, tu sais? Il
pousse! »

L'épi et toutes sortes d'herbes fragiles et résolues
poussaient entre les pavés de Sagny; et la plus têtue
de toutes, l'Espérance.

Car la liberté des salaires venait d'être rendue et
les conventions collectives se discutaient en ce moment. Enfin, on allait en sortir! Le soir, on comparait
les bulletins de paye; on calculait : « Dix pour cent?
tu crois? — Au moins, mon vieux! Les copains du
Comité d'Entreprise nous ont donné les chiffres de
bénéfices et de réserves... Dix pour cent d'augmentation pour les salaires, c'est un minimum!... »

Des extraits du Bilan, recopiés par les gars de la
Comptabilité, devenaient, à force de circuler de main
en main, des chiffons précieux. « Tu vois, là c'est ce
qu'on met de côté pour remplacer les machines... —
C'est normal. — Là, c'est pour faire face à l'augmentation qui peut se produire sur le charbon... —
Mince! — Il faut bien, sans blagues! — Et ça? —
C'est encore autre chose : il arrive souvent, au milieu
de l'exercice... — Quel exercice? — Au milieu de
l'année, si tu préfères... »

Pour la première fois, on calculait par millions, dans toutes les chambres de Sagny, devant une fenêtre ouverte sur le printemps. La nuit (que le taulier annonçait en manipulant deux fois la manette du compteur) surprenait les gars, le crayon à la main et la tête lourde. « T'en fais pas, bonhomme, il y a de la marge pour les salaires! » La *marge*... Depuis la Communale, on n'avait pas employé ce mot; il devint magique. Une marge plus vaste et plus respectée qu'une plate-bande! Une belle marge où ces grands écoliers pouvaient écrire, en tirant la langue, leurs noms et qualités : Jacquot, *cimentier*, Jean, *étendeur de bois*, Henri, *ajusteur*, Pierre, *manœuvre spécialisé*... Dans la nuit, on en parlait encore :

« Loulou a dit que, pour nous autres, ça atteindrait vingt pour cent. Tu te rends compte?

— Ça ferait... voyons...

— Seize mille deux, en arrondissant.

— Oh, dis donc! »

On rêvait; et quelquefois, quand on confrontait ses rêves, on se disputait. Tout le quartier jouait Perrette.

Le pot au lait se brisa un samedi après-midi quand on connut les propositions patronales : trois à quatre pour cent d'augmentation des salaires! Vous avez bien entendu? Trois à quatre pour cent...

Le printemps se flétrit d'un seul coup. Pourtant, les arbres, leurs oiseaux, les soirées tièdes... — Eh bien, quoi? en mars, l'herbe pousse aussi dans les cours de prison! Le ciel était toujours bleu au-dessus de Sagny, mais seuls les enfants levaient encore la tête. Quand une ville entière a perdu l'espérance, qu'on n'y chante plus, qu'on y parle trop, qu'on y vit les dents serrées, les poings serrés, cherchez-y le printemps! Il n'est plus qu'un décor dérisoire dans l'incendie du théâtre.

Les gars de la S. A. C. M. A. décidèrent de se mettre en grève, demandèrent l'avis de Pierre — « D'accord! » — et constituèrent leur comité. Mais, le soir-même, ils retournaient rue Zola : « Passe donc chez Henri! Ça ne tourne pas rond... »

Pas rond du tout! Henri temporisait, conseillait d'ajourner la grève :

« Pas encore! C'est trop tôt, les gars. Il faut attendre.

— Attendre quoi ?

— Que les autres marchent aussi : que, dans toutes les usines...

— Que le Parti en ait donné l'ordre, c'est ça? » demanda Luis d'une voix forte, et il s'avança jusqu'à Henri.

Deux ou trois types ricanèrent; les autres regardaient Henri qui ne riait pas.

« Et en l'admettant, fit-il lentement sans cesser de fixer Luis, qu'est-ce que tu as à dire ?

— Que je suis libre : que c'est moi qui vis dans ma peau, qui reçois ma paye, et qui décide de me mettre en grève.

— Tu parles d'un ouvrier! plaisanta l'autre en montrant ses dents pointues. Ils travaillent à quatre chez un matelassier, ah! dis donc!

— Ça n'est pas la question, fit un gars. Il s'agit de nous autres, hein, Luis ?

— Tiens, pardi! reprit le vieux. Je n'en ai pas besoin de la grève, moi. Elle ne me rapportera que des emmerdements!

— Alors, laisse tomber!

— Si j'avais laissé tomber tout ce qui ne m'apportait que des emmerdements, dit Luis en retirant ses lunettes pour les essuyer, je ne serais pas ici... »

Beaucoup voyaient son regard pour la première fois, délavé comme un vieux bleu de travail.

« Tu n'es pas un ouvrier, Luis, reprit Henri sans dureté, et tu n'es pas un militant. Des gars comme toi...

— Des gars comme moi se faisaient casser la gueule pendant que tu jouais aux billes.

— On le sait. Et on t'aime bien, Luis. Mais, tu vois, les anarchistes aussi se font casser la gueule; et à quoi est-ce que ça sert, je te le demande?

— A faire réfléchir les autres.

— A la tienne! Écoute, je comprends que tu n'aimes pas le Parti. Il t'a viré : il avait ses raisons, tu as les tiennes, on s'en fout. Mais, entre nous, le Parti fait davantage pour la libération ouvrière que les anarchistes, non?

— Le Parti fait beaucoup mais demande beaucoup. Un peu trop, pour mon goût : comme le bon Dieu!

— Ton bon Dieu promet beaucoup; seulement, il fait payer d'avance!

— Le Parti aussi, jeta Pierre qui venait d'arriver. Dites donc, c'est la première fois que je vous entends discuter sur le bon Dieu. C'est chouette! »

Le vieux remit prestement ses lunettes, sans ménagements pour ses oreilles :

« Le Parti veut bien qu'on se mette en grève, mais dans un mois : quand la Conférence de Paris aura lieu. A ce moment-là, ça lui rendra service. Seulement voilà, c'est maintenant que ça nous rend service, à nous !

— Luis a raison », dit Pierre.

Henri s'emporta :

« Luis a raison ! Luis a raison ! Et si, dans un mois justement, la grève est plus utile ? Si elle rapporte...

— Non, dit Luis : ce n'est pas nous qui sommes au service de la grève, et notre grève n'est pas au service du Parti.

— Tu n'y comprends rien !

— Tu vois, Henri, fit Pierre en s'avançant jusqu'à lui, les ouvriers, les employés, les paysans n'y comprendront rien non plus, si elle a lieu dans un mois. Mais, maintenant, tout le monde nous comprendra. Et ça, c'est plus important, pour notre libération à nous autres, que les calculs du Parti.

— Bon, voilà le Père Noël qui se ramène !

— Tu lui as dit la même chose au moment de l'Appel pour la Paix, fit Luis. N'empêche que dix fois plus de gars ont signé chez lui que chez toi.

— Tu n'y...

— ...comprends rien, je sais ! *Ya sé que soy un conio !*

— C'est le Parti qui a lancé l'Appel pour la Paix !

— Et il a été drôlement débordé, le Parti, fit Pierre. Et heureusement ! Si ses types seuls avaient signé, ça voulait dire qu'ils refusaient une guerre avec la Russie ;

on le savait déjà. Mais, parce que tous les gars ont marché, ça signifie qu'on veut la Paix. Pour notre grève, c'est la même chose, tu vois ?

— Je sais, reprit Henri : tu veux qu'on quête pour nous à la porte des églises. Le patron, qui t'accorde trois pour cent d'augmentation, donnera ses vingt balles à la sortie de la messe et il sera en règle avec les curés. C'est au poil, ton système !

— Tu débites et tu le sais, dit Pierre calmement; et tu sais très bien que j'ai raison. Et tu sais aussi que la grève se fera *maintenant*, avec ou sans le Parti, parce qu'elle est juste... Alors, c'est oui ou c'est non ? Est-ce que nous t'inscrivons dans notre comité ?

— Je vous répondrai demain.

— Bon petit garçon! bouffonna Luis. Tu vas demander la permission à papa et à maman, hein ? Les enfants dociles iront au paradis ! »

Henri, exaspéré, ne trouva justement qu'une réponse de gosse :

« Moins enfant que toi, Luis!

— Peut-être, fit l'autre devenu grave, mais c'est moi l'aîné.

— Il n'y a pas de quoi se vanter d'être le plus vieux !

— Ce n'est pas parce que je suis le plus vieux que je suis votre aîné, c'est parce que j'ai le plus souffert. »

Il sortit du groupe en aveugle, les bras étendus devant lui pour se frayer un passage. Les gars s'écartaient avec un respect mêlé de crainte, comme si la vieillesse et la souffrance fussent contagieuses.

La grève fut décidée; Henri donna son nom le lendemain; le lundi, les trois quarts des entreprises de Sagny se trouvaient en grève. Pierre et Madeleine furent chargés du comité de solidarité. Sagny, à la fois abattue et agitée, souffrit de la fièvre obsidionale. On y riait encore, un peu trop fort; on n'y souriait plus. Autobus et métro y circulaient presque vides. Le commerce se réduisit à l'essentiel : ce qui se mange; les autres boutiques n'ouvraient plus que par habitude. Les bistros se plaignirent d'être constamment remplis, mais d'hommes qui ne buvaient pas. Les cinémas supprimèrent leurs matinées, puis ne jouèrent plus qu'en fin de semaine, quoique chaque jour fût dimanche. On se passa les journaux de main en main; on comptait lentement sa monnaie dans les magasins; et les boulangers attendirent avec anxiété les premiers clients qui demanderaient crédit.

Les prêtres-ouvriers qui se retrouvèrent à la Mission, le mardi suivant, étaient presque tous en grève. Ils comparèrent leurs bulletins de paye en silence.

« Il faut éclairer notre archevêque, dit un Père plus âgé. Je sais qu'il a déjà reçu des délégations patronales. Lequel d'entre vous pourrait se charger... ?

— Le cardinal n'est-il pas venu à Sagny, il y a quelques semaines ? demanda le Père Pigalle en se tournant vers Pierre.

— Il a seulement assisté à la messe.

— Vous irez donc, Père Pierre, reprit le plus âgé; en notre nom à tous.

— En leur nom à tous ! » dit Pierre.

Il trouva, pour l'accompagner chez l'archevêque, cinq gars dont chacun travaillait dans une usine différente de Sagny : un anarchiste, deux communistes, un chrétien et un type qui « s'en foutait drôlement ». Jean avait refusé, sans explication. Il ne venait plus que rarement rue Zola, évitait Madeleine et semblait parfaitement malheureux. Pierre n'osait plus lui parler de baptême. Plusieurs fois, en relevant la tête ou en se retournant, il avait surpris le regard de Jean attaché à lui : un regard suppliant, celui du malade vers le médecin trop taciturne. Mais si Pierre tentait de lui parler, l'autre fuyait toute approche, pareil à la bête affamée mais craintive. Jean refusa donc d'aller chez l'archevêque :

« Ce n'est pas ma place...

— Ta place est partout !

— Nulle part, je le sais maintenant.

— Jean ! fit Pierre en lui saisissant le bras, dimanche, ne veux-tu pas que je te baptise dimanche ?

— Pas encore, dit Jean en tournant la tête comme fait un malade épuisé, je n'ai pas tout compris...

— Et l'enfant qui vient de naître, tu crois qu'il a tout compris ?

— Justement, Pierre, je ne suis plus un enfant, plus un enfant ! »

Les petits yeux verts étaient devenus trop brillants. Pierre vit la pomme d'Adam monter et descendre plusieurs fois : la maigre machinerie de la douleur... « Jean ! » cria-t-il avec une anxiété très proche du remords.

Mais l'autre se détourna brusquement.

Les cinq et Pierre durent chercher leur chemin en
sortant du métro. Ils étaient désorientés et mal à
l'aise : ce quartier ressemblait autant à Sagny qu'un
gros agent de police au mendiant qu'il arrête. En
tournant dans la rue de l'Archevêché, ce calme soudain les angoissa, comme s'ils se fussent engagés dans
un piège. Ils n'osaient plus parler haut, et plusieurs
enfoncèrent leurs mains dans leurs poches, signe de
méfiance! Ils regardaient les murs des immeubles,
plus épais que des remparts, et ceux des jardins,
hérissés de pointes et débordant de frondaisons cap-
tives.

« Il devrait habiter à Sagny, ton archevêque! dit un
des gars (le chrétien) sans amertume.

— Penses-tu! répondit Pierre. Quand on a une
bonne piaule, il faut la garder! »

A l'entrée, Pierre ne parla que de Sagny et se présenta en ouvrier, pas en prêtre. On les introduisit
dans une pièce de velours rouge et de bois noir, au
parquet très luisant. Autour d'eux, sur les murs, les
six derniers archevêques de Paris les regardaient de
haut en souriant et paraissaient dialoguer par-dessus
leurs têtes. Un prêtre âgé, qui travaillait derrière un
bureau monumental, se leva et serra la main de chacun d'eux, un peu trop longuement. Voir Son Éminence? A propos des grèves? Bien sûr, il comprenait
fort bien. D'ailleurs, ils n'étaient pas les premiers...
« Je le sais, dit Pierre hardiment, des patrons nous ont
précédés! » C'était exact; mais d'autres ouvriers
également. Et Son Éminence était si fatiguée... Pas

malade, non! mais vraiment très fatiguée... Le médecin avait interdit toute audience. N'était-il pas possible de lui exposer, à lui-même...? Certes, ce n'était
pas la même chose, mais... Enfin, il allait voir si Son
Éminence...

Il sortit, il se fondit dans un couloir obscur.

Les gars, déçus, regardèrent Pierre. Ils le virent
assez pâle, la bouche entrouverte et les yeux tournés
vers l'autre extrémité de la pièce. Ils suivirent ce
regard : une porte, là-bas, achevait de s'ouvrir et,
dans l'encadrement à demi ténébreux, le cardinal
parut, statue de marbre blanc drapée d'une robe de
sang. Ses yeux, du bleu du ciel, vivaient seuls dans la
neige du visage; mais les gars y lurent un tel amour
que tous s'avancèrent d'un pas et que deux d'entre eux
s'agenouillèrent. Le cardinal sortit de l'ombre et sa
main dessina dans l'air un signe de croix. Les portraits
des autres cardinaux parurent tourner les yeux vers
lui; mais son regard effaçait les leurs : ce vieil homme,
plus blanc, plus maigre qu'aucun d'eux était leur
père. L'archevêque s'avança et tendit la main à
chacun des hommes; Pierre seul baisa l'anneau et le
cardinal lui dit doucement :

« J'attendais votre visite depuis dimanche, Père
Pierre. Si vous n'étiez pas venu, je serais allé à Sagny...

— Vous y seriez... retourné, Monseigneur! »

Le visage rosit légèrement : le fantôme d'un sourire...

« C'est juste. »

C'était la première fois, bien sûr, que les gars
entendaient cette voix, mais ils savaient déjà qu'ils

ne l'oublieraient pas : si dure et si douce, parfaitement *sûre*, avec cet accent de la campagne, nostalgique et imprécis comme un souvenir d'enfance.

« Monseigneur, dit Pierre, nous nous excusons : on nous a dit que vous étiez fatigué...

— Et vous ?

— Mais...

— Allons ! fit-il presque impérieusement. Parlons vite de cette grève : comment allez-vous tenir, mes enfants ?

— Nous avons formé un comité de solidarité, Monseigneur : ceux qui travaillent encore y verseront une partie de leur paye. Si cela se prolonge, nous ferons des collectes en nature chez les paysans qui l'accepteront, nous ouvrirons un fourneau commu- nautaire, nous... je ne sais pas, Monseigneur, mais, voyez-vous, *il faut* que nous tenions parce que c'est juste !

— Seine-et-Marne... Mayenne... Indre-et-Loire... Notez cela pour vos collectes. J'écrirai aux évêques pour leur exposer la situation dès que j'en serai entièrement informé.

— Monseigneur, dit Pierre d'une voix altérée, ce qu'il nous faut, surtout, c'est qu'on nous comprenne, c'est qu'on trouve notre grève juste. On peut vivre en mangeant mal ; on ne peut pas vivre seuls.

— Surtout quand on a raison ! ajouta l'un des gars.

— Il ne suffit pas que les autres aient tort pour que vous ayez raison, dit le cardinal très fermement. Vous n'entendez qu'un seul son de cloche ; moi, je dois en écouter trois : le leur, le vôtre et le mien. Car

vous êtes tous pareillement mes enfants. Un père ne
doit pas avoir de préférence! Ou, du moins, la montrer, ajouta-t-il à mi-voix en détournant les yeux.

— Si, Monseigneur! reprit Pierre d'une voix forte :
une préférence pour son enfant qui ne grandit pas,
et que battent les plus forts, et que personne n'aime!

— Une préférence secrète, mais une justice évi-
dente, et chacune au service de l'autre. Vous n'avez
pas tort, Père, ajouta-t-il doucement, et pourtant j'ai
raison, vous voyez?

— Il y a donc plusieurs vérités?

— Une seule vérité, mais plus d'une bonne foi. Et
si nous ne respectons pas la bonne foi, nous autres,
qui la respectera?

— Ah! vous êtes ici, Monseigneur? » fit le vieux
prêtre qui venait de rentrer.

Les visiteurs l'avaient déjà oublié. Tout à l'heure,
ils avaient remarqué sa minceur, sa pâleur; mais
auprès du cardinal, il n'en restait rien : un homme
comme un autre, vêtu d'une soutane.

« Monsieur Dutuy, vous allez me rendre un service... »

Il se tourna vers les six :

« M'avez-vous apporté vos bulletins de paye?

— En voici plus de cent, Monseigneur, de toutes
les usines et de toutes les catégories. Ce n'est pas un
choix!

— Je vous crois. Monsieur Dutuy, vous allez en
prendre copie. Puis vous les renverrez à Sagny...

— 28, rue Émile-Zola, précisa Pierre.

— A quel nom?

— Le Père Pierre.

— Comment cela? fit le vieux prêtre en le dévisageant.

— Oui, monsieur l'abbé, mais... qu'est-ce que ça change?

— Rien! Je suis heureux de vous connaître, c'est tout. Je... je vous dirai un mot tout à l'heure.

— Et voici ce que vous allez faire, s'il vous plaît, monsieur Dutuy, poursuivit le cardinal. Noter le nom de toutes ces usines; téléphoner aux curés de Sagny afin que, s'ils sont en bons termes avec les patrons de ces firmes...

— Très bons! dit un des gars à mi-voix.

— Qu'ils me procurent immédiatement leurs derniers bilans. Quand nous aurons tous ces chiffres, tous ces papiers, vous convoquerez le Père Grégoire et notre expert-comptable. Que cela soit très vite, n'est-ce pas? Je vous déçois, ajouta-t-il en se tournant vers les ouvriers, mais je suis ainsi : fonder mon opinion, ensuite... foncer! L'inverse serait malhonnête. »

Il tendit la main à Pierre puis aux autres. L'un d'eux parut vouloir baiser l'anneau à son tour, puis se ravisa.

« Revenez quand vous le voudrez, ajouta le cardinal, et aussi souvent que...

— Monseigneur, dit l'abbé en sourcillant, pensez à votre santé. Le médecin...

— C'est juste! Il se peut que je vous reçoive dans mon lit, mais je vous recevrai. »

Il les accompagna jusqu'à la porte : il marchait

devant eux, comme un chef; et Pierre au milieu d'eux, comme un berger.

« Ah! fit-il en s'arrêtant soudain, je suis moi-même un mauvais patron. Savez-vous combien un vicaire d'une église de Paris reçoit par mois pour vivre? Six mille francs, pas plus.

— Mince! fit un des copains.

— Mais le vicaire n'a pas de famille, lui! dit l'abbé. Il vit souvent en communauté; et puis il a désiré la pauvreté.

— Et surtout, pour lui, cela n'a aucune importance, ajouta Pierre. Au contraire!

— C'est pour moi que la chose est d'importance, reprit le cardinal en passant sa main devant ses yeux fermés (et l'anneau brillait tel un regard). Voyez-vous, Père Pierre, il est bon que les enfants dorment la fenêtre ouverte, mais pas qu'ils aient froid dans leur chambre. Voilà le problème!

— Mais vous n'y pouvez rien, Monseigneur! dit fermement l'abbé : vous n'avez ni... réserves, ni... bénéfices, vous!

— L'argent? dit le cardinal en ouvrant ses paupières sur un regard très triste, c'est bien le dernier argument qui pourrait me consoler... Bon courage, mes enfants! Je pense à vous... Je penserai à vous... »

Il leur fit signe d'aller, mais ne les quitta pas des yeux tandis qu'ils gagnaient la porte. Chacun le sut, car chacun se retourna, une fois encore.

Comme ils atteignaient le perron, l'abbé retint Pierre et lui murmura :

« Je voulais vous dire ceci, Père : vous ne comptez pas que des amis ici.

— Qui ne compte que des amis? demanda Pierre, blessé mais souriant.

— Monseigneur, peut-être... Allons, bon courage! »

Il lui serra la main, puis son regard devint pusillanime :

« Pour ces papiers... bon! Je... rue Zola, oui! »

Il était déjà repris par ses papiers, par son devoir étroit; en sortant, Pierre respira pour deux.

Les copains et lui marchèrent en silence jusqu'au tournant de la rue où l'un des gars s'écria brusquement :

« Il est drôlement chouette, ton patron!

— Oui, dit un autre, mais pourquoi lui embrasses-tu la main, sans blagues?

— Pas la main, l'anneau, en signe d'obéissance et d'union.

— C'est tout de même marrant.

— Mince! reprit le premier, si j'avais un patron comme celui-là, ça ne me gênerait pas de lui obéir et même de baiser son anneau, je te le dis!

— Ce n'est pas un patron, dit Pierre, c'est un père. »

De nouveau, le silence jusqu'au métro. Et soudain l'un des six (celui qui *s'en foutait drôlement*) s'arrêta au milieu de l'escalier :

« Dis donc, ça me fait plaisir de repenser à lui! Tu comprends ça, toi? »

Le dimanche suivant, sur l'injonction du cardinal-archevêque et pour la première fois dans l'histoire du diocèse, on quêta pour les familles des grévistes aux portes de toutes les églises parisiennes. Les termes de ce Message du cardinal furent repris, pesés, retournés dans les salles de rédaction, les sacristies, les conseils d'administration, les centrales politiques, les salons, les bistrots. Retournés, mais pas tournés : ils étaient formels.

La moitié de la France les reçut comme une semonce, se sentit mal à l'aise et chercha aussitôt à se redonner une bonne conscience. Comme d'habitude, ses journaux la fournirent en arguments : les uns escamotèrent le Message; d'autres le firent suivre d'une *information* sur l'état de santé du cardinal, laissant entendre qu'il n'avait plus sa tête à lui. Ils disaient vrai : depuis vingt ans elle était toute à Dieu.

Beaucoup d'évêques suivirent le cardinal; à leur appel, des millions de fidèles essayèrent de penser sans humeur politique à la condition des ouvriers, et beaucoup virent en eux, pour la première fois, leur frère le Christ. Jusqu'alors, bien des Parisiens souffraient seulement dans leur costume neuf, leur voiture américaine, leur double menton, de cette banlieue maigre et mal vêtue qui les encerclait; plusieurs commencèrent d'en souffrir dans leur âme et conscience : ils ne se sentaient plus des Justes devant la face de Dieu. « Cette banlieue, tout autour de Paris, comme une couronne d'épines... » Dans l'hiver aride mais surchauffé de leur cœur, c'était l'été de la Saint-Martin : saint Martin de France qui partagea son vêtement avec le pauvre.

Telle fut la réponse du cardinal-archevêque à

Pierre, aux cinq copains et à tous ses visiteurs en bleus, en velours, en chandails. « Je pense à vous... Je penserai à vous... »

Le dimanche même où le curé de Sagny-le-Haut lut en chaire le message du cardinal, Pierre l'alla voir pour lui demander d'ajouter son nom à ceux du Comité de Solidarité. Ce geste simple et autorisé aurait une portée considérable parmi son peuple : que ses prêtres fussent en salopette ou en soutane, il n'existait qu'une seule Église au service des Petits et des Pauvres.

Le curé lui répondit avec embarras et tristesse que les patrons des usines de Sagny-le-Haut se trouvaient être les principaux bienfaiteurs de la paroisse et qu'il serait difficile, quelle que fût sa pensée (il ne la dit pas), de les blâmer aussi ouvertement. Il marchait, sans répit, dans ce bureau qui rappelait celui de M. Dutuy à l'archevêché. Pierre le suivait d'un œil sec, lorsque le curé tourna vers lui un visage, à son insu si tourmenté, que Pierre prit soudain pitié de lui :

« Monsieur le curé, hasarda-t-il, ne croyez-vous pas justement que, de vous seul, ces paroissiens accepteraient la leçon, et qu'il est temps de...

— Encore temps pour eux, peut-être! répondit l'autre d'une voix altérée; pour moi, non, je le crains.

— Monsieur le curé, fit Pierre, la gorge serrée, si je vous ai offensé, l'autre jour, je vous en demande pardon! J'ai réfléchi depuis...

— Moi aussi. »

Ils firent silence longtemps. Pierre regardait, non sans attendrissement, les beaux doigts tambouriner sur la table noire. Un parent de province auquel il aurait rendu visite, à cent pas de chez lui, oui, c'était un peu cela...

Dans le petit jardin du presbytère, des oiseaux criards se disputaient la meilleure place dans un arbuste tout neuf. Le soleil, par la fenêtre, éblouissait la moitié de la pièce; le curé se trouvait dans l'autre. Attentif aux oiseaux, inondé de lumière, Pierre l'oublia un instant; il tressaillit en l'entendant.

« Je leur demanderai des vêtements, des vivres, de l'argent, beaucoup d'argent, et je vous les remettrai.

— Monsieur le curé, vous savez bien que l'argent...

— Je sais! coupa-t-il sèchement, mais il vous en faut, n'est-ce pas? Alors, que vous importe sa provenance? »

Pierre s'approcha de lui, entra dans l'ombre :

« Cet argent-là, monsieur le curé, il nous est dû. Voilà tout le problème. Alors, c'est le seul, voyez-vous, que nous ne puissions pas accepter comme un don.

— Vous me demandez de choisir, dit le curé lentement. Une fois de plus, vous me demandez de choisir... »

Il y avait, dans sa voix, un tremblement que Pierre prit pour de la colère et dont il voulut se défendre :

« Mais je ne demande rien, monsieur le curé!

— Je ne parlais pas de vous, mon petit. »

Il y eut encore un long silence. (Les oiseaux libres, dans le soleil, et ce vieil homme qui respirait trop fort, tel un enfant malade...)

« Mes œuvres, reprit-il doucement comme si ses

pensées s'élevaient insensiblement à la parole, la
paroisse, les œuvres... C'est cela qu'il faut maintenir,
par tous les moyens... Maintenir...

— Monsieur le curé, proposa Pierre brusquement,
ne parlons plus d'argent; mais vos jeunes gens, vos
jeunes filles, ne pourraient-ils pas nous donner un
coup de main.

— Parrainer des familles?

— Elles ne sont ni des enfants, ni des vieillards,
voyez-vous? Non, mais nous... nous donner un coup
de main!

— Sous vos ordres? (Pierre fit signe que oui; le
beau front se plissa.) J'accepte », dit-il enfin avec une
sorte de reconnaissance.

Il souriait, à présent, et Pierre ne souriait plus. Il
pensait à l'abbé Gérard. « Je me prépare des drames
avec les copains, ou des drames avec le curé. Ah!
j'avais bien besoin de... — Non! mais lui en avait
besoin! »

La grève durait depuis vingt jours et elle commençait à pourrir. Les patrons demandaient une reprise
du travail préalablement à toute discussion. Les
ouvriers repoussaient cette humiliation et ce piège.
Ils savaient qu'ils auraient la force de continuer la
grève, pas celle de la reprendre; les rechutes, là aussi,
sont plus à craindre que le mal. Et les patrons ne
l'ignoraient pas.

Cette humiliante et injuste proposition avait été

faite au bon moment : elle répondait à l'anxiété des
femmes et à l'impatience du Gouvernement. A l'approche de la Conférence de Paris, celui-ci trouvait
que — suivant les fortes paroles du premier ministre —
cette grève « faisait mauvais effet ». Incapable d'ar-
bitrer le conflit, et plus désireux de calme que d'ordre,
le Gouvernement se montra presque reconnaissant au
Patronat de faire un pas, fût-ce en arrière. Les forces
de police, neutres jusqu'alors, se tournèrent contre les
grévistes et attendirent seulement qu'on leur ouvrît
la grille... Le Parti encouragea les grévistes dans une
attitude qui compromettait la Conférence de Paris.
Comme toujours, il gagnait sur les deux tableaux.

Mais les ouvriers se moquaient de la froide habileté
du Parti comme de la lâcheté du Gouvernement;
la lassitude de leurs femmes les blessait davantage.
Quand il faut lutter à la maison, on perd cœur... La
grève aveugle de certains employés de la Sécurité
Sociale privait beaucoup de familles de leurs allo-
cations et du remboursement de leurs dépenses médi-
cales. Les gosses mal nourris tombaient malades;
les vieux, qui ne vivent plus que d'habitudes, se
traînaient. Les médecins faisaient tous crédit et dis-
tribuaient leurs échantillons; mais les pharmaciens,
dont beaucoup ne sont que des épiciers prétentieux,
gardaient leurs remèdes. Alors, les femmes en avaient
assez, de voir les gosses pâlir, et de passer, le cabas
vide, devant des boutiques pleines. Inactifs, trahis,
impuissants, les ouvriers se retrouvaient *seuls;* ils en
avaient l'habitude.

Le Comité de Solidarité redoubla d'efforts. Madeleine, le visage transparent de fatigue, souriait comme la Mort. Luis, qui s'était mis à son service, avait tellement maigri que ses lunettes ne tenaient plus. Si las qu'il avait l'air malheureux, même quand il dormait!

Pierre finit par accepter, la gorge serrée, l'argent tant de fois refusé : celui que lui apportait Suzanne, de la part de la sœur Marie-Joseph; celui que son copain, le fils du patron au hangar, lui jurait en rougissant être son argent de poche; et des sommes que la petite Denise lui remettait sans un mot.

Un jour, Jacquot lui apporta seize mille francs.

« J'ai vendu mon véllo.

— Ton vélo neuf?

— Qu'est-ce que tu crois? que j'en ai une demi-douzaine.

— Mais, Jacquot...

— Ta gueule! C'est fait, maintenant. »

Et il s'en retourna, un peu trop vite.

Cet argent, on le mettait de côté pour le logement. Si les tauliers, à la fin du mois, faisaient expulser leurs gens par police-secours, ce serait la fin! De M. Baltard, le patron de l'Impasse, Pierre voulut obtenir des délais; l'autre devint pourpre.

« Sûrement! sûrement que je vais leur faire crédit! Non seulement le café ne rapporte plus rien, mais l'argent disparaît du tiroir-caisse. Oui, monsieur, du tiroir-caisse! »

Pierre se sentit pâlir.

« On en reparlera, monsieur Baltard. Excusez-moi... »

Il sortit très vite à la recherche de Denise qu'il

trouva dans le Parc en compagnie d'Étienne, du chat de Luis et de l'épi.

« Denise, l'argent que tu m'as donné, tu l'avais pris dans le tiroir-caisse de ton père?... Réponds-moi!... Volé, Denise? tu l'as volé, cet argent? »

Elle ne répondait rien; la tête baissée, les lèvres rentrées, elle se tenait debout sur un pied, feignant de ne s'intéresser qu'au maintien de son équilibre. Elle le perdit sous la gifle formidable qu'Étienne lui appliqua calmement :

« Tu réponds au Père, non?

— Étienne, tu es fou! dit Pierre en recevant dans ses bras la petite fille en pleurs.

— Tout le monde... m'en veut!... J'en ai... j'en ai... assez!... Bien sûr!... le tir... le tiroir-caisse!... D'où voulez-vous qu'il vienne... cet argent?...

— Ce n'est pas une affaire, fit Pierre en cherchant son mouchoir et ne le trouvant pas. D'ailleurs, c'était à moi de m'en douter! Mais enfin, tu n'aurais... — Tiens, mouche-toi un coup! — tu n'aurais pas dû.

— Papa en a plein, et vous autres pas du tout!

— Bien sûr, mais ça n'est pas une raison, tu vois? »

Malgré le gros mouchage, de nouvelles larmes apparurent, tout d'un coup, dans les coins de ses yeux, luisantes et vives comme des renards.

« D'abord... tout le monde... m'en veut!... Je... je... je le vois bien!...

— Pourquoi, Denise? Remouche-toi, bien au milieu!

— C'est parce que je l'ai attrapée, dit Étienne pas

fier, les mains dans les poches. Les filles, ça raconte
n'importe quoi! Elle est allée dire à Ahmed...

— L'Arabe de la...

— Oui, ce type qui rapporte tout à la police! Il
s'était moqué de Luis devant Denise. Alors, pour
l'épater, cette idiote lui a raconté ses histoires d'Espagne et de Toulouse. Elle lui a dit que Luis avait
des faux papiers et que...

— Denise!

— Écoutez, il me répétait tout le temps : « Mais
« je ne savais pas!... Mais c'est très intéressant!...
« Et quoi d'autre?... » Alors je me suis dit : « Main-
« tenant, il va respecter Luis. »

— Idiote!

— Étienne!... Ne recommence plus jamais, Denise!
A personne, hein? (Pierre passa le dos de sa main sur
son front.) J'aime encore mieux que tu barbottes
l'argent de ton père, vois-tu?... Enfin, ne recommence
pas ça non plus!... Et rends-moi mon mouchoir. »

Le chat de Luis se frotta au pantalon de Pierre
avec un aigre miaulement. Maigre, vieux, si grave
surtout, ce chat lui parut l'image même du vieil
homme : si seul... « En parler à Henri, décida Pierre,
lui en parler tout de suite! »

Mais Henri est parti, le matin même, avec trois
copains, dans un camion prêté par un autre, collecter
des victuailles du côté de Melun. Avant-hier, des gars
sont revenus de la Mayenne avec deux camions remplis de farine, de viande, de légumes et de grands
bidons de lait pour les gosses. On part avec un type

du Parti (c'est Henri, cette fois), un de la J. O. C., un gars qui conduit la voiture et un autre bien costaud : voilà de qui se compose un « Commando casse-croûte ». Arrivés dans un patelin, le communiste file droit chez le sympathisant du coin, et le Jociste va frapper à la porte du presbytère. Puis, c'est la tournée des fermes signalées par l'un et par l'autre. Le patron est aux champs; la fermière, méfiante, envoie un petit gars le chercher. En l'attendant, on reste debout à parler du temps qu'il devrait faire. Le patron arrive lentement, la figure fermée, l'œil filtrant. Et c'est toujours les mêmes questions : « Combien c'est-y donc que vous êtes payés, vous autres ? » (On sort les bulletins de paye.) « P't'êt' ben qu'il peut pas vous donner plus ! » (On cite des chiffres.) La fermière demande des détails sur la femme, sur les gosses; les visages se détendent; on boit un coup de vin.

« Repassez donc dans une petite heure, on vous aura préparé quéq' volailles, un demi-sac de farine...

— Et un bidon de lait pour les petits », ajoute la patronne.

Une heure plus tard, on fait le ramassage; chacun a préparé le double de ce qu'il avait annoncé, et il a alerté les voisins. On boit un dernier coup de vin. Les gars nous regardent partir et font des gestes maladroits d'amitié. Beaucoup proposent de prendre deux ou trois gosses en pension, le temps que durera la grève. A présent, ils parlent d'elle comme de la guerre : comme d'une épreuve inévitable où l'on n'obtient la victoire qu'en tenant bon. « Allez, au revoir ! » Au dernier moment, la femme apporte toujours un petit paquet qu'elle tenait contre son cœur et qui en reste chaud : un lapin ou des œufs.

Le soir tombe. Dans le dernier hameau, une petite fille a donné à Henri un bouquet plus gros que sa tête : des fleurs, rouges et blondes comme elle. Il n'a pas trouvé un mot pour la remercier; il l'a regardée, immobile, devenir poupée à mesure que le camion s'éloigne. Il la voit trouble, à présent, comme si ses yeux s'embuaient; la fraîcheur, sans doute...

« Riri, monte dans la cabine avec nous! On se serrera...

— Non, je suis bien. Ne vous occupez pas de moi! »

Il se cale, étendu, entre les sacs et les choux, la tête posée sur un tiède oreiller de volailles. A portée de ses mains, les paquets précieux et, au creux de son bras droit, le gros bouquet frais et parfumé comme un petit enfant propre. Allongé sur le dos, Henri le seul, le dur, le militant, Henri aux dents pointues, regarde cavaler les arbres sur le ciel immobile où vient d'apparaître une étoile. Il la fixe de ses yeux secs; elle ne cille pas non plus. Dialogue.

Tout à coup, le camion ralentit, s'arrête, les copains doivent consulter la carte ou casser la croûte.

« Riri, est-ce que tu veux...?

— Non, rien. Je suis bien. Foutez-moi la paix! »

Il tombe des branches, il s'élève des champs une odeur humide, vivante. A présent, ce sont les arbres qui sont immobiles et le ciel entier qui paraît dériver lentement, sauf l'étoile. Le cœur d'Henri se serre; et il pense à Pierre, sans raison. « C'est mon meilleur

copain! » murmure-t-il. Pierre, et la petite fille au
bouquet, et l'autre fille (N'y pense plus, Henri!) avec
laquelle il sortait le samedi et qu'il respectait... Oh! le
printemps d'autrefois... Oh! les brassées de lilas, les
mômes qui criaient, la foire, la loterie où elle avait
gagné ce petit éléphant de porcelaine qu'elle lui a
donné... Où est-elle, Henri? — Ah! n'y pense plus!...
— Où est-elle? Son rire, et tout devenait si simple...
Et ses larmes lentes, et ses yeux étonnés, le matin où
tu lui as dit adieu... Un matin, car le soir, Henri, tu
n'en aurais pas eu la force! Un matin d'avril, justement... Toute la nuit d'avant, tu étais resté éveillé.
C'est cette nuit-là que tu as choisi le Parti, la lutte,
les autres gars... (Ou peut-être les meetings, la dia-
lectique, et l'orgueil d'être quelqu'un à Sagny.)
Enfin, il fallait choisir : ce sont les durs, ce sont les
solitaires qui mènent. Tu as choisi, fous-nous la paix,
maintenant! — Mais cette odeur de la terre vivante,
et ce ciel libre, et cette étoile, c'est son domaine à elle,
tu le sens bien, et c'est celui de Pierre. Un monde où
l'on donne un bouquet à un inconnu, où l'on aime,
où l'on pleure quand on a envie de pleurer : leur
monde à eux, plus le tien!... Et s'ils avaient raison?
Si tu t'étais trompé?... Tout ce temps perdu, Henri!
et cette fille, si précieuse, perdue... Certains jours, tes
propres discours te donnent envie de vomir, tu n'y
crois plus. Tu en as marre, marre, marre des affiches,
des tracts, et de l'haleine des types en réunion de
cellule!... — « Et puis après? Cela prouve seulement
que je suis un drôle de militant et qu'ils feraient mieux
de me virer avant que je devienne pareil à Luis! »

Pourtant, ce soir, Henri pense au vieil homme avec une tendresse fraternelle. Pour la première fois, il songe que Luis a dû choisir, lui aussi : choisir entre son pays, l'odeur de la terre de son pays, et les hommes malheureux. Il les a préférés, et qui lui en garde de la reconnaissance ? — « Reconnaissance », quel mot stupide ! La réussite seule importe... A-t-il assez mis en garde les militants du Parti contre de pareilles défaillances ? Et contre la sentimentalité, qui ne doit jamais être qu'un instrument ? Et voici que lui-même est à la merci d'un soir d'avril, d'un bouquet de fleurs et d'une campagne déserte !... Déserte ? — Non, justement, il y sent une présence. Le mot Paix, le mot Joie lui viennent à l'esprit et lui paraissent tout neufs... — « Pierre... » Ah non ! ça ne va pas recommencer ! Il faut choisir.

C'est tout choisi ! Henri se redresse brutalement en piétinant les choux qui crissent sous lui. Il saisit le bouquet de la petite fille et, sans hésitation visible, le jette par-dessus bord. On n'en voit plus que la tache rouge, comme le visage d'un homme blessé, allongé dans le fossé obscur. Henri saute à terre, allume une cigarette — c'est le geste des chefs — pour chasser cette odeur profonde de la terre, et marche jusqu'à la cabine. Les gars y cassent la croûte ; l'un d'eux, la tête renversée, boit du vin rouge à longs traits.

« Alors, quoi ! on va rester une heure ici ?

— On casse la croûte, Riri !

— Et le déchargement ? et le stockage ? et la distribution du lait dès ce soir ? Sans blagues ?... Poussez-vous ! je reste avec vous. Et en route ! »

Il s'installe, très mal, afin de ne pas prendre trop de place; il respire leur bonne mauvaise odeur de copains; il a envie de pleurer. Le chauffeur remet en marche son moteur et dit, en regardant devant lui :
« Tu es trop dur, Henri, trop dur! »

Le jour où les boulangers refusèrent de faire crédit, la grève fut condamnée à mort. Depuis le début, les gars acceptaient qu'il n'y ait plus de vin sur la table et pas grand-chose à manger; mais plus de pain!...

A Sagny et tout autour de Paris, on décida de reprendre le travail le lundi suivant. Le Gouvernement parla de « victoire du bon sens populaire »; c'était seulement la victoire du boulanger. Cinq cents bonshommes enfarinés, remontés par leur femme à qui manquaient le glissement de la monnaie sur le guéridon de marbre blanc et le « ... et 2 qui font 20! Voyez pour Monsieur, petite! » — cinq cents boulangers de banlieue firent, à quelques jours près, échouer une grève juste. Ah! ils coûtaient cher, les écus de la boulangère! Car, devant ses usines froides, le patronat faiblissait, n'ayant pour alliés, cette fois, qu'un gouvernement qu'il méprisait et des journaux qu'il subventionnait. L'avortement de cette grève, au moment même où leurs experts-comptables achevaient de dresser de nouveaux barèmes de salaires, confirma les patrons dans leur *je-vous-l'avais-bien-disme;* et ceux d'entre eux qui, soulageant leur conscience sans compromettre l'affaire, avaient accordé à leurs gens

des augmentations raisonnables, firent figure d'im-
béciles ou de couards. Les hommes de bonne volonté
qui n'étaient ni patrons, ni ouvriers, virent, avec une
tristesse impuissante, s'écrouler cette dernière passe-
relle entre le monde auquel tout les reliait, hormis
l'amour, et celui des Petits et des Pauvres : celui du
Christ.

Les ouvriers de Sagny et d'ailleurs décidèrent donc
de reprendre le travail, le lundi matin, mais aussi de
se rencontrer le samedi, dans Paris, sans distinction
de parti ni de syndicat, afin de manifester leur unité.
De toutes les banlieues ouvrières, ils devaient, par des
voies différentes, gagner la place de la Bastille. Le
Gouvernement fit savoir que la police arrêterait les
cortèges aux portes de la capitale. Paris, fruit précieux
à l'écorce amère, ville libre ceinturée de ghettos
ouvriers, Paris se défendait contre la contagion.

Vers deux heures, ceux de Sagny se rassemblèrent
devant la mairie. Un gars de la C. G. T. voulut parler
mais, franchement, on en savait autant que lui; il
n'insista pas. On se mit en marche, sans drapeaux, sans
banderoles, avec seulement quelques grandes pancartes portant SAGNY en lettres rouges. Pierre et
Henri marchaient côte à côte. Pierre avait interdit à
Madeleine et au petit Étienne de venir, et supplié
Luis de rester chez lui : « Tu n'as rien à gagner à te
faire piquer par la police! » L'autre lui avait lancé
un regard qui le dispensait de répondre et murmuré
son mot préféré : « trivial ». Alors, Pierre avait pris
Jean à part : « Ne lâche pas Luis, vieux! Il ne faut à
aucun prix qu'il soit paumé par les flics... ». ·

Le ciel, qui les regardait venir, le ciel qui ne les trouvait sans doute pas assez misérables, les attendait au débouché de l'avenue Gallieni. Une tornade en lever de rideau, et une giboulée de grêle, et une dégelée de pluie! Tournée générale : « T'en fais pas, Mimile, c'est moi qui paye!... » Les gars, rincés de la casquette aux talons, ne se défendirent, comme d'habitude! qu'en disant merde, en relevant leur col, et en fourrant leurs poings dans des poches déjà trempées. En un tournemain de l'averse, le cortège avait pris l'aspect d'une armée en retraite, d'un convoi de prisonniers et, comble de la désolation, il se reflétait dans la chaussée trempée. Les lettres de SAGNY sanguinolaient sur les pancartes. Chacun des gars était sûr, à présent, qu'on n'arriverait pas jusqu'à la Bastille, mais personne ne le disait tout haut, et c'était pire. Aussi furent-ils presque soulagés d'apercevoir au loin, barrant l'avenue de Paris, les cars de la police.

« Luis, fit soudain Pierre, retourne là-bas!

— Si tu m'accompagnes! » répondit l'autre en rigolant.

La troupe accéléra le pas dès que les flics furent en vue, comme pour en finir plus vite. On vit les groupes noirs, au loin, se déployer : le piège s'ouvrir. Plusieurs officiers de paix s'avancèrent et parlementèrent avec les types de tête du cortège. Les képis firent non, les manches galonnées se levèrent au ciel, les capes noires volèrent; les gars, en face d'eux, restaient plantés, les bras le long du corps, sans un geste. Mais deux ou trois coups de sifflet parurent réveiller tout le monde : un bataillon d'agents arriva, courant lourdement, le

bâton haut, et les gars de Sagny se dispersèrent, en
se criant des points de ralliement.

Maintenant, ils formaient quatre groupes distincts
sur le rond-point de la Porte de Sagny. Les agents se
divisèrent à leur tour et chargèrent, en rabattant le
gibier vers le boulevard Duchesnoy. Les gars flairèrent
un piège et préférèrent faire face : chasseurs surpris,
les flics se laissèrent déborder, et ce furent eux qui se
heurtèrent au rempart noir des C. R. S. qui, dissi-
mulés jusqu'alors dans des rues voisines, venaient de
barrer le boulevard. Il y eut ainsi de vastes coups de
filet, des battues courantes, mais qui ne ramenèrent
ni poisson ni gibier. Pierre, essoufflé, trouvait ce jeu
ridicule. « C'est marrant! » lui cria Jacquot en passant. Jean ne quittait pas de l'œil le vieux Luis, toujours aussi grave et qui soufflait comme un vieillard
d'hôpital. Quelques gars avaient réussi à traverser
tous les barrages et marchaient déjà dans Paris. Soudain, les motards de la préfecture arrivèrent en trombe
par l'avenue de Rumigny. Cadre Noir de l'Ignoble,
Chevaliers du Cambouis, habitués aux tournois inégaux, valseurs de la Mort, ils chargèrent en feintant,
montant sur les trottoirs, renversant n'importe qui
comme s'il s'agissait de n'importe quoi. Ils fonçaient
au milieu d'un vacarme étourdissant de moteurs, de
sifflets et de sirènes qui paraissait affoler leur machine
aveugle. Cette fois, beaucoup de gars se firent coincer
et matraquer. Quand un des agents tenait un « mani-
festant », trois autres flics survenaient et l'aidaient à
assommer le type. Des gens s'étaient mis aux fenêtres,
à toutes les maisons de la place, et, quand les motos

faisaient un peu silence, on les entendait distinctement
crier : « Salauds!... Salauds!... » Pierre devint pâle
à la pensée que ces spectateurs s'adressaient aux ouvriers; mais il entendit aussi : « Assez!... Flics assas-
sins!... Salauds!... » et il se mit à sourire en détalant.

Des types restaient allongés, la face contre terre,
ou se tournaient lentement sur le dos. Henri vit un
agent qui levait le talon pour piétiner un blessé. Il
lui sauta sur le dos et le renversa. Deux flics accou-
rurent au secours de... — Henri leur fila entre les
jambes! Luis s'était accoté contre un arbre, et reprenait son souffle. Soudain, il aperçut le petit Étienne
— nom de Dieu! — qui courait par là, le visage blanc
de rire. Tu parles d'un chouette jeu!... Il essaya de
l'appeler. Le gosse fonçait droit vers des flics en civil.
« Arrête!... Étienne, ici!... *Son tios de la policia[1] !* »
Le petit s'arrêta et tourna la tête; l'un des policiers
bondit sur lui. « Salaud!... » Luis bondit aussi; et
Jean, qui l'avait quitté des yeux, ne démarra que
quelques secondes trop tard. Il arriva après le coup
mais avant la chute, et reçut dans ses bras un pantin
disloqué et sanglant qui était Luis. Étienne s'était
envolé à temps. Jean appela Pierre et deux autres;
ils saisirent le vieux par les quatre membres et cou-
rurent loin de la bagarre, dans la direction de Sagny.
On n'entendait que leurs souffles, toujours plus forts,
et leur pas, toujours plus vite. A la hauteur de la rue
Davout, ils virent un taxi arrêté dont le chauffeur
regardait de loin le spectacle.

---

1. Ce sont des flics.

« Rue Zola, 28, en vitesse!

— Dites, vous allez tacher ma bagnole! Je ne marche pas...

— Alors, tu reviendras la prendre à l'adresse que je t'ai dite! »

Pierre sauta au volant et mit en marche; les gars avaient allongé Luis sur les coussins et s'étaient tassés, on ne sait pas comment. Ils entendirent, de plus en plus lointaine, la voix du chauffeur :

« Sans blagues? Eh! dites donc, vous êtes... »

— Adieu!

Le toubib fit un pansement pour la forme : « Il est foutu, votre copain. » Pourtant, Luis ne délirait pas encore, et même il reconnaissait les amis.

« Couillon, lui dit Pierre, la voix enrouée, fais-moi plaisir : confesse-toi! Ça te fera du bien...

— Je suis donc si mal? demanda Luis sans changer de visage.

— Tu es assez moche, mais ce n'est pas pour ça. Enfin quoi, Luis, tu es chrétien? tu crois en Dieu?

— Je ne crois qu'en saint Thomas, et encore quand je le verrai!

— Tiens, fit Pierre, c'est l'heure de ma messe. Je vais la dire pour toi.

— Tu profites de ce que je ne peux pas foutre le camp, hein?... Madeleine, donne-moi de l'ail, j'ai... oh!... »

Une grimace horrible contracta son visage; puis le calme s'y recomposa peu à peu, comme, sur l'eau, quand le navire s'éloigne. Pour le vieil homme, l'invisible navire venait d'emporter sa raison : Luis commença de délirer, en espagnol. Il posait des questions dont aucun des assistants ne comprenait le sens, il appelait des inconnus, proférait des injures. Puis sa main caressa l'air et il se mit à chanter une chanson d'enfant.

« Je vais chercher José, proposa Jean : il comprend l'espagnol.

— Non, dit Pierre, Luis doit garder ses secrets. »

Et il lui donna l'absolution.

« Fermez les volets, les gars ! Je vais dire la messe. »

Ils étaient douze, autour de lui, qui reniflaient tandis qu'il officiait en ornements violets, car c'était la semaine sainte.

« *Tout le jour, mes ennemis m'ont foulé aux pieds parce qu'ils sont nombreux ceux qui me font la guerre...* »

Madeleine, dans la pièce voisine, avait pris entre ses mains celles du vieil homme qui agonisait dans le noir. « *Que me devuelven este niño!... Es mio!... Mi pertenece!...*[1] » La voix de Luis couvrait, par instants, celle de Pierre. « *Je suis encore avec vous pour un peu de temps... Vous me chercherez et vous ne me trouverez pas...* » — « *Cinquenta olivares!... Cinquenta olivares!... Ire mañana... Habra llovido... Basta de sangre!...*[2] » — « *Jésus se tenait debout et criait, disant : si quelqu'un a soif, qu'il vienne à moi et qu'il boive...* »

Et soudain, on frappa trop fort au vantail.

---

1. Donnez-moi ce petit garçon !... Il est à moi !... Il m'appartient !...

2. Cinquante oliviers !... Cinquante oliviers !... J'irai demain... Il aura plu... assez de sang !

Pierre tressaillit. « Ne bouge pas! » cria-t-il, sans lever les yeux, à Jean qui, déjà, se dirigeait vers la porte. Alors, on frappa aux volets, de plus en plus violemment.

« Ce sont eux, dit Pierre aux douze. Fermez la porte sur la chambre, et ouvrez celle sur le dehors. Et dites la messe avec moi, tout haut : « *Seigneur sauvez-nous à cause de votre miséricorde!… Sauvez-le, Seigneur, à cause de votre miséricorde!…* »

On était revenu au vantail et on le forçait à coups de crosse. Ce fut vite fait.

« Police! Ouvrez sinon… »

Mais le gars casqué s'arrêta en s'apercevant que la porte cédait seule.

« Restez dehors, vous autres! Berjavaux, entrez avec moi! »

Ils se tenaient sur le seuil, énormes, noirs, essouf-flés.

« Nous cherchons un nommé…

— … *le Christ Jésus qui, la veille de sa passion, prit du pain dans ses mains saintes et vénérables, leva les yeux au ciel…* »

Les douze s'étaient agenouillés. Pierre éleva l'hos-tie. Les deux soldats noirs se regardèrent et l'un d'eux retira son casque. Mais le chef tourna vivement la tête vers la porte close car on entendait, comme venant de très loin, une voix qui se plaignait douce-ment : « *Los dos juntos, mi niñito… Los dos solamente, para siempre*[1]… » Alors les gars agenouillés se mirent,

---

1. Tous les deux, mon petit garçon… Rien que nous deux, toujours…

sans raison, à réciter *Je vous salue Marie*, beaucoup trop fort.

Quand Pierre se retourna enfin : « *Allez, votre mission commence!* », les deux hommes casqués virent que ses yeux étaient remplis de larmes et cela parut les décider.

« Nous cherchons un nommé Pablo Caudero qui se fait appeler Luis et dont on nous a dit...

— Il est ici », dit Madeleine en ouvrant la porte.

Le rai de lumière éclairait un visage exsangue et qui semblait rire. Les mains reposaient à plat sur la couverture. Pierre remarqua l'index à la phalange coupée et songea au vieux Clément, le mineur, l'ami de son père. C'était donc ce soir-ci que son enfance avait choisi pour le rejoindre, près du lit de mort d'un copain...

« Mais, demanda le chef, il n'est pas...?

— Si, répondit Madeleine, il est mort. Vous pouvez le prendre maintenant.

— Dans ce cas, dit le soldat avec une sorte de soulagement, cela regarde un autre service. Salut! »

VIII

LEVEZ-VOUS !
PARTONS D'ICI !

Les formalités furent longues : on ne put enterrer Luis
que le Samedi saint. Il était grand temps ! Les cercueils
des pauvres dissimulent mal aux survivants quel sera
leur destin. On ne respira enfin qu'au cimetière. Les
assistants n'avaient pas vu, depuis des mois, autant
d'herbe, de terre et d'arbres : un lieu où il ferait si
bon vivre ! La pierre grise resta longtemps entrouverte.
Pierre ne parvenait pas à détacher ses yeux de cette
fente obscure par où le miracle pouvait se produire.
*Tout ce que vous demanderez en mon nom, croyez que cela
vous a été accordé et cela vous sera donné...* « Jésus, pensa
Pierre en fermant les yeux sur les ténèbres de ses
larmes, Jésus, comme ton ami Lazare, mon ami Luis...
Je t'en supplie ! » Mais seuls les hommes à la casquette noire parurent l'entendre car, cette fois, ils
poussèrent la dalle tout à fait. C'était fini.

Lorsqu'ils franchirent de nouveau la grille, avec
cette sensation singulière d'avoir oublié quelque chose
derrière eux :

« Pierre, demanda Étienne à mi-voix, quand m'em-
mèneras-tu à la vraie campagne ? Tu l'as promis !

— Bientôt, dit Pierre la gorge sèche, bientôt.

— Écoute ! murmura le petit en s'immobilisant
soudain, la tête penchée comme font les jeunes chiens.
(Un oiseau chantait au-dessus d'eux.) *Pauvre Luis :
il n'entend pas l'oiseau!* » dit enfin Étienne d'une voix
tremblante.

Il venait de comprendre ce qu'est la mort.

Dans l'après-midi, comme il traversait le Parc,
Pierre y trouva des copains du jeudi soir qui arpen-
taient le terrain en prenant des notes. A sa vue, ils
dissimulèrent mètre et crayon dans leur poche, mais
pas assez vite.

« Salut ! Qu'est-ce que vous fabriquez ?

— On aurait aimé ne t'en parler qu'après !

— Après quoi ?

— Après avoir pris les mesures. Pour le terrain, on
a vu la Mairie : ça pourrait marcher. La construction,
on s'en chargerait avec les copains...

— Mais de quoi ?

— D'une chapelle pour tous les gars. »

Pierre eut le souffle coupé. C'était la Foi qu'il
rencontrait sur ces visages résolus, la Foi qui bâtit
de ses mains... Il ne songea qu'ensuite à la paroisse,
à M. le curé de Sagny. Il essaya de plaisanter :

« L'église n'est donc pas assez grande pour vous ?

— On n'y est pas chez nous, Pierre.

— Dites, vous êtes chez Dieu ! Il y faut de la place
pour tout le monde...

— Alors, tu n'acceptes pas?

— Si, si! fit-il trop précipitamment. Mais, tout de même, il faut y réfléchir... Allez, salut! »

En marchant vers l'Impasse, il refusait justement d'y réfléchir. L'instant du choix, l'angoisse du choix étaient donc là? et les fiançailles, terminées, déjà?... « Allons, se dit-il, si je réfléchis comme Bernard — comme Dom Bernard — je suis perdu. Pas de plans!... Plus tard, on verra plus tard!... Pour l'instant, j'ai autre chose à faire... »

Il avait décidé, pour se donner du cœur, de passer une dernière fois dans la chambre de Luis. Porte et fenêtres en étaient ouvertes, comme si le vieil homme ne fût sorti que pour un instant. Le trou noir, dans le parquet, rappela à Pierre la fente du tombeau et son cœur se serra. En levant les yeux, il vit, près du matelas creusé, la tête d'Étienne et celle de Denise. Ils étaient agenouillés de l'autre côté du lit et priaient, les paupières closes, le front plissé; ils n'avaient pas entendu Pierre.

« Vous priez pour Luis, les petits?

— Non! dit Étienne en sursautant; et Denise pointa un doigt vers la chambre voisine.

— Pour Ahmed?

— Oui, pour qu'il meure.

— Debout! commanda le Père. Vous êtes fous, non? »

Étienne s'avança, poings serrés, dents serrées, les cils filtrant un regard d'orage.

« C'est Ahmed qui a dénoncé Luis à la police!

— Ce n'est pas de cela que Luis est mort : il est

mort parce qu'il voulait t'empêcher de tomber aux
mains des flics; il s'est fait matraquer à ta place,
Étienne. »

Les yeux bleus se remplirent de larmes.

« Alors? Qu'est-ce que je dois faire, moi? Mourir
pour quelqu'un?

— Non! cria Denise, et elle se mit à pleurnicher.

— Tais-toi idiote! lui jeta Étienne sans même se
retourner.

— Tu dois simplement ne jamais oublier Luis...
penser à lui...

— Tous les jours?

— Tous les jours.

— Toujours?

— Toujours.

— C'est facile, dit Étienne en secouant la tête, trop
facile : ça ne suffit sûrement pas.

— Ça s'appelle la fidélité. Ça n'est pas du tout
facile... Et ça suffit.

— Et puis il faudra recueillir son chat », dit Denise.

Elle le tendit au garçon avec une sorte de respect;
et il le reçut gravement. L'objet de cette cérémonie
était décharné, hagard; un bout de ficelle pendait
à son cou.

« Viens manger, lui murmura Étienne après un
moment. (Il avait attendu qu'il ronronnât.) Pas chez
moi : papa est soûl; mais... on trouvera bien, viens! »

Il sortit sans regarder Pierre, ni Denise qui le suivait; il penchait un visage d'hypnotiseur sur le chat
qui, avec une lenteur de serpent, dressait vers lui son
museau et le flairait d'un nez frémissant.

Resté seul, Pierre parcourut une dernière fois du regard la chambre vide, la chambre veuve. Puis il en ferma la porte derrière lui, respira à fond, entra chez Ahmed sans frapper, tourna la clef dans son dos et poussa la fenêtre.

L'Arabe était allongé sur son lit, les mains derrière la nuque, le col ouvert. Il s'assit vivement.

« Qu'est-ce qui te prend ? »

Il avait pâli, et son teint était celui d'un mort pas très neuf. Il respirait un peu trop vite. Pierre acheva de fermer la croisée, balaya d'un coup de pied *France-Dimanche* et un magazine de femmes nues qui traînaient par terre, et leva enfin les yeux sur le mouchard.

« Je te l'avais promis, tu vois ! Cette fois, ça y est... Debout !

— Qu'est-ce que tu me veux ? demanda l'autre, sans bouger.

— Luis, mon copain Luis... Tu as fait parler la petite Denise et puis tu es allé le vendre aux flics.

— Ça n'est pas ma faute si ton copain s'est fait assommer par la police, tout de même !

— Je n'ai pas dit ça. Mais tu es un sale donneur et on ne veut plus te voir ici... Tu vas quitter cette piaule.

— Tu sais bien qu'on ne trouve pas de chambre à Sagny !

— Tu vas quitter Sagny.

— Quitter Sagny ! Et toutes mes relations ?

— Si c'est des flics que tu parles, ne t'en fais pas : tu en trouveras d'autres ailleurs. La police, c'est comme la mer : partout la même ! »

Ahmed baissa les paupières. Désarmé de son regard froid, le visage redevint humain. « Le garder ici et le transformer! pensa Pierre un instant. Mais non! après Luis, ce serait un autre! »

« Et si je refuse? dit Ahmed avec un sourire de renard.

— Je t'ai prévenu! et c'est pour ça que j'ai barré la porte : on se battra, toi et moi, à égalité... Quand tu en auras assez, tu feras ta valise.

— C'est ça qu'on vous apprend chez les curés? » demanda l'autre pour faire l'homme.

Il retroussait ses lèvres en tremblant un peu, tel un chien inquiet. Pierre s'approcha de lui, la main haute.

« Non! » cria Ahmed en se protégeant de ses bras repliés.

Voyant qu'aucun coup ne tombait, il risqua un regard, puis une parole :

« C'est infect! Tu me traites ainsi parce que je suis un Nord-Africain... Vous nous détestez tous!

— Si tu fréquentais un peu plus tes copains de Sagny, tu saurais tout ce qu'on fait pour eux, au 28. Justement, parce qu'il y a des types assez salauds pour vous exploiter ou vous mépriser, vous êtes, forcément, les copains numéro un pour nous... Mais toi, c'est différent; et tu sais très bien ce que les autres Nord-Africains disent de toi.

— Si je pars, interrompit Ahmed, qu'est-ce que... qu'est-ce que vous me donnerez?

— Un cadeau formidable : j'obtiendrai que les autres copains de Luis ne te cassent pas la gueule.

Mais si tu restes à Sagny, je te conseille de ne plus sortir dans la rue.

— Je me plaindrai à la police!

— Tu n'as donc rien compris? Quand tu vas leur moucharder, ils t'accueillent comme un frère; mais si tu vas pleurnicher, ils te rigoleront au nez! »

Ahmed regarda à gauche puis à droite comme pour chercher une issue.

« Je réfléchirai », dit-il enfin.

Ça faisait digne; c'était une phrase qu'il avait dû entendre au cinéma. Mais son partenaire lui donna une réplique inattendue :

« C'est tout réfléchi! et trop discuté! Ça me donne envie de vomir de te tutoyer. Tu as une demi-heure pour décoller des murs les photos de tes poules, faire ta valise et payer le taulier. Je vais le prévenir, d'ailleurs. Salut! Je ne te dis pas « au revoir »...

Pierre sortit, il trouvait à l'air de l'Impasse un goût délicieux. Et il pensait : « C'est donc la malédiction du monde qu'il se trouve partout, toujours, un Arabe, un Juif, un Nègre ignoble — un seul! — mais dont les hommes s'autorisent pour devenir racistes, anti-sémites et persécuter le triste troupeau... »

Ici, c'était Ahmed; pour tout Sagny-le-Haut, il avait trop longtemps servi d'alibi à la haine, trop long-temps masqué l'abandon, la solitude, la noble et muette misère des Nord-Africains. Pierre venait de le chasser : il venait de rendre l'honneur, l'amitié, la chaleur à tous les Nord-Africains de Sagny. Sagny respirait.

Quand Pierre entra dans le bistrot, il n'y trouva que *la patronne* qui servait derrière le zinc.

« Madame Baltard, je vous remercie d'être venue à l'enterrement de Luis.

— C'est bien naturel. Et puis j'adore les enterrements... Vous devez comprendre ça, comme prêtre!

— Pas du tout. »

L'idée d'une complicité quelconque avec cette femme le dégoûtait. Il ne savait plus quoi lui dire. Heureusement, le bistrot apparut, il remontait de la cave par une trappe qui débouchait sous le comptoir. Soufflant, écarlate, aveuglé, un homme qui venait de se colleter avec un autre dans un souterrain...

« Salut! » dit Pierre.

Le patron s'affaira, rinçant des verres, transvasant des liquides. Il ne vous regardait jamais en face; parfois, tandis que vous parliez, il dardait un regard vif où il avait rassemblé ce qui lui restait d'âme épars.

« Votre copain Luis, dit-il, quelle connerie! merde!

— Pourquoi?

— Assommé par la police... C'est bête de mourir comme ça!

— Et de mourir d'un cancer, c'est plus astucieux?

— Pourquoi dites-vous cela? demanda la femme inquiète.

— D'un cancer ou d'autre chose! Mourir dans son lit, ça ne sert à rien.

— Et matraqué, ça sert à quoi?

— A faire, un jour, réfléchir la police.

— Tu parles!

— A donner, un jour, mauvaise conscience aux gouvernements.

— Excusez du peu!

— A transformer cette chienlit de l'autre jour en une vraie manifestation.

— Eh bien, je vais vous dire, moi : votre copain est mort pour que les journalistes puissent pisser de la copie, voilà !

— Napoléon aussi. Tout ce qui se fait dans le monde aboutit à ça. Tenez, si je vous égorgeais, là, maintenant, ça ne ferait jamais que dix lignes dans le journal. Et même pas à la première page, comme pour Luis !

— Dites, retenez-vous !... Enfin, ça me fait une chambre de libre, voilà le plus clair, ajouta-t-il à mi-voix, comme s'il parlait pour lui seul.

— Deux chambres ! M. Ahmed nous quitte. C'est ça que je venais vous annoncer.

— Vous lui avez fait des misères ?

— Un homme qui n'en a jamais fait à personne ! Ce serait trop injuste, pensez donc ! Non, M. Ahmed veut changer d'air, c'est tout. Allez, salut ! »

Comme il franchissait le seuil, il entendit la grosse voix :

« Dites donc, votre copain Jean... »

Pierre revint sur ses pas, très vite ; son cœur battait. Car personne n'avait revu Jean cette semaine ; et, ce matin, à l'enterrement...

« Eh bien, quoi, Jean ?

— Tourne pas rond, reprit le bistrot en secouant la tête. Tout à l'heure, il m'a bu au nez cinq fines, coup sur coup, vous vous rendez compte ? Hé ! attendez que je vous dise... »

Non, Pierre n'attendait rien, n'entendait rien. Il

remontait déjà l'Impasse, frappait chez les parents
d'Étienne, tournait la poignée, frappait, frappait. Ce
fut Germaine qui vint ouvrir, la bouche amère, un
œil au noir.

« Marcel est là ?

— Si on veut. Il est soûl.

— Encore !

— Ils l'ont flanqué à la porte de l'usine hier ! Alors,
il s'est remis à boire.

— Je voulais avoir des nouvelles de Jean...

— Chômeur, lui aussi. Ils sont dix de l'usine.

— A cause de la manifestation ?

— Bien sûr. Mais, soi-disant, suppression d'em-
plois, aménagement d'ateliers, comme d'habitude !

— Le Syndicat ?

— Il leur obtiendra peut-être une indemnité, pas
une embauche !

— Je m'occuperai de Marcel, Germaine. Mais, s'il
boit encore, je lui casse la gueule ! Envoyez Étienne
coucher au 28 ce soir... »

Jean... Hôtel de l'Industrie, 43, rue Henri-Bar-
busse... Pierre se mit à courir. Son ombre étonnée
enjambait les bancs, contournait les arbres. Malgré
un point de côté (un poing qui lui meurtrissait le
côté, à en crier), il ne s'arrêta pas avant d'être parvenu sous la fenêtre de Jean : second étage, la troisième à droite, au-dessus du *D* d'*INDUSTRIE*. Les
volets étaient entrouverts ; il guetta cette fente noire :
aucun signe de vie.

« Jean !... Oh ! Jean... Jean-an !... »

Monter là-haut ? — A quoi bon ? Et son corps lui

pesait tant... Il cria, une fois encore, le nom de son copain, mais sans espoir, puis repartit lentement.

Cinq fines? Jean qui ne buvait jamais!... Il le revoyait, ce matin, à l'enterrement, hébété, la bouche ouverte : si *vieux* qu'il ressemblait presque à Luis...

« Dis, Pierre, c'est que ça devait arriver? — Quoi donc? — Luis. — Qu'est-ce que tu veux dire? — Je l'ai quitté des yeux, je ne sais pas, moi! peut-être trente secondes, et ça a suffi... — Fais pas l'imbécile! Tu n'y es pour rien! — Tout de même! tu m'avais dit de ne pas le lâcher... — Tais-toi donc! »

Pierre entendait, de nouveau, chaque réplique de son dialogue avec Jean. Depuis, plus de nouvelles. Et les cinq fines coup sur coup... — Mais à qui? à qui donc avait-il pu parler depuis?... Et qui pourrait...?

« Madeleine, imbécile! s'écria-t-il tout haut. Madeleine, bien sûr! »

Il repartit en courant. Le point de côté n'était pas loin; il le retrouva presque aussitôt, mais sans déplaisir : cette douleur lui donnait le sentiment absurde de servir à quelque chose. Il avait mal : il était donc du côté de Jean! Jean n'était plus seul...

Il faisait déjà chaud; une tiédeur un peu écœurante montait des trottoirs. Pierre arriva en sueur rue Zola. « Pourvu au moins, que Madeleine... » Oui, Madeleine était là, inoccupée devant une table couverte de papiers, de paquets.

« Qu'y a-t-il, Père?

— Jean est chômeur... Le saviez-vous?

— Oui. Mais vous êtes tout essoufflé!

— Vous ne me l'aviez pas dit, Madeleine! Depuis quand le saviez-vous? et qui vous l'a dit?

— Lui-même, tout à l'heure », répondit-elle d'une voix différente.

Pierre ne put supporter ce silence, ni ce regard qui le traversait sans le voir.

« Allons! fit-il presque brutalement, que s'est-il passé, Madeleine?

— N'en parlons pas!

— Si! Son absence et votre silence, c'est un peu trop pour moi. Retrouvez-le! Ou alors, parlez-moi! »

Elle se décida soudain :

« Eh bien, parlons, oui!... Jean croit que Luis est mort par sa faute. Jean croit que le chômage est sa punition. Jean croit aussi... Il ne croit que des choses fausses et qui lui font du mal!

— Quelles autres choses, Madeleine?

— Vous le savez très bien, Père! Nous en avons déjà parlé... Il croit qu'on peut se partager; et moi, je sais bien que non.

— Se partager?

— Entre un seul être et tous les autres. Mais non! reprit-elle comme si elle poursuivait ailleurs une discussion, il n'y a que le Christ qu'on puisse aimer en aimant tous les autres... Jean, lui, s'imagine qu'on peut donner sa vie à quelqu'un et cependant rester disponible; qu'on peut, à la fois, rechercher son bonheur et rester attentif à la souffrance...

— Certains le peuvent, sans doute.

— Pas moi, Père. Et voyez l'Église Triomphante, ajouta-t-elle avec un faux sourire : des religieux, des

vierges, des martyrs, mais combien d'époux?... Des
veuves, ça oui, des veuves! »

Pierre essaya de plaisanter :

« Justement, il est temps de changer tout ça!

— Tout est déjà changé pour moi. J'étais au calme,
j'avais cru choisir une fois pour toutes...

— Rien n'est « une fois pour toutes », dit Pierre.
Et heureusement! Car, ainsi, rien n'est jamais perdu.

— Ni sauvé. Ni définitif.

— Ni définitif! pas même votre choix, peut-être...
C'est pourquoi Jean espère toujours.

— Il n'espère plus depuis tout à l'heure.

— Madeleine!

— Vous n'allez pas me le reprocher? s'écria-t-elle
en se levant. Et que fallait-il donc faire? Mentir?

— Ne pas le désespérer!... Quand il arrive qu'on
détienne le geste ou la parole... »

Il se tut et passa sur son front le dos de sa main.
« Eh bien?

— Je ne sais pas, reprit-il d'une voix étouffée. Je
crois qu'il faut lui donner la parole qu'il attend...

— Même si c'est mentir?

— Tout plutôt que le laisser partir seul et désespéré!

— C'est seulement remettre à la prochaine fois...

— Il aura peut-être plus de force, la prochaine
fois! et vous, plus de courage... C'est ça, la Grâce,
ajouta-t-il tout bas.

— Le toubib vous dira qu'il faut une opération,
quelquefois, plutôt qu'un traitement.

— Pas si le gars doit rester sur la table d'opération!

— Père, dit-elle avec une sorte de désespoir, moi aussi, je suis sur la table d'opération, ce soir.

— Je sais, Madeleine. Mais vous, vous savez bien que c'est toujours le plus malade qui m'intéresse d'abord...

— Ah! reprit-elle en cachant son visage dans ses mains (et il paraissait si mince), je voudrais bien, une fois, être à mon tour le plus malade, le plus petit, le plus pauvre... »

Il avança sa main, toucha, pour la première fois, ces cheveux de feu, les trouva vaporeux et vivants. Il pensa à Jean qui les aimait.

« Un jour, Madeleine, un jour vous serez aussi au Jardin des Oliviers.

— Et les autres dormiront! Mais qui vous dit, Père, que ce n'est pas aujourd'hui?

— Peut-être... Peut-être pour vous; mais pour Jean, sûrement! »

Madeleine écarta ses mains et montra un visage très pâle : la peau sur les os, tendue comme un campement si léger, et toute l'âme dans les yeux.

« Jean est chez lui! Il suffit d'aller le voir; de...

— J'en reviens. J'ai appelé sous sa fenêtre, sans réponse. »

Un nuage d'orage passa dans les yeux de Madeleine; elle baissa ses paupières comme pour le cacher à Pierre, comme pour mieux voir, dans ses ténèbres, le film pathétique que son imagination lui présentait. Et brusquement, sans ajouter une parole, elle se dirigea vers la porte. Mais, comme elle l'atteignait, on y frappa de l'extérieur, très gauchement. Pierre et Madeleine se regardèrent; l'étincelle de l'espoir jail-

lit entre eux : « Si c'était lui... » — Non! c'était, sur
le seuil, une famille avec trois gosses.

« On nous a dit qu'en venant ici... »

Ils avaient le regard des bêtes battues, des Personnes
Déplacées : des êtres vaincus d'avance, qui ne croient
plus en leur droit de vivre et qui ont déjà pris le parti
de leurs bourreaux. Le regard 39-45 : une création
de cette guerre-là et qui survivra longtemps à ses
ruines... D'où venaient-ils? Que voulaient-ils? —
Manger, dormir, et travailler demain. Ils étaient réduits à l'essentiel; ils étaient nus. L'un des enfants
toussait; il fallait refaire le pansement d'un autre,
faire bouillir du lait pour le petit. Madeleine jeta à
Pierre un regard désespéré.

« C'est justement cela que vous avez choisi, lui
dit-il à mi-voix, aujourd'hui même! Occupez-vous
d'eux, Madeleine; moi, je m'occupe de Jean. Faites-
moi confiance. »

Il sortit très vite, afin de rassurer Madeleine : de lui
prouver qu'aucune hésitation, aucune indécision...
Mais, dans la cour, il s'arrêta, incertain. Où retrouver
Jean? Qui interroger?

Ah! si tous les copains avaient le téléphone! si l'on
pouvait jeter, sur Sagny, ce filet! Mais on ne prête
qu'aux riches, et ils trouvent cela tout naturel. Tandis
que la moindre affaire exige des pauvres tant de
démarches, de rencontres, de jours perdus!... Et, ce
soir, Pierre regarde, autour de lui, cette ville fermée
sur ses tristes secrets. Il s'agit de trouver, dans ses
rues tortueuses, ses cours, ses bistrots, un homme taciturne qui se cache. « Où irais-je chercher refuge, si

j'étais Jean?... » Seule question valable, et Pierre se la
pose. Il a fait le vide dans son esprit et dans son cœur :
il voudrait être, *il est Jean...*

« A l'église! »

La réponse a jailli en lui, formelle. Il ne s'attarde
pas à s'en étonner : à se demander si, depuis le temps,
et à supposer qu'il s'y soit vraiment rendu, Jean se
trouve encore dans l'église de Sagny — il y court.
C'est l'heure où le soleil perd son temps, laisse traîner les ombres et, pareil à l'enfant qui refuse de se
coucher, se cache dans les nuages. L'heure où il ferait
bon flâner, rêver à demain dimanche; l'heure qui
efface la dure semaine avec un chant d'oiseau, un
banc tiède, une fille qui passe en riant... Pierre court
vers l'église.

Il y trouve le froid de la pierre, l'odeur d'étang des
bénitiers, et ce peuple de fidèles qui l'intimident parce
qu'ils lui paraissent pleins de calculs et de projets.
Il lui semble que, comme dans les chapelles des pri-
sons, chacun d'eux est enfermé, face à Dieu, invisible
aux autres, dans sa cage de bois. Les regards se
tournent vers lui, bienveillants. Au diable, la bien-
veillance! C'est d'amour que nous vivons. Non! Jean,
s'il y est venu, n'est pas resté ici; et s'il y est arrivé
désespéré, il en est reparti plus seul encore...

« Bonsoir, Père. »

La vieille sœur Marie-Joseph le salue : Pierre lui
saisit les mains : « Ma Mère... ma Mère... » Il ne peut
rien dire d'autre.

« Que se passe-t-il?

— Je suis inquiet. Je cherche mon copain Jean...

— Je l'ai vu.

— Ici ?

— Oui, tout à l'heure.

— Eh bien ?

— J'en étais tout étonnée : je ne savais pas que vous l'aviez baptisé.

— Je ne l'ai pas baptisé.

— Il a paru heureux de me voir ; il me tenait les mains, comme vous-même à présent. Je lui ai dit : « Venez prier ! » Il m'a répondu : « Pas ici. — Pour- « quoi ? Le Christ est ici. — Pas plus qu'ailleurs ! Je « rentre chez moi. — Vous êtes ici chez vous ! — Non, « s'est-il écrié. Avant, oui, je venais souvent ! Mais « maintenant je ne me sens plus à ma place au milieu « d'eux... — Qu'y a-t-il donc de changé ? lui ai-je « demandé. — Je suis chômeur. Plus de travail, vous « comprenez ? Plus de travail ! » — Et il est parti très vite. Je ne pouvais pas courir après lui, tout de même !

— Non ! répond Pierre. Mais moi, je le peux. Priez pour lui ! »

Il s'éloigne de quelques pas, puis revient vers la vieille religieuse qui n'a pas bougé :

« Et priez pour moi, » ajoute-t-il à voix basse.

Avec la tiédeur du dehors, il retrouve l'espoir : c'est la température même de la vie ; Jean aussi respire, en ce moment, cet air si humain. « Je l'attendrai devant la porte de son hôtel, décide Pierre. Et jusqu'à de-main, s'il le faut ! Car c'est là qu'il reviendra forcé-ment... »

Il retrouve avec malaise ce carrefour trop calme, ces arbres aux gestes de personnages de cire, ces maisons aux yeux cernés. Tout paraît, ici, l'épier et retenir son souffle. Que lui cache-t-on?

Il se tourne vers l'hôtel de l'Industrie, vers la fenêtre du second étage; il va héler Jean, ses lèvres, déjà, forment son nom — mais brusquement, le voici sans souffle! Son cœur bat avec violence. Dans ce carrefour, immobile et hypocrite autant qu'un piège, il n'y a que cela de vivant : ce cœur désordonné. C'est que Pierre vient de s'apercevoir que *les volets sont, à présent, tout à fait clos*... Il se rappelle la fente noire du tombeau et son espoir fou, ce matin. Ici aussi, la dalle est refermée...

Pierre bondit dans l'escalier obscur. Son corps le porte de confiance, car ses yeux ne sont pas encore accoutumés aux ténèbres quand il atteint le second palier. Troisième porte à gauche.... De ses bras étendus, il tâte en aveugle : une... deux... trois... La porte s'ouvre sans résistance.

« Jean! »

Son copain est étendu sur le lit, ses bras en croix. Les persiennes fermées ont jeté sur son visage une échelle de clarté. Pierre se précipite à la fenêtre, repousse d'un coup les volets et se retourne — Ah!... Jean plus blanc que les draps! Il s'est ouvert les veines du poignet gauche. Il a placé soigneusement une cuvette au pied de son lit, mais il ne savait pas qu'elle déborderait. Le sang, à présent, coule avec lassitude : la source est tarie; le cœur bat encore, par habitude, dans le vide. Ce grand corps crucifié, sans vie, Pierre l'étreint avec la brutalité désespérée des sauveteurs. « Jean!... Jean!.... » Il rappelle son copain du fond de ce désert, du fond des terres d'agonie : « Jean!... »

L'homme qui vacille au seuil de la mort lève ses paupières de marbre, penche la tête à droite, comme le Christ — il ne pourra plus la redresser — et parle dans un souffle :

« J'étais là quand tu as crié... Pardon, vieux... »

La mer se retire de ses yeux verts, et si vite que Pierre éclate en sanglots. Il étouffe d'impuissance; il étouffe de prière. Il crie, il hurle : « Jean!... Jésus!... Oh! Jean!... » Il ne sait plus lequel est le plus sourd, le plus lointain des deux. « Jésus! Jésus!... Oh! Jean!... » Ils le laissent tomber, tous les deux! Ils le laissent seul, avec le muguet, les lilas, les gars qui rigolent, les filles qui iront au bal, ce soir — tout seul! « Jean!... Jean!... »

Les lèvres mauves remuent : Pierre pose son oreille contre elles, si froides qu'il en frissonne. Il entend : « ... vite... vite... » Il veut lire dans les yeux verts et les trouve figés de terreur. « ... Vite... vite... »

Et soudain, il comprend! Il penche son visage en larmes sur le visage blanc, il baigne ce front glacé de l'eau la plus pure de la terre :

« Je te baptise au nom du Père, du Fils et du Saint-Esprit! »

Le sang ne coule plus. Les lèvres ne remuent plus. Pierre abaisse les paupières blanches sur ce regard pacifié, sur des yeux devenus ternes comme ces morceaux de verre que la mer a longtemps roulés et qu'elle dépose, une nuit, sur une plage pâle. Pierre scelle cette absence.

A présent, il peut à peine se lever; son corps est de

plomb, pareil à celui-là, crucifié à son côté. Cette
cuvette débordante lui donne la nausée... De l'air!...
Il marche, titubant, vers la fenêtre. En approchant
de la table, il aperçoit enfin le papier blanc, aussi
blanc que le visage de Jean, et qui était son adieu :

*Mon Christ, j'en ai marre. Je n'en peux plus. Je vais
vers toi.*

Quand tout fut consommé — les voisins, le taulier,
le téléphone, le toubib, le commissaire, l'ambulance —
quand tout fut consommé et que des portes vitrées et
des hommes en blanc l'eurent séparé du corps de
son copain, Pierre se dirigea vers le métro. Il n'avait
pas le courage d'aller parler à Madeleine ni aux autres.
Pareil à l'avalanche, son chagrin n'était que *suspendu*
en lui : à la merci d'une pierre, d'une seule parole.
Les mains aux poches, et la tête basse comme les
prisonniers, Pierre fuyait. Il se sentait libre : de la
coupable liberté des survivants, libre et léger. Même
en descendant les escaliers du métro, il gardait l'impression de flotter à la surface de la ville. Les corps
morts flottent aussi.

Le tableau bleu qui donne la liste des stations lui
parut merveilleux : tous ces endroits où l'on ne mourait pas! où l'on pouvait vivre tranquille au milieu
d'inconnus! Terre de Bonheur!... Pierre attendit le
train avec une impatience presque insupportable, celle
de l'homme poursuivi. Le claquement des portières
coupa net ce fil d'angoisse qui le reliait à Sagny.

Libre! il était libre — comme un ballon dont le câble est tranché : libre de se perdre. Calé au fond du siège dur, il regardait défiler les stations. Trop près! il se sentait encore trop près! Vite, les quartiers inconnus, les visages étrangers, la Terre de Bonheur, vite!

Les wagons qui remontaient vers Sagny ramenaient les copains de chez Renault ou de chez Citroën. Pierre connaissait bien ces visages hébétés et creusés de neuf heures du soir; il savait que sa place était au milieu d'eux et, comme il se sentait coupable, il détourna son regard vers le souterrain. DUBO... DUBON... DUBONNET... Son wagon, presque désert au départ, se remplissait de filles rieuses, de garçons bien peignés, de gens qui consultaient des journaux de spectacles. C'étaient les compagnons légers du samedi soir, ceux qu'il lui fallait cette nuit...

Pierre descendit à CONCORDE et remonta les Champs-Élysées. Sous les arbres déjà lourds, les amoureux de hasard marchaient de leur pas dansant; chaque banc portait deux couples indifférents l'un à l'autre; et tous les sièges, même vides, se trouvaient groupés par deux. Des gosses heureux détalaient entre vos jambes. Le flot lent et serré des voitures brillantes remontait vers l'Arc de l'Étoile qui flottait un peu au-dessus du fleuve des lumières, tel le mirage d'une arche de pont gigantesque. Pierre, étonné, vit des autos aussi longues que des navires et aussi silencieuses. Des hommes et des femmes, beaux et faux comme les personnages des écrans, recevaient cette brise tiède sur des visages impassibles et bien nourris. Pierre aurait aimé qu'ils lui donnent un regard et lui sou-

rient ; mais ils paraissaient ne rien voir qu'eux-mêmes.
Ainsi, il ne suffisait pas de venir en Terre de Bonheur :
il fallait aussi *faire partie du club*. Pierre les voyait ; eux
ne le voyaient pas. Ce devait être une fatalité ! La
moitié du monde ne voyait plus l'autre : celle qui,
du bord, la regardait passer.

Des Riches et des Pauvres ? — Même pas ! Une
affaire de chance plutôt qu'une question de fortune :
il existait une ligne de partage, une cote au-dessus de
laquelle on pouvait vivre, au-dessous de laquelle on
ne le pouvait pas. C'était aussi simple que l'eau : sur
l'eau on peut respirer, sous l'eau, on ne le peut plus
— aussi simple ! Les gars qui vivaient à mi-hauteur, la
crainte de tomber en dessous du niveau de la vie les
hantait, vous comprenez ? Ils étaient prêts à toutes
les bassesses pour s'élever un peu, ou seulement se
maintenir ! Au contraire, les types d'en haut n'avaient
même plus besoin de faire des saloperies ! Ils ne s'éton-
naient jamais d'avoir domestiques, voitures, vins,
neige, soleil : la terre entière à leur service ! Cela leur
paraissait aussi naturel qu'aux oiseaux de voler ! Pierre
et ses copains étaient bien au-dessous du niveau de la
mer. Mais, certains jours, eux non plus n'y pensaient
plus : voilà le piège. Ce soir, Pierre regardait passer
les gars de l'autre catégorie. Pareils aux rois débon-
naires, rien ne les *séparait* des pauvres types ; pourtant,
tout les en *défendait*... Pierre avait cru naïvement,
comme tant de copains, que l'on trouvait les Petits
d'un côté et les Salauds de l'autre : un champ de
bataille bien dégagé où l'on pouvait se jeter à corps
perdu... Mais il découvrait, ce soir, que le *système* était

beaucoup plus solide et fonctionnait à l'insu même de ceux qu'il protégeait. Des salauds ? — Mais non ! Des gars qui avaient mis leur confiance, une fois pour toutes, dans le navire qui les portait. Ils pouvaient dormir tranquilles à bord : on ne force personne à visiter les soutes ! C'était ça, le monde... Si Pierre avait sauté sur le marchepied d'une de ces voitures, ouvert la portière, crié : « Il y a des types qui doivent vivre un mois entier avec ce que vous allez dépenser ce soir ! Des familles qui logent à six dans une chambre à peine plus grande que votre bagnole ! » — de quoi aurait-il eu l'air ? Il était l'ambassadeur d'un pays qui n'existait, ici, que dans les livres et les faits divers.

« Interdit de séjour »... Voilà ! Pierre et six millions d'autres gars étaient moralement interdits de séjour aux Champs-Élysées. D'ailleurs, il en remontait le courant, le regard au sol, et parfois il traversait l'avenue sans raison, et de biais : un chien perdu.

Il passait devant d'immenses restaurants qui exposaient, dans leur vitrine, des étages de gens en train de manger. A leur air, à la démarche des serveurs, on devinait de la musique derrière la vitre. Il passa devant des boutiques illuminées mais closes, comme la vie : la vie offre tout, mais derrière une grille. Dans un magasin aussi éclairé qu'une scène de théâtre, Pierre vit des voitures plus luisantes encore que celles qui remontaient sans fin l'avenue. Trop belles, celles-là ! et pareilles aux chaussures dans les étalages : toujours plus brillantes que celles qu'on a le droit d'acheter.

Les gens du samedi soir attendaient en file devant

les cinémas aux façades arrondies en formes de femmes.
Ils épiaient leur plaisir ou leur émotion à venir sur
le visage de ceux qui sortaient de la salle. Ils y en-
traient tout vides, capables seulement de regarder
l'heure, de fumer une cigarette, de donner leur argent; ils en sortaient bourrés, annulés, remplacés par
les plates figures de l'écran. Ils étaient devenus gang-
sters, shérifs, entraîneuses...

Et Pierre aussi était devenu un passant, un specta-
teur, un homme du samedi soir. Il ne pensait plus
à son copain Jean. Il éprouvait seulement, dans son
corps, une sorte de lourdeur; il se sentait habité. Pareil
à l'opéré du matin : dans l'éclaircie qui précède le
réveil, il ne souffre pas encore, mais il sait déjà qu'un
mal l'attend.

Subitement, Pierre choisit, sur sa gauche, une rue
sans foule et sans lumières et s'y jeta, bousculant même
des passants afin d'y parvenir plus tôt. Comme si
c'était une question de secondes! Comme si l'air de
cette grande avenue lui fût devenu irrespirable! Ou
peut-être venait-il de comprendre qu'il n'était ici
qu'en terre de plaisir, et que ce refuge n'était pas assez
profond. La Terre de Bonheur, l'antipode de Sagny,
il la trouverait plus loin : dans cette rue obscure et
calme aux maisons grises. Un bonheur inexpugnable...

Pierre marchait dans les douves de ces châteaux
forts dont il se sentait exclu. Plus il regardait ces
immeubles, et plus lui venait l'absurde certitude qu'ils
n'étaient pas bâtis au milieu de la ville, mais que la
ville l'était autour d'eux. Par les fenêtres ouvertes,
il pouvait voir ou deviner le décor, les gestes du soir

des gens heureux. « Ils ne font rien de mal! » pensa-
t-il brusquement, et cette évidence l'arrêta, stupéfait,
sur le trottoir tiède. Quoi! ils dînaient, finissaient
leurs comptes, écoutaient la radio; les enfants disaient
bonsoir. Cinq ou dix salles à manger ou chambres
d'enfants, les unes sur les autres... Quel mal faisaient-
ils, les gens heureux? — Et pourtant...

C'était donc la malédiction de ce siècle : qu'il
suffit d'être logé à son aise et de manger à sa faim
pour devoir se sentir en faute? « Pas tous coupables,
mais tous responsables... » Et si seul, si dénué qu'il
fût, Pierre lui-même marchait, respirait ici, tandis que
Jean gisait quelque part sur un lit de fer ou sur une
dalle froide. *Un monde où l'on pourrait vivre sans se sentir
coupable*... Allons, c'était une définition suffisante du
Royaume de Dieu!

Au moment même où lui venait cette pensée — la
plus désolante, la seule consolante — Pierre s'aperçut
qu'il se trouvait devant une église. Il ne l'avait pas
aussitôt reconnue. D'abord, elle était construite de
la même pierre que les maisons qui l'entouraient :
on aurait dit l'une d'elles, la moins haute. L'homme
de Sagny en fut scandalisé. Depuis son enfance, la
maison de Dieu était plus solide, plus élevée, plus
vaste qu'aucune autre dans le village. Et puis, ici,
on l'avait entourée de grilles. Il était donc bien prisonnier dans ce quartier, celui qui avait dit : « Malheur aux Riches! » Un prisonnier traité avec beaucoup d'égards : une sorte d'otage... Et Pierre comprit
que, lui aussi, ce soir, n'était qu'un prisonnier échappé.
Il se grisait ici de l'air des Riches; il respirait cet anes-

thésiant sans pareil, l'air qui donne bonne conscience
et vous souffle des arguments pour vivre tranquille :
« Que l'égalité n'est pas de ce monde!... Que ça
n'est tout de même pas votre faute, s'il existe du chômage et des taudis!... Que l'argent ne fait pas le
bonheur!... » L'air des quartiers riches...

*Ce type que, de vos fenêtres, vous voyez passer, seul dans
votre rue, est un évadé du camp de Sagny. Vous ne connaissez
pas? — Un camp vraiment moderne, maquillé en vraie
ville, et où on est libre d'aller et de venir. Libre de ne pas
trouver de chambre, ou d'y attraper la tuberculose; libre de
ne pas trouver de travail, ou de n'y pas gagner de quoi vivre.
On a le choix, vous voyez! On est tout à fait libre au camp
de Sagny, dont cet homme s'est évadé pour un soir. Il n'a
pas l'air d'un prisonnier? — Il n'a pas non plus l'air d'un
curé, n'est-ce pas? Ni d'un gars dont le copain vient de se
tuer? Voyez comme on se trompe! même un samedi soir de
printemps, alors que tout est si paisible, que vos comptes
sont en règle et que le vent, par instants, sent le lilas...*

Pierre marche vite, parmi ces grandes maisons bâ-
ties en pierre à tombeau. De plus en plus vite, parce
qu'il lui semble qu'il s'enfonce, qu'il marche au fond
de la mer, à présent. Ah! c'est bien la nuit de Pâques.
Les mains dans ses poches, le cœur désert, les yeux
secs, Pierre célèbre seul, en Terre de Bonheur, l'office des Ténèbres.

Des maisons... des rues... des maisons... Existe-t-il
donc tant de gens heureux? A leur puissance ajoutent-
ils donc le nombre? Alors, c'est Sagny — avec ses

taudis, ses rats énormes, ses gosses squelettiques — c'est Sagny l'exception! Alors, à quoi bon lutter? tenter? vouloir changer le monde?

Le Découragement, plus désarmant encore que le Désespoir... C'est le dernier piège. Il est tendu au coin du Bois, au moment même où Pierre débouche sur ce vaste carrefour, plat comme la mer, et qu'éclaire en son milieu un phare gigantesque. Il y retrouve les longues voitures de tout à l'heure; et leur carrousel silencieux remplit cette grande scène, dont la toile de fond est une forêt domestique. Les autos luisantes en sortent et y retournent, toujours aussi lentement, poissons des grandes profondeurs. D'autres stationnent devant les grilles d'un hôtel qui resplendit au fond d'un parc. On y donne un bal : le vent tiède porte jusqu'à Pierre des odeurs de nourriture et des parfums de femmes; et Pierre se rappelle, à la fois, que Jean est mort, et que lui-même n'a pas mangé depuis douze heures. Le vent déchire et lui porte aussi des fragments d'une musique qui lui serre le cœur. Cette fois, c'est la capitale même du Bonheur qu'il vient de découvrir : derrière des grilles, toujours! Pourquoi pense-t-il, pourquoi ne peut-il plus penser qu'à la cuvette débordante de sang? Oh! cette masse de liquide inerte, inutile... Et pourtant, elle était la vie de Jean! Le sang se trouvait ici, et Jean se trouvait là : il n'y avait plus rien à faire... De quoi pleurer! de quoi vomir!...

Les chauffeurs des voitures bavardent par groupes, aussi gras et rouges que des flics; tous les hommes en uniforme se ressemblent. Et, pas plus qu'eux, ils

ne comprendraient ce que Pierre pourrait leur dire,
ce soir. Des frères qui ne reconnaissent plus l'un des
leurs, quel mélo! Ils ont partie liée avec leurs maîtres,
et c'est très bien ainsi : en Terre de Bonheur, tout est
pour le mieux dans le pire des mondes.

Pierre leur tourne le dos et gagne la station de
métro. C'est la dernière de la ville, la plus éloignée
de Sagny; et c'est le dernier train qu'il attrape au vol,
juste avant le claquement des portières et le cri aigu
du sifflet dans la station déserte. Et c'est dans l'autre
direction que roule le train, mais Pierre y retrouve
son impatience. Plus vite! plus vite vers Sagny, vers
les types maigres, les enfants gris, les cuvettes qui débordent du sang du Christ! Vers la lutte sans espoir,
plus vite!

Pierre courbe le dos sous le poids des quartiers riches
dont le métro traverse les caves. Cheval abandonné,
Pierre ne relèvera la tête que lorsqu'il sentira qu'on
approche de son domaine. Larmes, nausée, pensées,
tout est comme pétrifié en lui. Son cœur est une grotte
où quelque chose, en secret, coule goutte à goutte :
le temps? le sang?

Il ne songe même pas que la nuit a viré de bord
et que l'aube de Pâques, déjà, s'apprête au ras du
ciel.

Il ne pense pas non plus qu'Étienne devait s'abriter,
cette nuit, rue Zola, mais qu'il n'aura pas osé rester
seul dans une maison aux portes battantes. Il ne pense
pas que le petit Étienne... — Si! il vient d'y penser
soudain, et son cœur s'affole comme celui d'un homme
qu'on éveille en sursaut.

IX

PIERRE trouva la maison vide. Un certain entrebâille-
ment des portes et la position de quelques meubles
le persuadèrent que quelqu'un était venu, puis reparti : tout ce qu'il craignait! En marchant, du métro
à Zola, Pierre se sentait si coupable qu'il n'osait
même pas prier d'y trouver Étienne. A présent, ayant
touché le fond de la honte et de la crainte, il avait le
droit de prier : « que Marcel ne se soit pas réveillé!
qu'Étienne se soit réfugié ailleurs! que... Oh! ce que
vous voudrez, mon Dieu! mais assez de sang!... »

Il traversa le Parc, où tout paraissait l'attendre et
l'épier sous la lune haute. Le même ciel qu'aux
Champs-Élysées, sans doute, mais là-bas on ne pensait pas à lever la tête. Pierre y suivit des yeux la lente
transhumance des nuages. Quelle tentation de penser
que les événements et les êtres passaient ainsi, hors
de toute atteinte, sans que rien puisse entraver leur
marche! Après le Découragement, la Résignation —
oui, quelle tentation! Mais Pierre vit, sur le sol, les

traits qu'y avaient creusés les copains : le plan de
la future chapelle. Ils avaient même tracé la place de
l'autel. Pierre s'arrêta devant lui et sourit, pour la
première fois depuis la mort de Jean. Cet instant effaça
tout le reste, mais pour un instant seulement.

En retenant la porte de la palissade, de crainte que
son claquement n'éveillât les gens de l'Impasse, il
regardait déjà vers la chambre de Marcel et de Germaine. Il en vit les contrevents écartés et — mais c'est
impossible ! — la porte entrouverte. Il y courut ; la
chambre était vide, les lits défaits, une chaise renversée:
un décor de faits divers, gris comme une photo de
journal.

L'Impasse dormait ; et Pierre sentit qu'on venait
seulement de s'y endormir, après avoir pris sa part
d'événements qu'il ignorait. Le second sommeil, le
seul profond... Pourtant, il fallait qu'il interroge quelqu'un ! qu'il apprenne ce qui s'était passé ! Il ne pouvait pas rester ainsi, tremblant sur ses jambes comme
un poulain d'hier, comme un chien malade ! Et la
tête pleine de pensées qui tournaient si vite qu'il ne
pouvait ni les suivre ni les ranger en ordre ! Si cette
ordure d'Ahmed avait eu le culot de garder sa chambre, Pierre n'aurait éprouvé aucun scrupule à le
sortir du lit, lui ! « Qu'est-ce qui s'est passé ! Allons !
qu'est-ce qui s'est passé ? »

Mais la chambre était vide, comme celle de Luis, sa
voisine.

Sans espoir, Pierre fit doucement le *signal* : le sifflement qui faisait apparaître Étienne.

« Père ! »

D'où l'appelait-on? Qui veillait, avec lui, parmi ces volets fermés?

« Père... »

Il marcha vers la voix. La lune éclairait platement l'arrière-façade du café qui fermait l'Impasse. Sur cette blême toile de fond, Pierre vit le buste et la tête de Denise penchée à sa fenêtre. Le jeu des ombres lui creusait deux trous noirs à la place des yeux : un visage de veuve.

« Denise!... Alors, Marcel? Germaine?

— Il a fait une crise. Papa a appelé Police-Secours.

— Et Étienne? »

La réponse tomba de haut, comme un couperet :
« A l'hôpital.

— Grave? »

Il vit très bien les traces luisantes s'allonger sous les yeux d'ombre : les deux bêtes du Désespoir se glisser hors de leur tanière. Il n'y avait que cela qui remuât dans la nuit claire, avec les nuages lointains; que cela qui parût vivre, aussi lent qu'eux.

« Grave? répéta-t-il d'une voix qu'il reconnut mal.

— Je ne sais pas.

— J'y vais! »

Pierre repartit, suivi par sa grande ombre. Il ne songeait pas à compter ses démarches. Quand avait-elle commencé, cette journée? L'enterrement de son copain Luis, le suicide de son copain Jean, sa fugue en terre de bonheur, et maintenant... Quelle heure pouvait-il être? — Jean disait toujours que le bonheur c'était de ne plus savoir l'heure. Jean... Le bonheur...

Ce matin, à la sortie de l'église, une fille vendait le premier muguet « porte-bonheur ».

Dans le coin de la cour, rue Zola, Pierre prit le vélo qu'un copain y avait déposé en sûreté avant de partir pour un chantier, en province. Le 28 était le seul lieu de Sagny où rien ne fût jamais volé; le seul, pourtant, dont on trouvât les portes toujours ouvertes.

Pierre traversa la ville aveugle. Il ne rencontra que des agents qui dormaient debout, par trois, aux carrefours, ou pédalaient, par deux, avec une lenteur appliquée. Il ne croisa qu'une seule voiture qui roulait à une allure folle loin de Paris, de Sagny, loin de tout. Il n'eut pas le temps d'apercevoir ses occupants, mais il les envia. Qui sait pourtant si, à tombeau ouvert, eux aussi ne se ruaient pas vers quelque désastre?

Pierre atteignit le fleuve et commença de le longer à contre-courant. Il apercevait, en amont, la masse grise de l'hôpital, piquetée de lumières. Il se rappela sa première nuit à Sagny, et Bernard lui montrant de loin ces lueurs. « Une ville, c'est un hôpital, en plus grand... » Pierre se mit en tête que l'une de ces lumières était Étienne, et il ne cessa plus de la fixer. Si elle s'était éteinte...

L'interne de garde lisait un roman policier. Pour en imposer à ce médecin, Pierre se prévalut, pour la première fois, de sa qualité de prêtre. Le jeune homme (d'épaisses lunettes sur un regard froid) devait penser d'extrême-gauche : aimer les ouvriers et vomir les curés; mais, encore bourgeois, il traita Pierre en égal et le renseigna aussitôt.

« Je crains beaucoup une fracture du crâne. On ne le saura que demain matin, selon les réactions de la nuit. Beaucoup de fièvre, oui. Délire, naturellement. Mais ce qui m'inquiète surtout, ce sont les vomissements.

— Et s'il y a fracture du crâne?

— Ça, alors!... »

Il termina par un geste qui abandonnait Étienne.

« A-t-il sa connaissance?

— Pas tout le temps. Ah! c'est moche, moche, moche... Vous fumez? (L'idée seule donnait à Pierre la nausée.) Son père l'a frappé avec tout ce qui lui tombait sous la main : même un ... crucifix, m'a-t-on dit! » ajouta-t-il en allumant sa cigarette, la tête penchée.

A la lueur de la flamme, Pierre vit le regard aigu fixé sur lui. Il répondit :

« Les hommes soûls se foutent des symboles. Et moi aussi, ce soir! Et vous aussi, n'est-ce pas?... Est-ce que le petit a une garde? ou est-ce que je peux...?

— Une vieille religieuse et une jeune femme. Montez, si vous le voulez. Prenez le couloir de gauche, l'escalier tout au fond, trois étages, Salle Lasègue. Je l'ai mis dans la petite chambre, à droite en entrant. »

Pierre serra doucement cette main qui pouvait guérir Étienne. Il prit le couloir, puis l'escalier; il marchait sur des jambes de coton et respirait l'odeur nocturne de la douleur : éther, haleine, urine. « Non, pensait-il résolument, pas de fracture du crâne. Après Luis et Jean... Non! ce serait... ce serait *trivial*. Et la

veille de Pâques?... Sans blagues? » Il se mit à rire
— il le croyait du moins — mais s'arrêta aussitôt,
car cela l'empêchait de respirer. La gorge serrée
comme par une main... Il pensa qu'il lui fallait se
méfier de son propre corps, cette nuit : l'impression
d'être deux dans la même cellule, et chacun épiant
l'autre...

Quand il pénétra dans la petite chambre, il vit
d'abord, sur le lit, sous la veilleuse, une boule blanche
et une boule noire. Celle-là était la tête d'Étienne,
énorme, enveloppée de bandages à peine plus blancs
qu'elle; celle-ci le chat de Luis, pelotonné sur les
draps. Un seul souffle emplissait la pièce, rauque, iné-
gal, et dont chaque expiration paraissait appeler au
secours. D'où le petit corps tirait-il ce râle de bête
égorgée, cette respiration d'homme agonisant? Suzanne et la vieille sœur s'étaient levées, chacune d'un
côté du lit.

« Ma Mère, murmura Pierre, vous ne pensez pas,
vous, que...

— Il est perdu », dit-elle.

Elle avait parlé trop brièvement afin de ne pas
perdre son calme. Pierre s'agrippa des deux mains
au rebord du lit.

« Pourquoi dites-vous ça?

— J'ai soixante-sept ans. Est-ce que vous croyez
que c'est la première fois que je vois cela? ce délire,
cette fièvre, ces vomissements? que j'entends cette
respiration? — Il est perdu », reprit-elle d'une voix
sourde.

Elle se rassit et pencha la tête brusquement. Suzanne

marcha vers Pierre; il vit que son menton tremblait
et qu'elle avait des yeux de vieille femme.

« Père, dit-elle soudain, pourquoi l'avez-vous abandonné ? »

C'étaient les paroles du Christ. Pierre ne trouva rien
à répondre; il demanda seulement :

« Voulez-vous me laisser seul avec lui ? »

Les deux femmes se levèrent, se dirigèrent vers la
porte. Comme elles allaient la franchir, l'enfant émit
un râle effrayant et parut ne pas reprendre son souffle.
Elles se retournèrent vivement, prêtes à...

« Non, dit Pierre très calme, laissez-nous seuls,
tous les deux. »

La porte refermée, il s'approcha d'Étienne et le
regarda d'abord jusqu'à le reconnaître. Il n'acceptait
pas ce masque de morgue; il voulait retrouver le vrai
visage... Voilà... Voilà... Maintenant, on pouvait l'appeler, lui parler. Il siffla le Signal, tout doucement,
pour rappeler le gosse du fond de son absence, de ce
pays où l'on ne s'aventure que seul.

Il siffla le Signal. Il se sentait très vide; pas encore
assez, toutefois. Alors, il ferma les yeux à son tour :
« N'être rien, se dit-il. N'être rien et ne pouvoir rien
faire... » Il lutta un long moment avant de l'accepter
en pensée, puis en conviction, puis avec joie. « Rien...
Bien ! »

Alors, il appela *les autres* dans la petite chambre
aux murs gris : le Christ, d'abord; et puis Sa Mère
(pas celle qui tient le petit enfant sur ses genoux, celle
qui tient le grand corps exsangue); et puis tous les
copains, plus légers et plus transparents que l'air,

mais si sûrs : la petite Thérèse, debout, glacée, contre
un mur glacé de couvent; la petite Bernadette, éblouie
à jamais, pure comme le gave; la petite Jeanne, inso-
lente et hardie; le vieux Vianney, squelette transparent; le vieux Vincent, aux yeux noyés... Il appelle
les copains du Ciel comme témoins; ce sont ses lita-
nies. Ils entrent; ils remplissent la chambre; ils se
tournent vers le Christ, eux aussi, et ils attendent.

« Il faudra tout de même bien que vous vous serviez
de moi, prie Pierre : de mes pieds sales, de mes mains
sales, de ma bouche sale, il faudra bien que vous vous
en serviez! Voilà : *je vous donne ma vie contre celle d'Étienne.*
Pas que vous me fassiez mourir : cela me ferait trop
de plaisir, en ce moment, vous le savez bien! Mais tout
ce que j'ai essayé de faire à Sagny, retirez-le-moi, et
qu'Étienne vive!... Il faut que ce soit fait, bien sûr!
mais un autre le fera à ma place, aussi bien que moi...
Ma vie contre celle d'Étienne, la voici! »

Il étendit les mains; il ne savait pas très bien ce qu'il
faisait. Dans ces mains qui ne lui appartenaient plus,
il prit la tête difforme et douloureuse. L'enfant agonisant poussa un cri qui parut réveiller Pierre. Il recula
d'un pas; il était brûlant et entendait distinctement
son cœur battre : une grosse horloge dans une maison
vide. Il lui sembla que quelque chose avait changé
dans la chambre, et il lui fallut un moment pour s'apercevoir qu'Étienne ne râlait plus mais respirait paisi-
blement, comme un enfant endormi. Pierre n'en fut
pas surpris; il se mit à sourire et fit le Signal. Étienne
ouvrit les yeux; un regard s'y forma peu à peu puis
s'attacha à Pierre. Il allait parler...

« Chut ! » dit Pierre.

Le regard se promena autour de la chambre, s'inquiéta, ne se rassura un peu qu'en rencontrant le chat de Luis au pied du lit.

« Voilà, expliqua Pierre à mi-voix : tu es dans un hôpital ; on t'a mis un pansement autour de la tête parce que tu as reçu des coups ; c'est ton père.

— Je sais, murmura Étienne. C'est bien... J'ai payé...

— Payé quoi ?

— Luis. »

Pierre allait parler ; Étienne l'arrêta en levant sa main blanche. Il ferma les yeux un moment et dit :

« J'ai faim... Tu vas m'emmener, Pierre ?

— Non, vieux : tu vas dormir encore un peu. Attends... »

Pierre sortit dans le couloir. « Venez », dit-il aux deux femmes, et il s'effaça pour les laisser entrer dans la chambre.

« Bonjour, Suzanne, dit Étienne. Tu fais une drôle de tête ! »

La sœur se tourna vers Pierre. Sa bouche tremblait un peu.

« Que s'est-il passé ? demanda-t-elle.

— Rien, répondit-il en essayant de sourire : c'est Pâques, ce matin !

— J'ai faim, répéta Étienne.

— Donnez-lui à manger », ordonna Pierre.

Quand il sortit de l'hôpital, l'aube se levait au ras de la nuit : la dalle basculait. C'était l'heure où le

Christ repousse la pierre sans effort, sort vivant, guéri,
du tombeau; et les hommes de fer et de cuir tombent
à la renverse, aveuglés. Pierre ne faisait qu'un avec
son vélo, avec la route déserte, le fleuve, le ciel. Il
se sentait, non pas heureux, mais *à sa place*. Et soudain,
il eut chaud au cœur et, sans doute, rougit-il de plaisir :
il venait de penser à la messe qu'il dirait tout à l'heure.

Il descendit de vélo et marcha en poussant la machine à son côté : il voulait faire durer ces instants; et
aussi sentir la terre sous ses pas, et marcher à la vitesse
même du fleuve. Cette eau, toujours nouvelle et pourtant toujours semblable, oh! comme il aurait voulu
qu'elle fût l'image de sa vie, sans cesse offerte et renou-
velée! Cette eau qui reflétait le ciel...

Sagny approchait de lui au pas lent des bourreaux.
Le fleuve se détourna de la ville grise; Pierre y pénétra.
Sagny endormie avait l'immobilité redoutable des
musées de cires. Jean y gisait mort quelque part;
Madeleine y dormait, l'ignorant encore; Marcel,
roué de coups à son tour, y cuvait au secret un vin
couleur de sang.

Comme Pierre arrivait rue Zola, une brusque et
brève bourrasque débarbouilla toute la rue, puis
passa rudement à la suivante. Pierre déposa le vélo
contre le hangar et poussa la porte du Parc. Il vit
aussitôt que l'averse y avait effacé au sol les plans de la
chapelle, et il tressaillit, bien qu'il en eût été certain
d'avance. « J'ai donné ma vie pour celle d'Étienne,
se répéta-t-il : tout mon travail à Sagny afin qu'Étienne
vive... Eh bien, le Ciel se paie déjà. C'est juste!... »
Au pied de l'arbuste, non loin de ce qui serait, de ce

qui aurait été le porche, l'épi fragile, intact tremblait dans le vent. C'était juste.

Pierre franchit la porte de la palissade et retrouva l'Impasse telle qu'il l'avait laissée avant que se levât l'aube de Pâques. Denise dormait à sa fenêtre, comme une marionnette oubliée sur le bord d'un guignol. Sans doute était-elle agenouillée de l'autre côté, et sans doute priait-elle quand la fontaine pétrifiante du sommeil l'avait noyée. Pierre siffla doucement le Signal, une fois puis une autre. Il vit le malheur s'inscrire, en un instant, sur le petit visage paisible; il dit très vite :

« Ne t'en fais pas, Denise! Il est tiré d'affaire!

— Tiré d'affaire? répéta-t-elle d'une voix enrouée de sommeil, mais elle n'avait jamais encore entendu cette expression.

— Guéri! Étienne est guéri!

— Les médecins?

— Non, dit Pierre fermement, le Christ. Tu peux prier encore, Denise, mais pour dire merci. »

Puis, il alla frapper chez Henri qu'il réveilla.

« Ah! te voilà? Qu'est-ce que tu foutais, hier soir? Il paraît qu'Étienne est allé au 28 et que...

— Je sais, dit Pierre en rougissant. Et je reviens de l'hôpital.

— Alors?

— Sauvé.

— Ah, dis donc!... Tu as bien fait de me réveiller. Quand ils s'y mettent, les toubibs sont des gars...

— Les toubibs n'ont rien fait. Je t'expliquerai. Mais Jean s'est... Jean est mort.

— Merde! cria Henri en sautant sur ses pieds. (Ses jambes devaient trembler un peu, car il se rassit aussitôt sur le lit qui gémit.) Jean? Mais comment...? »

Pierre sortit de sa poche le message de Jean, que le commissaire lui avait laissé après l'avoir lu, avoir froncé les sourcils, puis haussé les épaules. Henri le lut et le rendit à Pierre :

« C'était un anarchiste! Ça devait finir comme ça...

— Tu as mal lu, dit Pierre. Et puis, méfie-toi de la façon dont tu classes les types : c'est trop simple. A tantôt! »

Il sortit et traversa l'Impasse, son papier à la main, annoncer les nouvelles à Jacquot et à Paulette. Drôle de facteur! qui venait apporter, dès l'aube, le meilleur et le pire...

Il le dit encore aux autres copains de l'Impasse; puis il rentra chez lui et se fit chauffer du café, car son cœur flanchait à la pensée qu'il fallait annoncer à Madeleine la mort de Jean qui l'aimait, qu'elle aimait sans doute.

Les cloches de Sagny-le-Haut commencèrent à sonner, pressées, exultantes, pareilles à des enfants qui sortent de l'école en courant. Pierre ouvrit l'armoire, écarta le bleu de travail et la capote kaki, sortit les ornements et les revêtit. Il lui semblait que Jean se tenait dans cette pièce et le regardait faire, un sourire dans ses yeux verts. Plusieurs fois, Pierre se retourna comme si quelqu'un venait d'entrer. Il avait placé sur l'autel, près du calice, l'adieu de son copain. Il lui paraissait inconcevable de devoir annon-

cer la mort de Jean, alors que l'autre était évidemment
ressuscité...

« Joyeuses Pâques, Père!

— Je vous attendais, Madeleine.

— Vous paraissez très fatigué. Est-ce que...? »

Il craignait toutes ces questions; lâchement, il se
réfugia dans la messe.

« Au nom du Père et du Fils et du Saint-Esprit...
*Je suis ressuscité et je demeure avec toi... Seigneur, tu m'as
mis à l'épreuve et tu sais mon amour... Tu savais tout de moi,
l'heure de ma mort et celle de ma résurrection...* »

Ces paroles, il lui semblait que Jean les lui soufflait :
Jean lui servait sa messe de Pâques. Après avoir lu
l'Évangile, Pierre regarda Madeleine et lui dit :

« Jean est mort. Ne dites rien!... Oui, Jean s'est tué,
hier soir. J'ai couru tout l'après-midi à sa recherche
et je suis arrivé trop tard... Non! pas trop tard, puisque
je l'ai baptisé. Il a laissé ce mot, vous voyez? (Il le
lui tendit; sa main frémissait.) Ne dites rien, Madeleine!... Jean est mort et il est ressuscité. Jean... »

Il ne put continuer : sa voix s'étranglait. Madeleine
était à genoux, et tout son corps tremblait comme celui
d'une vieille. Elle ne cherchait pas à essuyer les larmes
qui tombaient sur sa robe, sur l'adieu de Jean, sur le
sol. C'était la première fois que Pierre voyait pleurer
ce visage toujours souriant; il avait l'impression
d'assister à un naufrage et de rester, impuissant, sur
le rivage.

« Madeleine, dit-il, personne n'aurait pu le sauver :
j'ai tout fait, j'ai...

— Moi, je l'aurais trouvé à temps, répondit-elle

d'une voix lointaine et haute. Je suis responsable de
la mort de Jean... De la mort de Jean, répéta-t-elle
comme s'il fallait qu'elle prononçât encore ces paroles
pour y croire.

— Non, dit Pierre très fermement. Jean aussi se
croyait responsable de la mort de Luis. Et moi-même...
Mais non! il y a de l'orgueil à cela. Si, Madeleine!
Vous me l'aviez dit à propos de Jean : « Il ne croit
« que des choses fausses et qui lui font du mal... »

— Et vous me l'aviez dit, vous aussi! cria-t-elle :
« Tout plutôt que le laisser partir seul et désespéré... »

— Il n'était pas seul : il allait vers le Christ; il l'a
rejoint.

— Ce sont des paroles!

— Des paroles qu'il a écrites lui-même... Gardez
ce papier, Madeleine. Il vous appartient.

— Il appartient à la police, comme toute chose! Ils
me le réclameront! »

Elle recommença de pleurer. Pierre aurait voulu
la prendre dans ses bras. Il regarda le crucifix et pria :
« Elle est au jardin des Oliviers, à son tour... Ne dors
pas, Toi! ne dors pas! »

« Quelles sont ces paroles que vous avez dites au
début de la messe, Père? » demanda soudain Madeleine en relevant la tête.

Il n'hésita pas :

« *Seigneur, tu m'as mis à l'épreuve et tu sais mon amour...* »

Il la vit fermer ses paupières, pareilles à deux vannes
qui auraient voulu retenir les larmes. Il attendit encore
un long moment, puis :

« Dites le *Credo* avec moi, Madeleine », lui comman-
da-t-il.

Après la messe, Pierre raconta sa nuit, son retour
l'hôpital; il donna des nouvelles d'Étienne; il en
demanda avec insistance de la famille que Madeleine
avait dépannée hier. Où Madeleine les avait-elle
logés? Pensait-elle trouver du travail pour l'homme?
Avait-elle téléphoné à... ?

« Mais bien sûr, répondit-elle en s'efforçant de
sourire. Vous craignez donc que je laisse tomber la
communauté?

— Oui, dit Pierre, je crains beaucoup pour
elle. »

Sa voix était si altérée que Madeleine le regarda
en cessant de sourire. Les cloches reprirent brusquement leur sonnerie de fête et se bousculèrent joyeusement dans le ciel neuf. Pierre songea à tous ses gens
qui se hâtaient vers l'église, le cœur tranquille.

« Nous sommes seuls, dit-il d'une voix rauque,
tout seuls! »

Peu après midi, Pierre gagne le presbytère de
Sagny-le-Haut et demande à parler à M. le curé. On
le fait attendre. L'odeur d'un bon repas, le bruit des
fourchettes et des voix passent sous la porte. Pierre
pense soudain qu'il n'a rien mangé depuis hier à cette
heure. Hier, à cette heure, Jean vivait, Étienne aimait
son père, Madeleine souriait.

La porte s'ouvre et paraît M. le curé, un peu trop
rouge. Il montre ce bonheur irréprochable et simple

de l'homme qui fait un bon repas, un jour de fête, avec des amis.

« Je m'excuse de vous déranger, monsieur le curé. Voici, un de mes copains, Jean, est mort.

— Ce Jean dont m'avait parlé la sœur Marie-Joseph ?

— Sans doute. Il s'est... il s'est tué.

— Ah !

— Tué pour rejoindre le Christ. Je sais ce que vous allez dire, monsieur le curé ! Mais il était chômeur, seul, désespéré ; il croyait ne plus avoir qu'un seul ami, le Christ : il a voulu le rejoindre.

— Si vous ne l'aviez pas converti, dit le vieil homme après un silence, il vivrait donc encore.

— C'est aussi ce que le commissaire de police m'a fait remarquer.

— Je veux dire, reprend l'autre un peu honteux, sa mort serait un fait divers, pas un scandale.

— Monsieur le curé, je suis venu vous demander pour lui des funérailles religieuses.

— Pour un suicidé ? Vous savez bien que c'est impossible !

— Les copains de Jean et tous ceux que je suis en train de rallier au Christ ne comprendraient pas. »

Le curé a un haut-le-corps :

« Mes paroissiens non plus ne comprendraient pas, si j'acceptais ! D'ailleurs, reprend-il avec embarras, le Droit canon est formel. Je suis obligé de...

— Bien ! dit Pierre un peu sèchement, alors vous voici *obligé* de l'inhumer religieusement, car, sur son désir, je l'ai baptisé avant qu'il meure. »

Le curé paraît soulagé; un sourire monte jusqu'à ses yeux bleus.

« Dans ce cas... »

On rit bonnement dans la pièce voisine. Les deux hommes détournent la tête, un peu gênés. « Pourvu qu'il ne me retienne pas à déjeuner », pense Pierre.

« Est-ce que, commence le vieux prêtre avec embarras, la société, le... tenez! les repas, par exemple, ne vous manquent pas? Les jours de fête, notamment?

— Je ne comprends pas, monsieur le Curé : rien ne m'empêcherait, si j'en avais le cœur, de déjeuner aujourd'hui avec des amis.

— Je veux dire : des confrères, des... (Il s'embrouille) des gens de notre culture, de votre milieu...

— Le milieu où je vis... » commence Pierre, mais il s'arrête : pas le courage d'expliquer, de tenter d'expliquer!

« Et la communauté? demande l'autre pour rompre le silence, la communauté ne vous manque pas?

— Je vis en communauté.

— Bien sûr, mais... »

« Il va me demander enfin si la liturgie ne me manque pas, et puis l'entretien s'arrêtera... » Même pas! Le silence se prolonge.

« Mon petit, dit soudain le curé, la Sœur Marie-Joseph m'a parlé d'un fait étonnant : la guérison, cette nuit, d'un enfant que les médecins...

— Étienne ne pouvait pas mourir la même nuit que Jean, monsieur le Curé! Il y a des choses impossibles.

— Des choses impossibles? Mais justement! Les

médecins avaient pratiquement abandonné l'enfant...

— Ils n'avaient aucune raison de l'aimer!

— Et vous n'aviez aucun pouvoir de le guérir!...
Ah! je suis très troublé », ajoute le vieil homme
presque humblement.

On dirait qu'il attend, de Pierre, une parole *rassu-
rante;* ou peut-être la craint-il. Mais il n'en recevra
aucune; Pierre répète seulement à mi-voix :

« La même nuit que Jean? C'était impossible.
Impossible... »

Puis il prend congé du curé; mais celui-ci garde sa
main dans la sienne, hésite un instant, dit enfin :

« Le cardinal est très mal. Le saviez-vous?

— Non, répond Pierre qui entend battre son cœur
dans son ventre vide.

— Angine de poitrine... Il est perdu. »

Il est bon que le vieil homme rose soutienne, de sa
belle main, Pierre si léger à son bras. Silence, silence
où l'on entend tourner les petites cuillers, à côté. Un
sentiment de panique s'empare de Pierre : partir
d'ici, respirer, marcher vers Paris, vers le vieil homme
blanc qui étouffe, en ce moment, peut-être...

C'est seulement dehors que Pierre s'avise qu'il n'a
pas dit un mot d'au revoir au curé de Sagny. Il s'avise
aussi (et cette pensée balaie l'autre, et le voici devenu
très pâle, immobile sur le trottoir désert), qu'il ne
peut rien pour son père le cardinal-archevêque. Il
le voit, dans sa prison de pierres blanches, d'arbres,
d'oiseaux... Non! cette fois, il ne parviendrait même
plus jusqu'à lui. Et puis n'est-il pas *juste* que ce père
lui manque? comme, tout à l'heure, la bourrasque a

effacé au sol les plans de la chapelle ? Pierre pense
seulement que le Ciel ne laisse pas traîner les dettes :
le Ciel se paie vite !

Quand il entre dans la chambre d'Henri, Pierre
le trouve plongé dans la lecture de *L'Humanité-
Dimanche*. La table est mise pour deux.

« Tu attends quelqu'un, Henri ?

— Oui, toi.

— Mais je...

— J'étais sûr que tu rappliquerais. Mince ! tu as
été long. »

Le blouson bleu s'affaire devant un petit fourneau
noir qui fume par toutes ses fissures. « Oui, pense
Pierre, j'ai été long à comprendre qu'Henri est maintenant mon meilleur copain... »

« Dis donc, fait l'autre avec un sourire qui montre
ses dents pointues, j'ai failli casser mon éléphant de
porcelaine tout à l'heure ! J'y tiens, parce que...

— Ça ne me regarde pas, dit Pierre avec douceur ;
puis : — Ça sent drôlement bon, ta tambouille ! »

Ils se taisent, mais ce silence ne les gêne pas ; c'est
une bonne définition de l'amitié.

« J'ai pris un pain de deux livres. J'ai bien fait, dis
donc ! »

Oui, Pierre engloutit comme un chien perdu. Les
survivants mangent pour deux.

A la fin du repas, il se décide à raconter sa nuit à
Henri : les Champs-Élysées, les quartiers riches, son
découragement...

« Les autres n'ont pas tort, mon vieux !

— Ça ne veut pas dire qu'ils aient raison, sans
blagues?

— Non, mais... Et puis ils sont si nombreux!

— Et nous? Viens donc faire un tour aux réunions
du Parti, et tu penseras...

— Écoute, Henri, fous-moi la paix une bonne fois
avec le Parti.

— Je te croyais plus costaud que ça, tu vois? Moi,
cette nuit, à ta place, je serais revenu plus gonflé
encore!

— A ma place, dit Pierre, tu n'aurais surtout pas
quitté Sagny. Et Marcel n'aurait pas assommé son
gosse!

— Étienne est complètement tiré d'affaire, reprend
l'autre en dévisageant son copain. Suzanne est venue
nous raconter une histoire de guérison un peu trop
marrante pour moi! (Il attend une explication qui ne
vient pas.) Maintenant, il faut sortir Marcel de là.
C'est un pauvre type, Marcel! S'il habitait dans deux
pièces, ça ne serait pas arrivé.

— J'irai le voir tantôt.

— C'est à Fresnes. Tiens, tu lui diras de choisir
comme avocat...

— Écris-le sur un bout de papier. Tu ne viendras
pas avec moi, là-bas?

— Non, ça ne sert à rien. Mais j'irai voir l'avocat.
Il faut qu'on lui fasse un beau procès!

— Ah! dit Pierre, un beau procès. »

Il passe le dos de sa main sur son front. Il pense à
Marcel et au Cardinal; il ressent une grande envie
de dormir, de vomir aussi.

Pierre, qui n'avait jamais pénétré dans une prison, trouva celle-ci exactement telle qu'il l'attendait. Avec les hommes, pas besoin d'imagination! Ils habillent la Nécessité, le Malheur ou le Plaisir des deux ou trois robes qu'ils connaissent, toujours les mêmes! Caserne, hôpital ou prison; coulisses, bordel ou fête foraine — ce sont toujours les mêmes décors. Vraiment, pas besoin d'imagination!

Pierre retrouva là les pierres sourdes, les murs blanchis puis salis de nouveau, les ampoules nues, les papiers crasseux sur des tables tailladées, l'odeur de mauvaise nourriture et les hommes en uniforme. Derrière ces murs et ces grilles, on comptait aussi les jours avec impatience; mais on n'y avait plus vingt ans, différence capitale avec le service militaire. C'est triste, un soldat aux cheveux gris...

Marcel avait été roué de coups, et Pierre reconnut à peine son visage gonflé de sang et de vin. Il gardait le souffle court, les yeux brillants et fixes d'une bête aux abois.

« Comment va le gosse? cria-t-il dès la porte du parloir.

— Plus bas! fit le gardien.

— Le gosse? » reprit-il à mi-voix.

Son souffle à travers le grillage, puait l'alcool et l'hôpital. Pierre monnaya la Grâce :

« Tu l'as presque tué, Marcel!... Non! il en sortira, ajouta-t-il très vite, mais tu ne le mérites pas...

— Les vaches! gémit Marcel. Depuis ce matin, ils me répètent que le gosse est sûrement mort, les vaches!»

Il avait porté ses mains devant son visage et ces mains tremblaient. Pierre les regarda : privées de travail depuis une semaine, devenues folles cette nuit, et condamnées de nouveau à l'inactivité. Et Pierre pensa aux mains des copains malades : roses, inutiles, avec des ongles de femmes — des mains de mort.

Marcel renifla, torcha son visage inondé.

« Écoute, le gosse se laissait faire... Pourquoi, dis ?... Comme s'il avait mérité la raclée !... C'est ça qui m'a énervé, tu comprends ? »

Oui, Pierre comprenait : « Payer... payer pour Luis... » Voilà pourquoi Étienne ne se défendait pas.

Marcel recommença de pleurer, à visage découvert : des larmes pures qui sortaient de ce visage tuméfié, telle une source d'un rocher informe. Il pleurait comme on saigne : sans peine, mais en s'y épuisant.

« Allez ! dit Pierre aussi gêné qu'ému, arrête-toi de chialer : je n'ai pas fait une heure de route pour voir ça !... Madeleine a dû aller voir Germaine... Ce soir, je retournerai voir Étienne... Et samedi prochain... (Il ne savait plus quoi dire !)

— Samedi prochain, on sera peut-être tous ensemble, fit Marcel en fermant les yeux. Est-ce que tu crois que le taulier nous gardera notre piaule jusque-là ?

— Peut-être, mais... ce sera long, tu sais ! beaucoup plus long !

— Pourquoi ?

— Ton procès, Marcel...

— Un procès ! Comme dans les journaux ? Tu n'es pas sonné ? »

Il s'était levé; ses mains tremblaient de nouveau.

« Asseyez-vous! dit le gardien qui s'était levé en même temps que lui.

— Écoute, Marcel : ce qu'on voit dans les journaux, justement, il faut bien que ça arrive à des types!

— Pas à moi! » répondit l'autre sourdement.

Il se tut longtemps; son visage devint presque aussi gris que le mur, puis très rouge. Le gardien tira sa montre, la porta à l'oreille, la remonta, et bâilla. Marcel reprit, sur le même ton :

« Voilà : je les emmerde! Je les emmerde tous, puisque le gosse va bien...

— Je m'occuperai de lui, dit Pierre. Mais toi, occupe-toi tout de même de ton affaire. Voici le nom de l'avocat que tu réclameras...

— Lui ou un autre!

— C'est Henri qui conseille celui-là.

— Un type du Parti?

— Un type qui s'occupera de toi.

— C'est le temps, annonça le gardien.

— Embrasse-le! Tu l'embrasseras, hein? » dit Marcel très vite et très bas, comme si ce fût un secret : comme si personne d'autre ne dût comprendre qu'il embrassât cet enfant qu'il avait assommé la veille. « Il ne m'en veut pas, tu crois? » demanda-t-il encore.

Soudain, son regard se durcit; Pierre ne put le supporter.

« Pourquoi me regardes-tu comme ça?

— Pourquoi es-tu venu? Pour me parler de ce procès?

— Parce qu'il vaut mieux que tu y penses. Et puis...

— Allons, amenez-vous! » fit le gardien, et vers
Pierre : « C'est fini, monsieur! »

De ce côté-ci du grillage, on était « monsieur ».

« Et puis, reprit Pierre en souriant, je t'ai apporté
aussi une drôle de bonne nouvelle : Étienne!

— C'est vrai, tu es chouette! » cria Marcel.

Il avait presque atteint la porte du parloir; il se
mit à rire en plissant ses paupières et en se frottant les
mains.

« Alors quoi, sans blagues? » fit le gardien scandalisé.

Le choc de l'immense porte se refermant derrière
lui fit sursauter Pierre. Il éprouvait une sorte de honte
à se retrouver libre, à laisser Marcel et mille copains
inconnus derrière ces murs que la Saison ne franchissait pas. Cette gêne mêlée d'allégresse qui vous
attend à la sortie des hôpitaux et des cimetières...
Pouvoir donner un coup de pied dans un caillou!
prendre la première rue à droite, sans raison, sortir
des pièces de sa poche et pénétrer dans une boulan-
gerie : c'était cela, la liberté! cela dont rêvaient les
gars derrière leurs pierres aveugles. Qui sait si la
liberté, comme l'argent, n'existait pas en quantité
limitée dans le monde? En jouir, n'était-ce pas la
voler à quelqu'un? L'homme le plus mal logé est plus
heureux qu'un prisonnier; et le plus mal payé, plus
heureux qu'un malade. On n'était donc sans reproche
que dans le pire? — Oui, en attendant le Royaume,
seul le pire était sûr...

Des cyclistes, qui s'en retournaient des forêts proches
de Paris, passèrent devant Pierre; au guidon de leur

vélo et autour de leur cou, ils avaient accroché des bottes de muguet. Ils étaient heureux et légers, ils saluaient n'importe qui de leurs longs bras. Voyant Pierre immobile sur le seuil de la Maison d'Arrêt, l'un d'eux lui jeta un bouquet :

« Tiens, mon pote, ça te portera bonheur! »

Pierre n'eut que le temps de le remercier d'un sourire. « C'est l'amitié qui porte bonheur, pensa-t-il, pas le muguet! »

Imprécis mais impérieux comme un souvenir, le parfum montait jusqu'à lui, et son cœur se serra. Oh! pour Roger, pour Luis, pour Jean, le muguet n'était-il pas aussi chargé d'images, de saisons, de regards? Parfum du temps perdu, du temps qui passe et revient et ne vous retrouve jamais le même, oh! le muguet...

Il restait là, titubant de sommeil, fragile, assailli de visages : celui de Luis, déjà lointain; celui de Jean, qui s'éloignait; celui du cardinal, aussi pâle qu'eux. « *Muguet, couleur des morts...* »

Le retour lui parut interminable. Pareil aux ouvriers de l'aube, il s'endormit dans le wagon; mais son esprit, l'esclave, comptait les stations! Il se réveilla quand le métro arriva à l'*Église de Sagny*, descendit sur le quai comme un automate, rentra rue Zola et dormit quinze heures.

X

QUE PAS UN SEUL DE CES PETITS
NE SE PERDE!

Le cardinal mourut un jeudi.

Les dernières semaines, il délaissait des audiences officielles et des tâches depuis dix ans quotidiennes, pour se faire conduire par la petite automobile noire, aussi triste et démodée qu'un bedeau, à travers la banlieue de Paris.

« Monseigneur, où allez-vous encore aujourd'hui ? demandait M. Dutuy son secrétaire.

— *Me désespérer* », répondait le cardinal.

Le visage contre la vitre, le cœur serré, les mains jointes, le cardinal-archevêque passait lentement parmi son peuple païen; le regard bleu faisait provision de ces visages gris. « Tous enfants de Dieu! Et je suis responsable d'eux tous... Pardonnez-moi, Père! pardonnez-moi... »

Il rentrait à l'archevêché, débordant d'humilité et d'intentions, et remaniait à grandes pages un *plan de conquête* dont il savait à présent qu'il ne l'appliquerait pas lui-même.

Mais qui, justement, lui succéderait? Et celui-ci aurait-il la même hantise des âmes perdues? — Ces questions tourmentaient le cardinal plus que le mal dont il mourait. Comme l'abbé lui parlait, un soir, de « devoir accompli » :

« Non, monsieur Dutuy, dans un siècle comme celui-ci, le sentiment du devoir accompli n'est qu'un piège! »

Les médecins avaient longtemps espéré que la mort soufflerait le vieil homme comme une bougie. Au contraire, flamme vacillante, il durait; il les envoyait promener : « Vous n'espérez pas me tirer de là, n'est-ce pas? Alors, laissez-moi finir seul : ces heures sont importantes pour moi... »

Le cardinal mourut un jeudi. Les cours de récréation qui, les autres jours, faisaient à l'archevêché une ceinture de cris, de courses, de sifflets, restaient désertes et silencieuses. « Si les enfants m'abandonnent... » pensa le vieil homme, sans sourire; et il se rappela le petit garçon qu'il était. Les portraits simples, sur le mur, (son père en noir, sa mère en coiffe) et l'agonisant sur son lit de fer regardèrent s'approcher, du fond de la chambre, du fond des temps, cet enfant grave et buissonnier qui n'avait pas changé de regard. « Se sentir protégé, c'est le bonheur de l'enfance... C'est aussi celui du ciel, pensait lâchement le vieil homme. Mais non! le ciel, c'est l'un et l'autre : pouvoir enfin protéger parce qu'on se sait protégé... »

Il prolongeait, non sans timidité, ce tête-à-tête avec le petit garçon qu'il avait été. Il ne baissait pas son

regard devant celui-là, si semblable au sien. Ainsi,
au seuil de la mort, c'était cet enfant songeur et impérieux qui l'attendait. Il crut que cela affirmait
l'inutilité de sa vie entière, mais c'était tout le contraire! Le dernier don de l'arbre qui meurt est, au
même lieu, une graine toute semblable à celle dont il
est issu.

L'après-midi vira de bord. Le soleil parut se détourner : toujours la même chaleur, presque la même
lumière; pourtant ce jour était condamné.

Vers cinq heures, le cardinal, immobile, franchit
secrètement une écluse de plus vers la mort, car il se
sentit soudain parfaitement seul. « Les autres, du
moins, songea-t-il amèrement, leur famille les entoure! » Sa famille... Il n'avait revu ses parents et les
témoins de son enfance que pour les assister dans leur
agonie. Les lieux de ses joies enfantines et de ses vacances, il ne les avait retrouvés qu'entre deux trains
du matin, entre une maison aux volets clos et une
église tendue de noir. A présent, tous ces morts rigides
et respectueux l'attendaient en silence au Train de
l'Aube, entouraient de leur silence cette laborieuse
naissance.

Allons! il n'était plus temps, ou pas encore temps
de penser à eux! Il se devait encore à cette noire famille qu'il leur avait préférée : ses prêtres. Le cardinal
les fit venir, un à un, et les regarda d'un œil neuf. Pas
un de leurs traits, de leurs gestes, pas une de leurs
intonations ne lui échappait à présent; tout se gravait
en lui, douloureusement au moment de les perdre.

« Voilà, pensa-t-il encore, aujourd'hui seulement je

sais les aimer, aimer jusqu'à leurs manies, jusqu'à cela
d'eux-mêmes qu'ils ignorent : ce pli hypocrite de la
bouche, ce geste irritant de la main, ce battement
involontaire des paupières... Aimer ! » Lui, leur père,
n'avait pas su les aimer avant ce jeudi ! eux que personne n'aimait, eux qui vivaient seuls, mourraient
seuls ! Et les autres, tous les autres, qu'il eût fallu
aimer à temps !... Ah ! s'élever parmi les hommes,
c'était donc cela seulement : avoir de plus en plus
d'êtres à aimer ? — Il était bien temps de s'en apercevoir !

Un immense remords l'assaillait. Un océan de
remords dont les vagues venaient de loin, d'années que
le cardinal croyait pacifiées depuis longtemps. Elles
lui parvenaient enfin, elles se succédaient plus vite
que son pouls affaibli, elles minaient la falaise
blanche...

Bien sûr, le cardinal n'avait jamais pensé que lui
serait impartie la paisible agonie des âmes satisfaites,
des chrétiens qui se croient en règle parce qu'ils ont
mis leurs comptes en ordre et fait venir le prêtre.
Mais l'affreuse agonie des saints, leur martyre, leur
terreur, leur sueur glacée, le cardinal ne l'avait jamais
tout à fait comprise. A présent (jeudi six heures), il
en était là : le sentiment d'avoir perdu sa vie, trahi
sa charge, d'arriver les mains vides, c'était son Jardin
des Oliviers.

Lorsque, deux ans plus tôt, il avait dû se mettre
au régime, le cardinal avait mesuré, d'un coup, les
heures jusqu'ici perdues en repas. Les repas, sa seule
complaisance... Mais, ce soir, un vertige le saisissait

à compter *tout son temps perdu*. Il aurait voulu le crier
à ses prêtres qu'on assemblait, maintenant, dans
l'étroite chambre : « Jetez votre montre! Le secret
n'est pas d'être exact, mais de ne jamais perdre un
instant!... Manger, mais ne pas rester à table!...
Dormir? Non! tomber de sommeil... Ne pas laisser
passer une seule minute! Et ne pas laisser passer un
seul être sans l'aimer!... Oh! le temps... Oh! l'amour... »
Il aurait voulu leur crier ses deux secrets, mais déjà
il pouvait à peine parler...

Une si profonde angoisse se lisait dans le regard
bleu que, sur un signe du médecin, les prêtres s'agenouillèrent et récitèrent à voix haute les prières pour
les agonisants. Non, non! ce n'était pas l'approche des
ténèbres qui terrifiait le cardinal, mais la pensée de
toutes ces âmes qu'il laissait orphelines. Les aimer
tant, et n'avoir pas tout fait pour elles! et ne plus rien
pouvoir! et ne pas savoir en quelle garde on les
laisse!... Son cœur, à peine perceptible, se mit soudain
à battre avec une telle violence que le médecin se
pencha vers lui sans comprendre.

Ce vieil homme, qui jamais ne s'était abaissé à lui
livrer un symptôme ou à parler de souffrance, le
surprendrait donc jusqu'au bout?

Comment le médecin aurait-il compris que c'était
de chagrin que mourait le cardinal à l'instant même?
Qu'il entrait dans la mort à reculons et les yeux pleins
de larmes?

Les prêtres, surpris, avaient suspendu leurs prières;
on entendait, très loin, les bruits de la rue, de la vie :
de tous ces enfants qui jouaient aux métiers tandis

que leur père agonisait. Et soudain, la voix du cardinal, impérieuse et suppliante :

« *Que pas un seul de ces petits ne se perde!* »

Allons! il était déjà avec le Christ : il parlait Son langage...

Le cardinal mourut un jeudi. Pierre célébrait la messe devant les copains. Dans la cuisine, Madeleine apprêtait la longue table avec des couverts de fortune; et quelques gars (qui aimaient déjà le Christ mais pas encore la messe) croyaient lui donner un coup de main. C'était la fin du mois : beaucoup n'avaient apporté aucune provision. « Deux pains et quelques petits poissons » à partager entre tous, comme dans l'Évangile...

Quand elle eut terminé, Madeleine poussa la porte et rentra dans la messe des autres. On en était au *memento des vivants* et chacun, les yeux baissés, disait tout haut ses intentions :

« ... Pour un copain, c'est la cinquième semaine qu'il est chômeur et son gosse est malade... Pour un Nord-Africain de ma boîte : c'est un pauvre type, tout le monde se fout de lui... Pour les gars qui se font tuer en Indochine, des deux côtés... »

Pierre les laissa parler seuls, comme toujours; mais, après ce long silence où l'on se regardait à cœur ouvert, il dit à son tour, d'une drôle de voix :

« Pour le cardinal-archevêque de Paris qui est en train de mourir... »

Tous levèrent un regard étonné : l'archevêque? Une sorte de patron lointain, un vieillard à vie... Seul,

le gars qui avait accompagné Pierre à l'archevêché,
la veille de la grève, sentit son cœur se serrer et dit
à son voisin : « Il était chouette... »

« Sans lui, reprit le Père, je ne serais pas ici, vous
voyez ?

— Alors, on n'y serait pas non plus ? dit un des gars
avec un peu d'angoisse.

— Si, répondit Pierre fermement : un autre serait
venu à ma place.

— Ce ne serait pas la même chose.

— Si ! »

Il avait parlé presque durement; les sourcils se
froncèrent; il s'obligea à sourire.

« Une fois, le cardinal est venu, parmi vous, assister
à la messe, un jeudi...

— Un vieux en noir, très maigre ?

— Oui.

— Il a pleuré quand tu nous as donné la communion. »

Ils se turent. Chacun imaginait *son* cardinal; seul,
Pierre voyait la chambre modeste, les portraits au
mur, l'étroit lit de fer et le regard bleu.

« Allons ! » fit-il à regret, et il poursuivit la messe
mais sans quitter l'archevêque.

Pendant l'élévation, la sonnerie du téléphone
les fit tressaillir. Madeleine alla répondre à mi-
voix :

« Ah !... Il y a longtemps ?... « Que pas un seul de
« ces petits ne se perde ! »... Je le lui dirai... »

Quand Pierre en arriva au *memento des morts*,
Madeleine s'agenouilla et dit :

« Pour le cardinal archevêque de Paris qui vient de mourir... »

Les gars regardèrent Pierre. Il souriait toujours; deux longues larmes, dont il ne paraissait pas s'apercevoir, encadraient ce sourire tremblant.

Quand Pierre retourna le voir à la prison, Marcel ne lui parla presque pas d'Étienne. Il ne disait plus « le gosse » mais « mon fils », et du même ton que « mon procès » : l'avocat était passé par là. « Tous les journaux du Parti donneront! Il y aura peut-être même de la bagarre... »

« Ta gueule! lui dit Pierre. Si tous les types mal logés et en chômage assommaient leurs gosses, les hôpitaux seraient trop petits. Tu n'es tout de même pas un héros, Marcel, sans blagues? »

— Et toi, tu n'y comprends rien. L'avocat est décidé à citer mon fils comme témoin de la défense. Alors, tu vois!

— N'y compte pas.

— Tu ne va pas gâcher mon procès, non?

— Tu as complètement perdu les pédales, Marcel. Tu ne m'as même pas demandé des nouvelles d'Étienne, ni de Germaine... »

L'autre baissa le nez, montra sa grosse tête mal coiffée : un enfant aux cheveux gris. Pierre détesta soudain l'avocat! tous les avocats, quelle que soit leur profession!

« Quel temps fait-il dehors ? » demanda Marcel d'une voix un peu sourde.

Pierre n'osa pas lui dire les trottoirs tièdes, les soirs interminables, le merle dans le Parc.

« Un temps de saison, répondit-il sans le regarder.

— Reviens samedi, vieux. Et tâche d'amener... un copain ! »

Ils se regardèrent en silence; tous les deux pensaient à Étienne.

En mai, l'Impasse fait ce qui lui plaît : elle ouvre grand ses fenêtres et lâche ses gosses. Si les peuples déclarent leurs guerres en été, les gosses entament les leurs dès le printemps : de mai à septembre, l'Impasse connaît l'état de siège. Luis n'est plus là pour leur crier d'aller dans le Parc, ni Ahmed pour leur allonger des gifles; mais il reste d'autres ennemis — les pavés, les chats, les parents — pour intéresser le jeu. Le Parc ? On y serait trop tranquille ! Ce n'est un champ de bataille convenable qu'au lendemain de la lessive : quand tout le linge de l'Impasse y sèche sur des ficelles tendues. Ce jour-là, on galope à travers le camp enne-mi, on fait irruption dans les tentes en écartant che-mises et caleçons, les drapeaux-torchons claquent au vent : c'est la grande bagarre ! Mais les autres jours, l'Impasse grossie de ses affluents (les rues Bar-busse, Arago et Zola) déborde de gosses. Les coups de gueule, qui les appellent pour le repas, sonnent l'ar-mistice de la petite guerre : on voit les bombardiers piquer vers la soupe, les prisonniers s'évader, et les morts ressusciter en bâillant. « Alors quoi, Dédé, tu

viens manger ? C'est pour ce soir ou pour demain ?... »
C'est pour tout de suite! Et la bombe atomique —
baaaoum... pchchch! — est abandonnée dans le coin
de la palissade jusqu'à demain.

C'est à cette heure que Pierre, de retour de la prison, traverse l'Impasse. Il voit des copains attablés;
d'autres qui ont déjà fini et fument la meilleure cigarette de la journée, assis par terre, le dos contre le mur
encore tiède, et d'autres qui n'ont pas encore commencé, mais fument aussi, pour tromper leur faim.
Jacquot, devant sa porte, répare gravement un jouet
absurde — « 'soir, vieux! » — et Alain le regarde, plus
gravement encore.

« Vous mangez avec nous, Père?

— Merci, Paulette, tout à l'heure. Étienne n'est
pas...

— Dans le Parc, avec Chantal. »

Depuis qu'il reste orphelin, Étienne couche rue
Zola et prend ses repas chez Paulette et Jacquot.
Pierre pousse la porte de la palissade et voit le garçon,
la petite Chantal et le chat de Luis assis au pied de
l'arbre dans un rond de soleil. Au Signal, les deux
visages se relèvent du même geste, et Pierre reste
saisi de leur ressemblance. Quoi d'étonnant? Il les
a, tous les deux, ramenés à la vie : ils sont ses enfants.

Le chat de Luis s'étire et bâille en montrant deux
dents pointues : lui, c'est à Henri qu'il ressemble!

Étienne, le front plissé par l'attention, lit des
papiers; puis il ferme les yeux et remue les lèvres : il
récite.

« Qu'est-ce que tu lis?

« — Des papiers que l'avocat m'a demandé d'apprendre...

— Donne-moi ça!

— Comment va papa? demande le garçon, après un instant.

— Bien. Il... il m'a demandé de tes nouvelles. »

Étienne le regarde et fait seulement « Ah? ». Pierre ne sait pas mentir.

« Paulette vous attend pour la soupe. Allez hop! tu viens dans mes bras, Chantal? »

Mais c'est à Étienne qu'elle tend les mains. Il la charge dans ses bras; elle-même tient serré le chat de Luis. Qui porte un corps trop lourd pour lui est toujours pathétique : Pierre remarque la maigreur d'Étienne et, dans sa nuque, les deux câbles fragiles tendus par l'effort.

« Étienne! Étienne!... — Non, rien... Va, je vous rejoins! »

Il se rend, à pas furieux, chez Henri, le trouve attablé devant des pommes de terre qu'il délaisse et une revue rouge qu'il dévore.

« Mange un morceau avec moi, Pierre, et puis on ira à la réunion sur l'Indochine.

— Rien que des réunions! Rien que des paroles! J'en ai marre, marre, marre!

— Qu'est-ce qui ne va pas? »

Pierre jette les papiers sur la table :

« Tu rendras ça à maître Machin et tu lui diras de bien foutre la paix à Étienne!

— Si Étienne est appelé comme témoin, il vaut mieux que...

— Il ne le sera pas. Les gosses sont déjà beaucoup trop mêlés à nos histoires ! Étienne... Chantal... assez !

— Chantal ?

— T'occupe pas !

— Ce que tu appelles « nos histoires », dit Henri en se levant, c'est notre lutte. Seulement, voilà : elle est indivisible. A partir du moment où les gosses sont aussi mal logés et bouffent aussi mal que nous, et où ils n'ont pas d'autre avenir que manœuvres à treize mille cinq cents balles, leur place est à côté de nous, Pierre !

— Leur place n'est pas au tribunal pour y voir leur père entre deux flics ! Le premier mai dernier, tous ces mômes, avec leurs pancartes, en tête du défilé de la Bastille à la Nation, ça me donnait mal au cœur !

— Tu as le cœur un peu trop fragile !

— Pour ce qui touche Étienne, oui. »

Henri lève le nez et montre déjà ses dents cruelles ; mais, parce que Pierre ne sourit plus, l'autre garde pour lui ce qu'il allait répondre.

« Écoute, reprend-il, soyons un peu réalistes : est-ce que, oui ou non, nous voulons sortir Marcel de là ?

— En sortir Marcel, oui. Y flanquer son gosse, non ! D'ailleurs, ajoute Pierre brusquement, Étienne doit partir se retaper à la campagne, le toubib l'a dit. Salut ! »

Il sort un peu trop vite et rejoint les autres chez Jacquot. Deux cuillerées de soupe en silence, et brusquement :

« Je ne suis pas repassé rue Zola !

— Vous irez tout à l'heure, Père.

— Non, quelqu'un m'y attend peut-être. Dites, je saute là-bas et je reviens... »

Oui, Suzanne l'y attend, assise sur le seuil de la maison vide; attend depuis longtemps, cela se devine à son attitude.

« Il faut rappeler Montmartre 23-12, Père, tout de suite!

— Le Père Pigalle? Est-ce qu'il a dit pourquoi je devais...

— Il faut le rappeler », répète Suzanne en rougissant; et elle se pelotonne dans le coin de la porte.

Montmartre 23-12 : Pierre apprend que le mauvais garçon, auquel le Père a enlevé Suzanne, vient de sortir de prison. Il recherche la fille : il vaudrait mieux, pour quelque temps...

« Mais vous, Père, prenez garde aussi!

— Est-ce que Rome m'inscrirait au catalogue des Martyrs? demande en riant la vieille voix, à l'autre extrémité de Paris. Bon courage! bonsoir. »

Pierre raccroche. (Sous l'appareil, il a épinglé la dernière note du téléphone : 4 710 francs. La communauté se développe, ça oui!)

Son regard rencontre, presque au sol, celui d'une bête apeurée.

Le sourire seul peut retenir un animal prêt à fuir; le sourire, la main tendue, le tutoiement :

« Dis donc, Suzanne, il y a longtemps que j'ai promis de t'envoyer à la campagne avec Étienne : cette fois, c'est décidé!... As-tu dîné? »

Ils retournent tous deux à l'Impasse, en silence. Chantal dort déjà; le nez d'Alain sombre dans son assiette. Étienne rêve, mais saute en l'air, bien éveillé, à la perspective de partir...

« A la campagne, chouette! Avec Suzanne?

— Avec Suzanne.

— Chouette! Quand ça?

— Très vite. Demain peut-être.

— Chouette! Où ça?

— Je ne sais pas encore. (Silence déçu.) Dis donc, Jacquot ça manque de vin, ce soir!

— Économies, mon vieux!

— Tu rachètes un vélo?

— Non. C'est Paulette qui fait des économies. »

Paulette retourne vivement à son fourneau : elle a si peu envie de répondre qu'on n'a pas envie de la questionner. D'ailleurs, voici Henri :

« Bon appétit, tout le monde! Tiens, salut, Suzanne!... Dis donc, Pierre, viens dehors une minute... »

Ils s'asseyent au bord du trottoir, les fesses au tiède. Henri parle droit devant lui :

« Naturellement, tu ne sais pas où envoyer Étienne à la campagne?

— Étienne et Suzanne : il faut qu'elle... prenne l'air quelque temps, elle aussi.

— Mais où ça?

— Aucune idée.

— J'ai mes parents, près d'Orléans, reprend Henri avec effort.

— Tu ne m'en as jamais parlé.

— Quel intérêt? Je vais leur écrire un mot : ils recevront le gosse comme si c'était le mien.

— Tu es chic, Henri.

— Laisse tomber ! »

Ils se lèvent et marchent sans un mot. Les voici devant le logement de Marcel et Germaine, sombre et fermé comme un caveau.

« Écoute, Henri, je... tu diras à ton avocat que je lui enlève un témoin mais que je le remplace par un autre.

— Lequel ?

— Moi. J'irai déposer au procès de Marcel.

— Dis donc, fait Henri après un silence, il faudrait peut-être que tu vois maître...

— Non merci ! Je n'ai pas besoin de papiers, moi. »

Le surlendemain, à six heures du matin, Pierre accompagne Étienne et Suzanne à la porte d'Orléans. La sœur Marie-Joseph les a conduits jusqu'au métro. Comme ils en descendaient les marches, elle les a rappelés pour embrasser Suzanne sur les joues, Étienne sur le front ; puis elle est repartie, avec son parapluie.

Étienne porte le chat de Luis dans un panier percé d'où la bête s'est déjà enfuie deux fois : place de Montrouge et avenue d'Alésia ; il a fallu faire la corrida sur les trottoirs déserts ! Suzanne est vêtue d'une sorte de tailleur à basques qui date du temps où elle faisait le trottoir et qui préoccupe Pierre.

« Il ne fallait pas vous déranger, Père !

— C'est vrai, dit Étienne, j'aurais pu faire du *stop* tout seul.

— Je t'entends d'ici ! « Est-ce que vous ne pourriez « pas nous conduire à Orléans, s'il vous plaît ? » Mais,

mon vieux, c'est toi qui rends service au gars! Tu lui
donne une occasion de faire plaisir, et les types
adorent ça! Et puis, au lieu d'être seul, il... — Tiens!
celui-ci me plaît. »

D'un geste large et d'un sourire plus large, Pierre
arrête un routier qui conduit un camion *Messageries
de Touraine* de la même couleur que son visage, ver-
millon.

« Dis donc, vieux, tu passes par Orléans ?

— Bien sûr!

— Eh bien, tu as de la veine : voilà de la compagnie
pour toi!... Montez, vous autres!... Allez, merci
hein?... Tu m'écriras, Étienne!

— Embrasse Denise! » crie Étienne en rougissant.

7 453-SM 2. Pierre regarde le numéro du camion
devenir de plus en plus petit, pareil à ces lettres
étranges que l'oculiste vous fait lire. Quand il est
indéchiffrable, Pierre se détourne vers la ville et
repart à regret.

Devant lui, des boutiques fermées, des bistrots
ouverts, et le métro qui dégorge ses bonshommes à
casquette, musette et sandales. Les bonshommes à
chapeau, cravate et serviettes dorment encore derrière
leurs persiennes de fer. Derrière lui (et dont il s'éloigne
à grands pas), des arbres, des rivières, des jardins :
le vent le lui dit... C'est de sa jeunesse pêcheuse et
braconnière que ces parfums-là viennent à sa rencontre, dans le petit matin, se risquent à toucher la
ville comme, au jeu de barres, le plus audacieux touche
les *prisonniers* pour les libérer. Elles ont rejoint Pierre,
les odeurs buissonnières, mais vont-elles le délivrer ?

C'est pourtant l'heure grise et rose où les captifs s'évadent... Le dos tourné à la liberté, Pierre rêve d'une petite maison sans étage, au milieu d'un jardin sans murs, dans un village sans usines. C'est sa tentation familière, ce village heureux!... On y connaîtrait tous les visages... Le soir, on entendrait l'angélus...

« Allons! est-ce que cela empêcherait Sagny, tous les Sagny de la terre d'exister? » Trop tard! Ce monde tranquille est condamné, ce village d'enfants et de retraités est fermé à Pierre puisque Sagny existe! D'ailleurs, à Sagny aussi on connaît tous les visages! et l'air y est plus pur qu'à la campagne, puisque l'argent n'y compte pas. Tout à l'heure, Pierre sera dans l'atelier, au milieu des copains : ce soleil heureux, qui vient de se lever et s'étire encore, des verrières crasseuses l'en sépareront; ce vent libre, qui lui parle à l'oreille et lui porte encore les odeurs simples de la campagne, le tumulte et la poussière de métal l'auront remplacé.

Pourtant Pierre se hâte vers Sagny : parce qu'à l'usine on n'a plus l'envie ou plus la force de réfléchir; parce qu'on y est moins seul. Parce qu'il est facile d'y faire son travail de prêtre : sourire, écouter, être là... Car il suffit d'être là, avec le Christ dans son cœur : les gars le sentent bien! N'importe qui, entrant dans une église peut dire si le Saint Sacrement s'y trouve ou non... Une présence dans l'usine, mais qui ne laisse personne tranquille! un arbre qui grandit tout seul! « J'ai parlé de toi à un copain de la Générale des Métaux... » Ou : « Ma belle-sœur, qui travaille à la Biscuiterie, voudrait que tu viennes manger chez eux,

un soir... » Oui, chaque jour, des victoires à l'usine :
des types qui se réconcilient, logent un copain chez
eux, partagent : qui imitent le Christ sans le connaître
encore.

Tandis que la rue Zola, Pierre n'y rentre plus sans
appréhension. Tous ces inconnus qui l'y attendent,
assis et silencieux comme chez le médecin ou le
notaire : comme dans tous les lieux où un autre va
décider de votre sort! tous ses inconnus — jamais les
mêmes, mais toujours les mêmes yeux — il les regarde
souvent avec plus de pitié que d'amour.

Et le visage de Madeleine, qui, lorsqu'elle ferme
ses yeux de lassitude, devient un masque mortuaire...
Et ces heures perdues en démarches, en recherches,
avec, certains soirs, un moindre souci d'aboutir que
de seulement perdre ces heures au service des autres :
de se justifier...

Toujours osciller entre ces deux tentations : toucher
le fond, ou s'organiser. Le travail d'organisation? —
Mais Madeleine peut le faire sans lui! mieux que lui!
Et puis, prétendre ramener les gars au Christ en les
dépannant, les logeant, leur trouvant du boulot,
c'est le métier des Œuvres! C'est ainsi que l'Église a
dérivé depuis un siècle, s'est constitué une clientèle
affamée, et sert de majordome aux riches, auxquels
elle monnaie le ciel — un placement de père de
famille! Mettre la chapelle sur le chemin du réfec-
toire... Oh! bien sûr, on ne les oblige à rien! Mais
« s'ils ne venaient pas à la messe après ce qu'on a fait
pour eux »...

Tout cela répugne à Pierre; et voici qu'il y succombe

aussi! Que va-t-il devenir, s'il poursuit dans cette voie? Un poste avancé de la paroisse? l'agent secret du curé de Sagny?... Partie perdue! Il existe déjà des *truqueurs* — la sœur Marie-Joseph le lui a dit — qui quémandent auprès des œuvres paroissiales après avoir été dépannés rue Zola, ou l'inverse! C'est fini : Pierre est *installé*. Le Christ, lui, ne s'arrêtait jamais!

La rue Zola, d'autres peuvent la maintenir; lui, devrait s'en aller, les mains aux poches, le Christ au cœur : entrer par chaque porte ouverte, frapper à chaque porte fermée, « Salut, tout le monde! » A l'heure où le jour baisse, chaque demeure est Emmaüs. Ne même pas parler! être là et sourire... Bien sûr, il vient aussi, rue Zola, des gars qui ne demandent rien, rien que le Christ. Mais que d'heures passées à les convaincre! Et comme ils font payer cher leur conversion, parce qu'ils savent bien qu'ils *intéressent* Pierre! La brebis perdue et retrouvée, qu'elle se fait lourde dans les bras! Leur complaisance irrite Pierre; et la sienne aussi : car, à la fin de leurs entretiens, chacun n'est-il pas plus satisfait de lui-même que de l'autre?

Pierre marche vers Sagny, incertain mais lucide, lucide et sans défense : depuis la mort du cardinal, il ne se sent plus protégé.

L'archevêché est resté vacant plusieurs semaines. Quand Pierre y songeait, il voyait Notre-Dame immobile, pareille à une grosse bête surprise et inquiète; et la maison blanche où le cardinal l'avait reçu, il la voyait consternée, traversée de pas feutrés, peuplée de chuchotements. A présent qu'un nouvel archevêque a été nommé, Pierre conserve la même impression, et il s'en veut.

Il vient de mettre en sécurité ses deux convalescents, Étienne et Suzanne; et il en est heureux, car il sent bien que les nuées s'amassent au-dessus de Sagny. Luis et Jean, si fragiles à leur manière, eh! bien, Pierre est presque satisfait de les savoir définitivement en sécurité... Et il songe à Madeleine avec cette sorte de remords qu'éprouve, envers son équipage, le capitaine qui n'est plus très sûr de son bâtiment.

Méfiant et noble, comme le cerf qui pressent dans l'air une menace à l'heure où les équipages ignobles s'apprêtent! Innocent et courageux, comme le cerf! Et sacrifié d'avance parce qu'il est seul, lui aussi, Pierre, oh! Pierre, dont le cœur bat...

Et il sourit — sa seule arme! — et il se hâte vers les copains, vers les plus petits, les plus pauvres : vers le Christ, passager clandestin de Sagny... « Il n'est pas de plus grand amour que de donner sa vie pour les siens! » Pierre se hâte, comme la bête menacée, vers le piège tendu là. Rien ne peut plus rien arrêter...

L'audience s'annonça par une assourdissante sonnerie, celle qui, dans les théâtres, prévient de la fin de l'entracte. Pierre et les autres poussèrent la porte capitonnée. La scène, au fond, était encore vide; la salle sentait l'homme. On avait pleuré, supplié, menti, jugé là. Il était impossible que ces murs n'en fussent pas imprégnés. Pierre se sentit inquiet; les autres essayaient de goguenarder.

« Votre casquette, leur dit un garde, ôtez votre casquette ! »

Henri serra la main de plusieurs types importants du Parti. Il y avait aussi, dans les premiers rangs, beaucoup de journalistes et de photographes qui rigolaient entre eux. Henri en était fier :

« Dis donc, tout ça, c'est pour Marcel ! »

On annonça : « Le Tribunal ! » Ils entrèrent tous les trois : un vieux qui ne regardait jamais personne, une femme qui paraissait déjà éreintée et consultait sa montre, un jeune aux yeux très noirs. Pierre les regarda et leur fit confiance. Ce fut, pour lui, l'instant d'espoir, le douzième coup de Noël, le soleil de Pâques : les Juges venaient d'entrer... Enfin, des hommes ! En face des cars de la police, des pierres de la prison, des papiers de l'avocat — des hommes se dressaient enfin, avec des yeux qu'on pouvait regarder, une voix qu'on pouvait entendre, un cœur qui battait comme le nôtre. Pierre vit encore un magistrat en noir, assis sur le côté, derrière une vitre épaisse, et qui promenait sur le public un regard impérieux.

« Le procureur de la République, souffla Henri. Tu parles d'une vache ! »

Personne ne disait rien. On portait hâtivement des dossiers de l'un à l'autre. Tout était noir et blanc, et muet, comme au cinéma d'autrefois. Mais, sur un signe du président, les gardes entrèrent, entourant le premier inculpé. Ils étaient trois pour lui seul : rougeauds, la chair à fleur de peau; lui, maigre et gris. Trois

contre un! Allons, cela se situait donc entre la course
de taureaux et la chasse à courre. Le gibier, ici, avait
une pauvre gueule. Mais les gardes, vêtus du même
costume fripé, sans képi, sans cravate, gris de
honte et de solitude, les gardes auraient eu une sale
gueule.

« Vous vous appelez...? Vous êtes né...? Le 13
avril, à Montreuil, vous avez volé...? »

Pierre remarqua que le président interrogeait
l'homme sans le regarder. Il reprit peur: son ventre
lui fit mal de nouveau. « Que se passe-t-il? » Il aurait
voulu pouvoir parler au président, lui dire : « Mais
regardez-le! c'est un pauvre type, un brave type... »

« Vous reconnaissez les faits? »

— Oui », répondit l'homme dans un souffle, et il
baissa la tête.

Les faits, son avocate les exposa en bredouillant.
Elle avait mauvaise vue, elle n'avait pas de talent,
et le tribunal paraissait si pressé... Et puis, elle n'était
pas payée pour ça! La preuve, c'est qu'elle disait
« mon client » : si son client l'avait payée, elle aurait
dit « nous ».

« Mon client a volé une bicyclette, c'est vrai. Mais
le Tribunal tiendra compte des circonstances. Mon
client sortait de l'hôpital. Il se trouvait, vous le savez,
dans des conditions familiales douloureuses... Chômeur... Il a volé cette bicyclette afin de trouver plus
facilement du travail... C'est la première fois...

— Trois mois! »

Le président avait échangé un coup d'œil avec le
procureur, un froncement de sourcils avec ses assesseurs

et, d'une voix sans passion, sans animosité, d'une voix
parfaitement indifférente et sûre d'elle :

« Trois mois ! »

Pierre sursauta et interrogea Henri à voix basse :
« Qu'est-ce qu'il veut dire ?

— Trois mois de prison.

— Ça n'est pas possible ! Le gars était chômeur, on
le leur a dit ! Il faut...

— Laisser tomber !

— Mais alors... Marcel ? Marcel est foutu ?

— Foutu ! dit Henri en enfonçant ses mains dans
ses poches.

— Non, reprit Pierre après un instant. Que ton
avocat la boucle : nous saurons leur expliquer,
nous ! »

Déjà le greffier appelait impatiemment une autre
affaire. L'avocate plia bagage, fit un geste d'impuissance à l'adresse de « mon client » et courut vers une
autre audience.

On appela dans la salle « les témoins de la défense
dans l'affaire Rougier ». Rougier ? — Mais... mais
c'était Marcel ? Cette fois la machine était en marche,
il n'y avait plus qu'à serrer les dents.

Un garde les conduisit dans une pièce mal éclairée.
Au-dessus des banquettes, les dos avaient laissé une
marque sale sur le mur gris. Ils s'assirent là ; aucun
d'eux n'avait envie de parler. Les bruits de l'audience,
les répliques de l'interrogatoire ne leur parvenaient
qu'entre deux battements de porte. Pourtant, la voix
aiguë du procureur leur arrivait par lambeaux,
pareille à celle d'un acteur qu'on entend des coulisses.

Ils s'approchèrent de la porte marquée *Salle d'audience* et prêtèrent l'oreille.

« Dites, ça n'est pas régulier! fit le garde en se levant.

— Et vous croyez que c'est régulier que le procureur parle autant pendant l'interrogatoire? demanda Henri.

— Après tout... » reprit l'autre avec un geste qui signifiait « Je m'en fous! ».

Ils retinrent leur souffle pour entendre l'homme en noir, le seul dont les phrases leur parvinssent. Ils devinaient ses gestes, ses jeux de manches; ils imaginaient la tête de Marcel et de Germaine, au milieu des trois gardes, sous les yeux du public. Les photographes devaient guetter l'instant, tels des insectes mangeurs d'insectes, pour prendre leurs instantanés, toujours faux.

« ... Indignité paternelle caractérisée... ne venez pas nous parler de logement insuffisant... la « condition ouvrière » n'est pas un alibi... pauvre petite victime, sans doute encore à l'hôpital... »

« Mais, dit Pierre, il sait très bien qu'Étienne...

— Naturellement! »

« ... si le tribunal se transportait devant le lit où souffre, nuit et jour, ce petit enfant à jamais fragile... »

Pierre sortit de sa poche une carte reçue d'Étienne, le matin même : *... On rigole bien. Ne le dis pas à Denise. J'ai jamais tant mangé : ici on met du beurre sur la table. Embrasse maman et papa...*

« Tu vois, dit Henri, si le gosse avait déposé, ça

lui aurait coupé le sifflet à l'autre guignol!... Tiens,
c'est le tour de Germaine... »

« ... Qui oserait encore vous appeler une mère...
l'enfance innocente qui vous tendait les mains... qui
crie justice contre ses bourreaux... »

« Ce con de Marcel doit être en train de pleurer,
dit Henri. Il doit trouver que l'autre parle bien!

— Il parle bien! fit le garde qui écoutait aussi.

— Oui, mais il n'y croit pas », dit Pierre.

La voix se tut. Ils imaginèrent l'accusateur se
rasseyant dans un fouillis d'étoffe noire, rajustant ses
manches, promenant sur le public son regard pro-
vocant. Presque aussitôt, on vint chercher « le premier
témoin », Henri. Pierre se mit à marcher dans la
pièce : il ne pouvait tenir en place; son cœur battant,
son ventre tenaillé, ses mains moites — tout aurait
fait penser qu'il était l'accusé. Il s'arrêta devant le
garde :

« Toi aussi, tu crois que mon copain Marcel est un
salaud?

— C'est à eux de décider.

— Mais tu en sais autant qu'eux!

— Plus! dit le garde en baissant la voix : mon père
me battait quand il était soûl, et il se soûlait chaque
fois que ma mère cavalait...

— Eh bien, c'était un salaud?

— Non mais sans blagues? fit le garde furieux.

— C'est pourtant ce que l'autre vient de dire de
mon copain Marcel, et tu trouves qu'il parle bien! »

A ce moment, la voix du procureur leur parvint,
violente :

« Non, maître, non! ce n'est pas un procès politique !

— Voilà l'avocat qui s'en mêle, dit le garde.

— Il va tout gâcher ! »

La porte s'ouvrit et le greffier parut :

« Le second témoin de la défense ! »

Pierre le suivit dans le corridor; l'odeur, la chaleur,
la rumeur s'approchaient de lui à chaque pas. En
pénétrant dans la salle, il ne vit d'abord que les yeux
de Marcel et de Germaine, leur regard étroit et fixe
attaché sur lui. C'est que lui-même, avant d'entrer,
regardait dans leur direction. Pierre leur fit un sourire, un clin d'œil, et ses lèvres formèrent : « T'en
fais pas ! »

« ... la main droite, dites : « Je le jure ! »

— Je le jure », dit Pierre.

Il regardait les juges avec gêne et curiosité : comme
s'il se fût trouvé, nez à nez, avec des comédiens vus,
la veille encore, sur une scène.

« Veuillez nous dire *avec précision*, fit le président en paraissant ne soulever sa manche qu'au prix
d'un immense effort, ce que vous savez de l'inculpé. »

Au ton de la voix, à l'air las et méfiant des juges,
Pierre comprit que le témoignage d'Henri avait dû
être maladroit. Lui-même n'avait rien préparé. « Ne
vous mettez pas en peine de ce que vous répondrez
car l'Esprit, alors, vous le dictera... » Il eut pourtant
un instant de panique.

« Eh bien ? dit le président surpris de ne pas l'entendre débiter son couplet à son tour.

— Je connais bien Marcel et Germaine, commença Pierre lentement, et leur petit Étienne aussi. Marcel travaille... enfin, travaillait...

— Puis-je, interrompit le procureur sans regarder Pierre, faire remarquer au second témoin de la défense que le premier témoin nous a déjà fourni toutes sortes de détails sur la situation et le logement de l'inculpé ? »

L'avocat se dressa comme une marionnette :

« Les témoins de la défense ont-ils ou non le droit à la parole ? »

La manche du procureur s'envola lourdement, tel un oiseau de nuit.

« Continuez, dit le président à Pierre avec lassitude.

— Des détails, reprit Pierre comme s'il se parlait à lui-même, on ne vous apporte que des détails... Mais comment pourriez-vous savoir, monsieur le président ? Moi-même, avant d'arriver à Sagny, je ne savais pas. La nuit de mon arrivée, un petit enfant est mort à l'hôpital : les rats lui avaient dévoré la tête... »

Les journalistes prirent des notes, les photographes se levèrent et commencèrent à guetter Pierre.

« Je vois, dit le procureur en souriant, que messieurs les journalistes apprécient les détails... pittoresques ! Mais je doute que le tribunal...

— Pittoresque ? reprit Pierre en se tournant vers lui. La mort est souvent pittoresque, surtout celle des autres..: Monsieur le président, cela se passait dans le logement qui fait face à celui de... de l'inculpé. Le

petit enfant est mort, mais les rats sont toujours là.
Mon meilleur copain — il s'appelait Jean — s'est tué,
le mois dernier, en s'ouvrant les veines. C'est très
salissant, mais il n'avait pas le choix des moyens :
pour se suicider au gaz, il faut avoir le gaz; et pour
acheter une arme ou des cachets, il faut de l'argent.
Jean n'avait pas d'argent : il était chômeur, comme
Marcel — comme l'inculpé. Monsieur le président,
vous ne saurez jamais ce que c'est que d'être chômeur.
Pour un homme, ne pas avoir de travail; pour une
femme ne pas avoir d'enfant... (Il vit les yeux de la
femme-assesseur se fixer sur lui), je crois qu'on peut
en crever. Pas de travail : l'usine avait renvoyé Jean
et Marcel et huit autres, à la suite d'une manifestation, à la suite de la grève : voyez, tout s'enchaîne!
Et la grève avait eu lieu...

— Le Tribunal ne s'occupe pas de politique! coupa
le procureur.

— Moi non plus, monsieur le procureur! et Jean
non plus! et mon ami Luis non plus, qui a été tué par
la police pendant la manifestation. Il avait été chassé
du Parti communiste et il ne se mêlait plus de politique. Mais nous avons fait grève et nous avons mani-
festé parce qu'on ne peut pas vivre avec treize mille
francs par mois. Cela n'est pas un argument, je le
sais! C'est un fait. Les cardinaux et archevêques de
France...

— Nous savons! dit le procureur en se levant. Mais
ce que le Tribunal ne sait pas et que, pour l'honneur
de l'Église, j'aurais aimé cacher au Tribunal et à la
Presse, c'est que le témoin, qui vient de faire le procès

des gardiens de l'ordre et l'apologie des manifestations, de la grève et du suicide est un prêtre! Le témoin est prêtre-ouvrier à Sagny... »

Il prit le Ciel à témoin — comme si, dans aucun procès depuis celui du Christ, le Ciel pouvait être du côté du procureur! — puis il se rassit et regarda la salle. Mais personne ne lui rendit son regard : tous dévisageaient Pierre. Ils le virent serrer la barre de ses deux mains comme un homme prêt à tomber, puis relever lentement la tête. Il se fit un tel silence qu'on y entendit, dans le box des accusés, Marcel murmurer : « Fallait pas, Pierre!... »

« Oui, reprit Pierre très lentement, je suis prêtre-ouvrier; mais je ne vois pas en quoi cela rend suspect mon témoignage. Jusqu'ici, je vous ai parlé comme un ouvrier que je suis; à présent, je voudrais vous parler comme un prêtre que je suis. Un jour, un homme a comparu devant des juges, et ils l'ont laissé condamner à mort, et il était le Christ. Depuis cette heure-là, je pense que pas un seul juge dans le monde ne se lève pour prononcer une sentence sans être saisi d'un grand tremblement...

— Le témoin donne des leçons au Tribunal? interrompit le procureur.

— Laissez parler le témoin, voulez-vous? » dit le jeune assesseur d'un ton dur.

Pierre le regarda et lut, dans ces yeux si noirs, une sorte de tutoiement.

« Qui donnerait des leçons à quiconque? poursuivit-il. « Ne jugez pas, et vous ne serez pas jugés! » Il faut bien du courage pour affronter ce choix et pour

oser condamner. Je vous fais confiance... Je vous fais
confiance, répéta-t-il d'une voix forte. Je vous demande
seulement d'imaginer, de toutes vos forces, ce qu'est
la vie, ce que peut être le désespoir d'un homme qu'on
a privé injustement de son travail, qui n'en retrouve
nulle part, qui n'a plus du tout d'argent, et qui vit
dans une seule pièce malsaine avec sa femme et un
enfant dont les cauchemars le réveillent en sursaut
dix fois dans une nuit. Voici cet homme. (Il désigna
Marcel.) Mais il y en a des milliers, des centaines de
milliers d'autres, à votre porte, qui croient aussi que
jamais ils ne pourront en sortir, et qui boivent, ou qui
se tuent — ou qui volent un vélo », ajouta-t-il à voix
basse.

Il vit le jeune juge tressaillir. Il ne parlait plus que
pour lui, que pour être entendu de celui-là. Il savait
que Marcel était condamné : que le président empor-
terait la sentence. Mais il savait aussi qu'un jour le
vieux juge serait remplacé par le jeune, comme le curé
de Sagny le serait par l'abbé Gérard. Non, il ne parlait pas dans le désert!

Il sortit de sa poche la carte d'Étienne et dit :

« Je n'ai... je n'ai rien d'autre à déclarer. Le petit
m'a écrit ce matin : il se porte bien. Il vous embrasse,
tous les deux », ajouta-t-il à mi-voix en se tournant
vers le box.

Il se demanda pourquoi ils pleuraient, tous les
deux. Il s'inclina devant le président qui le fixait,
la bouche ouverte, et se dirigea vers le fond de la
salle sans s'apercevoir qu'une meute de journalistes
et de photographes le suivait. Il se retourna et leur

fit face. « Votre nom exact, monsieur l'abbé ?... Ne bougez pas s'il vous plaît ?... Dans quelle entreprise travaillez-vous ?.... De qui dépendez-vous exactement ?... » Pierre souriait sans répondre.

« Si vous voulez parler; allez dehors ! » dit un garde.

Le procureur de la République débita un réquisitoire préparé d'avance et dont l'éloquence parut tout à fait théâtrale.

Puis l'avocat de Marcel prit la parole avec embarras. Ses phrases semblèrent parfaitement creuses, personne ne l'écoutait; lui-même passait des pages, s'embrouilla deux fois, courut à la péroraison, la rata, et conclut platement en s'en remettant à l'indulgence du Tribunal. Les juges sortirent afin de délibérer. Les types importants du Parti entourèrent l'avocat qui fit de grands gestes d'impuissance. Henri se tenait à l'écart et les écoutait.

Les journalistes avaient entraîné Pierre dehors et se partageaient, comme des chiens d'équipage, ses réponses prudentes.

« Mon copain est foutu, n'est-ce pas ? » leur demanda-t-il à son tour.

Ils firent silence : leur métier était d'interroger, pas de répondre. Pourtant le plus vieux, qui était bossu, s'approcha de Pierre, posa sa main sur son bras et dit :

« Votre ami sera acquitté à cause de votre déposition et malgré la plaidoirie de son avocat.

— Mais le président...

— Son assesseur est pour vous, et... vous avez vu

ses décorations? Le Président a pas mal à se faire
pardonner pour les années 40-45 : il sera obligé de
suivre son assesseur. Ne vous en faites donc pas pour
votre ami; mais l'avocat se fera donner sur les doigts
par le Parti : c'est un procès raté!

— Ça, dit Pierre, je m'en fous drôlement! »

Les autres notèrent.

La délibération fut longue. Enfin, les trois juges
prirent place de nouveau et le président énonça le
jugement d'une voix maussade : un mois de prison
avec sursis pour le sieur Rougier; la femme Rougier
était acquittée. Le procureur fit mine de ne pas entendre. Marcel tourna vers l'avocat un visage inter-
rogateur. « Libre! » lui cria l'autre de son banc; il
paraissait perplexe et rangeait ses papiers assez ner-
veusement. Quand Marcel, rayonnant, vint le remercier :

« Moi? fit-il, mais pourquoi?... Ah oui! »

Le chef des informations prit la feuille de nouvelles
que le téléscripteur venait d'imprimer, la parcourut,
releva ses lunettes sur son front pour mieux lire l'une
d'entre elles, et se rendit dans le bureau du rédacteur
en chef.

« Il faut passer le procès de Sagny à la une, trois
colonnes, avec photo!

— Le truc du prêtre-ouvrier? A la quatre, vieux,
ça suffira. Pourquoi veux-tu...

— Lis ça! On va titrer sur les deux histoires...

— ... soixante ans... assassiné, aujourd'hui, boule-

vard de Clichy... coup de couteau dans le dos... —
Quel rapport?

— C'était aussi un prêtre de la Mission de Paris,
mais qui sauvait les putains, lui! On l'appelait le
Père Pigalle. »

XI

IL Y A PLUSIEURS DEMEURES
DANS LA MAISON DE MON PÈRE

QUAND Pierre apprit, par un appel téléphonique de
la Mission, que l'archevêque voulait le voir d'urgence,
il éprouva une sorte de soulagement désespéré : celui
de l'homme auquel on fixe enfin la date très proche
d'une opération grave.

Il posa l'écouteur, se retourna, et vit Madeleine
debout contre la porte, le regard baissé.

« Oui, lui dit-il, l'archevêque. J'irai demain samedi.

— Peut-être, répondit-elle avec effort, avez-vous...
avons-nous été imprudents ?

— J'ai dû être imprudent, oui. Mais (il retrouva son
sourire) l'imprudence, c'est comme d'attraper froid :
on ne s'en aperçoit qu'après coup, toujours trop tard !...
A la comptabilité de la boîte, reprit-il, j'ai vu une
machine à calculer formidable : le type appuie sur
des touches, sans réfléchir, pendant cinq minutes; à
la fin, il presse un bouton, ça fait *ding* et il lit le total
dont il n'avait aucune idée. Quelquefois, c'est néga-

tif... Moi aussi, à tout moment, j'ai appuyé sans réfléchir sur la touche qui me paraissait la bonne...

— L'imprudence, l'imprudence! mais le Christ n'a
pas cessé d'en donner l'exemple!

— Justement, voilà la leçon : il faut bien comprendre que nous ne sommes pas le Christ.

— Mais si l'archevêque vous donne l'ordre de...

— J'obéirai, Madeleine, de toute façon! Ce doit
être bien reposant d'obéir », ajouta-t-il après un instant.

Pierre s'empêcha de penser à cette entrevue; il n'y
a que les innocents qui ne préparent pas leur interrogatoire.

En se rendant à l'archevêché, son corps le trahissait
moins qu'une semaine plus tôt, lorsqu'il allait vers
le tribunal. Depuis le temps qu'il assumait les autres,
il lui semblait « reposant » de n'avoir à répondre,
cette fois, que de lui. Il redoutait seulement, sur son
chemin, toute ressemblance avec sa première visite
là-bas. Le même parcours de métro... le même débouché aveuglant sur cette place écrasée de soleil...
le même mur ébloui — *Défense d'afficher* — qu'il fallait longer jusqu'à l'ombre... Cette similitude inévitable lui parut très cruelle, « triviale », comme disait
Luis. Pourtant, les arbres des jardins avaient déjà
vieilli depuis l'autre visite; ce juin torride les accablait.
L'été est une Belle au Bois dormant, mais qui se fane
durant son sommeil.

Lorsque après avoir remonté la rue ensommeillée où
il suivait son ombre, Pierre aperçut la maison blanche,

il la considéra avec tendresse et méfiance, pareil à
celui qui rôde autour de l'ancienne demeure de famille qu'un étranger habite à présent. Comme lui,
il y guettait avec une curiosité craintive le moindre
détail nouveau. Deux pots de fleurs rouges contre la
façade blanche le blessèrent.

On le fit entrer dans le secrétariat où M. Dutuy les
avait reçus. Rien n'y avait changé, semblait-il, et
pourtant... Comme il parcourait du regard les murs
de la pièce, il reçut un choc : le dernier des portraits
était celui du cardinal; parfaitement ressemblant,
avec son sourire que démentait un regard angoissé.
Pierre ne pouvait détacher le sien de ces yeux bleus,
comme ces malades qui ne peuvent détourner leur
visage de la fenêtre.

Il craignait, à tout moment, de voir la silhouette
du nouvel archevêque se montrer là même où lui
était apparu, pour la première fois, le cardinal. « Non !
son secrétaire viendra d'abord... » pensa-t-il, et il
essaya d'imaginer cet inconnu. Entre un chef et le
secrétaire qu'il s'est choisi, il existe souvent une sub-
tile ressemblance, comme entre maître et chien.

L'abbé-secrétaire entra. Il était jeune et se tenait
très droit; son regard noir rappelait à Pierre quelqu'un
d'autre...

« Le Père Pierre ?

— Oui. (Le regard du jeune juge...)

— Monseigneur vous attend. »

De l'archevêque, assis derrière sa table de travail,
Pierre ne vit d'abord que la carrure noire qui lui
barrait le jour de la fenêtre puis — comme il se levait

pour venir à sa rencontre — le large visage, le front
très vaste, les lunettes épaisses derrière lesquelles on
pouvait à peine capter le regard. « Bonjour, Père! »
Il lui fit signe de s'asseoir (la main était forte, le geste
impérieux) et s'assit lui-même, en face de Pierre, sur
un siège de visiteur. Le secrétaire s'était retiré. L'archevêque resta longtemps silencieux. Il regardait
Pierre avec une singulière expression de sympathie
et de lassitude. Brusquement il retira ses lunettes;
Pierre vit enfin ses yeux et put sourire. Des yeux couleur d'automne, avec un feu vivant qui brillait au
fond.

« J'aimais beaucoup le cardinal, dit soudain l'archevêque, beaucoup!... Vous aussi, je le sais. Mais
pour d'autres raisons que les miennes, sans doute,
ou d'une autre manière... Pourquoi l'on aime? et
comment aimer? reprit-il à mi-voix, voilà le grand
malentendu...

— Oui, Monseigneur.

— Même quand il s'agit de Dieu, Père! même
quand il s'agit des âmes... »

Pierre se décida :

« Monseigneur, allons vite où nous devons aller!
Ma façon de... d'aimer les âmes ne vous convient-
elle pas?

— Non, mon petit. »

Il se leva et marcha vers la fenêtre. Pierre vit sa
nuque épaisse, ce dos puissant; il se rappela Jean,
Étienne, Luis, Madeleine : tous ses amis étaient fragiles... Parvenu à la fenêtre, l'archevêque se retourna;
il eut un geste brutal de la main.

« J'écarte, dit-il (sa voix gardait les traces d'un
accent rocailleux dont on sentait qu'il l'avait maîtrisé),
j'écarte certains réquisitoires dressés contre vous et
qui se retournent contre leurs auteurs. Je me méfie
déjà des avocats, mais les avocats-généraux, je les
méprise! Sachez bien, Père, qu'il n'y a que vous et
moi dans cette pièce... (« Et Dieu », pensa Pierre.)
Que vous et moi, face à face! Si ce que je vais avancer
est inexact, dites-le, moi.

— Merci, Monseigneur.

— Je ne connais pas Sagny; mais j'ai connu d'autres
Sagny : je puis imaginer votre vie.

— Non, Monseigneur.

— Mais...

— Une vie de prêtre, à Sagny, vous pouvez l'imaginer; une vie d'ouvrier, je ne le crois pas.

— Mais vous êtes prêtre, *d'abord!* »

Pierre ne répondit pas. L'archevêque s'était rap-
proché; Pierre tendit ses mains vers lui :

« Regardez, Monseigneur, je suis devenu tout en
mains...

— Nous y voici », fit l'autre d'une voix sourde.
Puis après un silence : « Est-il exact que vous vous
absteniez de votre messe certains jours?

— Il m'est arrivé de m'en priver pour indignité.

— Depuis quand ne vous êtes-vous pas confessé?

— Je ne sais pas, Monseigneur. Longtemps.

— Est-ce de propos délibéré?

— Absolument pas.

— Vous vous sentiez donc en état de grâce?

— Dans une grande paix... Et pourtant dans une

angoisse presque permanente, mais pas à mon sujet.

— Je suis obligé de vous demander des comptes,
Père! reprit l'archevêque. Voici, d'une part, bien des...
scandales : votre présence à des réunions politiques
où vous prenez la parole; une descente de police dans
votre communauté, au soir d'une manifestation; le
suicide d'un de vos catéchumènes; votre témoignage
favorable à l'accusé, au procès d'un bourreau d'enfants, et l'utilisation que la presse en a faite... L'assas-
sinat du malheureux Père Bardet clôt cette liste mais
il ouvre, hélas! le débat *public*... Voilà ce que je suis
obligé d'inscrire au passif, Père. Maintenant dites-
moi l'actif...

— M. le curé de Sagny m'a déjà fait remarquer
que, si je n'avais pas converti Jean, son suicide n'aurait
été qu'un fait divers! C'est certain mais, Monseigneur...
où est ma faute en ceci? Et le soir où la police est venue
chercher Luis mourant, dans la maison même où je
disais la messe, où est ma faute? Et si vous aviez
vécu à Sagny, Monseigneur, vous auriez déposé au
procès de Marcel.

— Vous saviez très bien, Père, qu'on voulait en
faire un procès politique.

— C'est cela qu'il fallait empêcher.

— Vous y êtes parvenu, mais à quel prix!

— Je n'engageais que moi, Monseigneur.

— Allons! aux yeux de la presse et du public, un
prêtre engage l'Église entière.

— J'espère que non, Monseigneur! dit Pierre très
fermement. Vous rougiriez d'apprendre ce que beaucoup de prêtres pensent et disent de la Société où

nous vivons, des privilèges des riches, et de la lutte
de la classe ouvrière pour sa libération.

— Nous y voici, répéta l'archevêque. Savez-vous
que l'on vous dit communiste, Père ?

— Vous, Monseigneur, le croyez-vous ?

— Non. Mais je vous trouve imprudent. »

Pierre pensa à Madeleine, au Christ, et baissa la
tête. Après un moment, il reprit à mi-voix :

« Entrer dans la lutte, du côté des Petits, des Humi-
liés... Aller jusqu'au bout, sans penser à soi... C'est
ce qu'Il a fait, ce qu'Il ferait aujourd'hui... C'est
parce qu'Il troublait l'ordre établi, qu'on L'a crucifié : pour des raisons... politiques ! (Il se tut.) Ah !
comment vous expliquer ? Comment me justifier ?

— Non pas vous justifier, Père : j'ai confiance en
vous.

— Alors croyez-moi, Monseigneur : quand on a
faim et soif de justice, on ne peut pas adopter, à
Sagny, une autre attitude que la nôtre. Si je ne
m'étais pas durci, si je n'avais pas combattu à
leurs côtés pour leur juste libération, où serait mon
influence ? »

L'archevêque posa sa lourde main sur son épaule :

« Où est votre influence ? »

Pierre le regarda en face et comprit qu'il était perdu.
« Ma vie contre celle d'Étienne... Tout ce que j'ai
entrepris, je vous l'abandonne en échange de la vie
d'Étienne... » Cette fois, c'était le règlement définitif :
il fallait payer. Il tenta pourtant de lutter.

« Je ne comprends pas bien, Monseigneur.

— Combien de baptêmes, mon petit ? de communions ? de mariages ? d'assistances à la messe, combien ?

— Très peu, en effet. Mais une fraternité, un désintéressement, un amour grandissant. C'est l'Évangile vécu, Monseigneur ! Le reste viendra plus tard. Si vous viviez parmi nous, seulement quelques jours : dans les usines, les cantines, les hôtels meublés, les meetings même... ah ! Monseigneur, le quartier bouge, je vous le jure !... Si je ne les en retenais pas, les gars seraient en train de construire une chapelle, dans un terrain vague, près de mon logement !

— Et quand la chapelle serait construite, ils nommeraient prêtre, un jour, l'un des leurs par acclamations, n'est-ce pas ?

— Comme dans l'Église primitive, murmura Pierre.

— Nous ne sommes plus l'Église primitive, dit fermement l'archevêque en se levant : nous sommes l'Église catholique romaine.

— Et apostolique...

— Catholique et apostolique romaine. Notre force réside dans l'unité et dans l'obéissance.

— Notre force réside dans le Christ ; et notre seule raison d'être : répandre son amour et son exemple !

— C'est son exemple que j'invoque : « Il se fit obéissant jusqu'à la mort... », rappelez-vous ! Le grand piège, Père, c'est le désordre. N'êtes-vous pas en chemin d'y succomber ?

— Pour nous, dit Pierre, le grand piège est l'excès d'ordre, l'organisation.

— Que voulez-vous dire ?

— Ceci, Monseigneur, dont je suis sûr, à présent,

en ce qui concerne Sagny et moi-même : pas de cons-
tructions, pas de maisons de repos, pas d'épiceries
communautaires! Ces activités faussent aux yeux de
tous, et d'abord aux nôtres, le sens de notre... mission
— non, c'est un mot que je n'aime pas! — de notre
présence. C'est se tromper d'efficacité, c'est risquer de
se satisfaire avant d'avoir commencé le vrai travail;
c'est perdre, à agir, un temps qu'il faut consacrer à...
être!

— Et à prier.

— C'est la même chose!... Nous ne devons pas
devenir, volontairement, une annexe des services so-
ciaux de la mairie ou des œuvres paroissiales. De
cela, je suis sûr, à présent...

— Et la chapelle que vos amis veulent construire
ne serait-elle pas une annexe de l'église du quartier?
Mais l'église est loin d'être remplie!

— Ils n'iront pas dans cette église, Monseigneur!
ils n'iront pas...

— N'est-ce pas vous que cette parole accuse? demanda l'archevêque d'une voix dure (mais la flamme
d'arrière-saison brillait dans ses yeux).

— Moi et M. le curé de Sagny, je crois, dit Pierre.

— Et moi aussi, ajouta l'archevêque. Tous solidaires! tous solidaires, Dieu merci... »

Il marcha dans la pièce, d'un pas lourd ou las; puis,
se rasseyant :

« Il ne faut pas que cette chapelle soit construite
avant que l'église du quartier déborde, Père. »

Pour la seconde fois, Pierre rassembla son courage
et demanda d'une voix un peu altérée :

« Mais suis-je toujours responsable de ce quartier, Monseigneur ?

— Non, mon petit. »

Entre la question et la réponse, il y avait eu le temps d'un battement de cœur, d'un battement de cœur que Pierre n'oublierait jamais. L'archevêque voulut atténuer ce coup : « ... confiance en vous... plus tard, sans doute... geste nécessaire... votre intérêt même... » — Inutile ! Pierre n'entendait rien. Comme un homme qui déboule un ravin, il tentait, de plus en plus désespérément, de se raccrocher à quelqu'un, quelque chose, quoi que ce fût, que le *non* de l'archevêque ne lui retirât pas ! Rien ne lui restait... Sa vie entière, il l'avait placée dans cela qui lui était ôté. Mais, au fond de l'abîme, il trouva le Christ qui lui tendait les bras, et il ne pensa plus à lui-même.

L'archevêque, tandis qu'il parlait dans le vide, vit seulement Pierre passer lentement le dos de sa main sur son front, puis lever sur lui un regard exigeant :

« Et eux, Monseigneur ?

— Comment cela ?

— C'est moi que vous blâmez, que vous arrêtez ; ce n'est pas la tâche entreprise, n'est-ce pas ?

— Certainement pas. J'ai demandé à la Mission de Paris un autre prêtre qui travaille en usine depuis quelques mois. Vous le connaissez, d'ailleurs : l'abbé Levasseur...

— Gérard ? » dit Pierre à mi-voix ; et il répéta, comme pour y mieux croire : « Le Père Gérard... Oh ! merci, Monseigneur ! Mais M. le curé de Sagny... ?

— Nous n'avons fait ce choix qu'avec son assen-

timent, et même sur sa recommandation. M. le curé
de Sagny vous estime beaucoup! ajouta très vite l'archevêque comme s'il avait deviné que cette consul-
tation, qu'il venait de lui révéler, blessait Pierre. Mais
il pense que M. Levasseur saura réconcilier la paroisse
et la communauté.

— Désirez-vous, ou permettez-vous que je le rencontre, Monseigneur?

— Je crois que non, mon petit, dit l'archevêque
avec une grande douceur, car cette parole était la
plus dure qu'il eût prononcée. Mais demandez aux
vôtres de l'accueillir comme un autre vous-même.

— Je vous avais apporté le plan de la chapelle,
tel que les gars l'ont établi », fit Pierre après un silence; et il sortit, de la poche de son blouson, une
liasse de papiers transparents. « Voudrez-vous le remettre au Père Gérard, avec mon amitié?

— Il m'a dit de vous : « Je dois tout à son amitié! »
Je lui remettrai donc ce plan comme un souvenir
de vous...

— Certainement pas, Monseigneur : comme un but
à atteindre.

— L'abbé Lev... le Père Gérard trouve notre décision à votre sujet imméritée et néfaste, et il me l'a dit.

— Pas « néfaste », puisque c'est lui qui me remplace! Et « imméritée » n'est pas un mot chrétien... »

Il voulut se lever, l'archevêque le retint :

« Vous ne me demandez pas ce que vous allez devenir?

— C'est vrai.

— Tel que je vous espérais, vous êtes tel que je

vous espérais, Père! dit l'archevêque d'une voix très
forte. Le cardinal ne s'était pas trompé... — Il marcha en silence. — Ah! Je ne sais que penser, reprit-il
à mi-voix. Qu'est-ce que la Prudence?...

— Monseigneur, demanda Pierre, gêné, que vais-je
devenir?

— J'avais prévu, avec vos supérieurs, qu'avant
de nous revenir, une retraite dans un couvent de votre
choix... — Mais nous vous faisons confiance, Père!
Vous agirez comme il vous semblera bon. Je vous
éloigne seulement de Sagny, et pour des raisons tout
à fait matérielles. Et... »

Son regard finissait la phrase : « ...et j'ai peut-être
tort. »

Pierre parla très vite :

« Il y a un couvent près de Lille. (Il nomma
celui où Dom Bernard s'était retiré.) Me permettez-
vous...?

— Je vous fais confiance, répéta l'archevêque. Le
Père Gérard sera après-demain lundi à Sagny.

— Et moi je serai là-bas demain soir », dit Pierre
en se levant.

Il manqua retomber assis : ses jambes, un instant,
avaient refusé de le porter. C'était, avec l'hôpital et
le tribunal, la troisième fois que son corps le trahissait. Mais l'archevêque n'en vit rien; il s'était campé
devant la fenêtre, les mains dans le dos. Pierre regarda encore cette nuque, ces deux poings : chacun
des Douze devait être un homme de cette sorte.

« Non! non! fit l'archevêque sans se retourner,
c'était risquer votre perte! Non, je ne devais pas vous

laisser·à Sagny !... Je ne laisserai pas se perdre un seul
des miens : c'est·la dernière volonté du cardinal...

— Le cardinal... ? »

L'archevêque se retourna, revint vers Pierre :

« Peut-être n'avez-vous pas su sa dernière parole,
devant tous ses prêtres : « Que pas un seul de ces
petits ne se perde ! »

— Il ne pensait pas à ses prêtres, Monseigneur ! Il
pensait à toutes ces âmes auxquelles nous devons donner le Christ : il pensait à tous les Sagny de son diocèse.

— Le croyez-vous vraiment ?

— Tout le reste, je le crois ; mais cela, je le
sais. »

L'archevêque demeurait interdit. Après un long
moment, Pierre s'approcha de lui et baisa l'anneau
pour prendre congé.

La main épaisse et impérieuse le retint :

« Restez, mon petit. J'avais décidé... je voudrais
que vous m'entendiez en confession. »

Sur le chemin de la rue Zola, Pierre entra dans
l'église de Sagny où il n'était jamais venu que pour
les funérailles de Luis et celles de Jean. Il s'assit sur
une chaise, tout au fond, enfouit son visage dans ses
mains, cala ses coudes sur ses genoux et demeura
ainsi plus d'une heure sans penser, sans former de
paroles : ni projets ni souvenirs. Être là... Une fois
de plus, c'était la seule prière dont il fût capable. Avec
son immense front de plâtre, ses yeux si creux, ses
doigts joints à en craquer, son vieux copain le Curé

d'Ars le regardait de haut. Plus haut encore, Pierre
entendit sonner l'angélus comme un appel.

Il sortit de l'église fraîche et retrouva la tiédeur du
soir avec l'étonnement d'un convalescent. Il se sentait,
d'ailleurs, aussi léger que lui; c'est qu'il avait laissé
là toute amertume, toute révolte. Pareil à la femme
pauvre, il avait abandonné son enfant dans le coin
le plus obscur de l'église...

En marchant vers la rue Zola, il pensait à chaque
copain, revoyait chaque visage, l'un après l'autre;
et il savait déjà que, cette nuit, il recommencerait.
Et il se demandait comment il pourrait les rencontrer
tous pour leur dire adieu. Mais, en poussant le grand
vantail de bois, il les vit presque tous, dans la cour,
qui parlaient ou fumaient par groupes. Le silence
soudain, tous ces visages tournés vers lui, les regards
qui l'interrogeaient, et Madeleine qui s'avançait à
sa rencontre... Il lui suffit de battre des paupières
pour que, malgré le sourire qu'il montrait, Madeleine
comprît. Elle trouva que quelque chose avait changé
en lui.

« Tiens! tu as maigri, Pierrot? fit un des copains
à mi-voix.

— Alors? demanda-t-on un peu partout.

— Alors c'est moche, dit Pierre : on m'envoie
ailleurs.

— Ils sont marrants! On a besoin de toi ailleurs,
bon. Mais nous aussi, on a besoin de toi!

— Tu comprends, reprit Pierre avec un grand
sérieux, je suis un type sensationnel : c'est moi et pas
un autre qu'il leur faut! »

Les gars se mirent à rire, et Pierre avec eux.

« Mais nous alors, sans blagues ?

— Sans blagues, je suis obligé de partir demain.

— Demain ? fit Madeleine. Mais...

— Et, lundi, arrive à ma place le plus chouette des copains : Gérard. Madeleine le connaît, d'ailleurs !

— L'abbé...

— Le Père Gérard. Seulement, il va falloir lui trouver du boulot en usine. J'en parlerai à Henri.

— Tout de même, dit un des gars, c'est drôlement rapide. J'aurais aimé — je ne sais pas, moi ! — manger une dernière fois avec toi avant qu'on se quitte...

— Vous allez tous rentrer dans ma piaule et je vais dire la messe avec vous une dernière fois : c'est plus important !

— Et demain dimanche ? demanda une femme.

— Eh bien, vous irez à l'église de Sagny ! (Ils se regardèrent.) Vous irez à l'église, répéta Pierre. C'est moi ou c'est Dieu qui vous intéresse, dites ? »

A Madeleine, qui ne lui demandait rien et rangeait les ornements en silence, Pierre raconta sans complaisance son entretien avec l'archevêque.

« Voilà. J'avais toujours été un cadet, me voici un aîné ! L'aîné, c'est celui qui espère que le cadet réussira mieux que lui...

— Sortons ! » dit seulement Madeleine.

Les murs et les trottoirs rendaient doucement, dans le soir, la chaleur qu'ils avaient retenue. Les passants se laissaient porter sur un fleuve tiède, tout Sagny marchait en chaussons. Du bout des doigts,

d'un geste de malade, les arbres disaient adieu à cette
journée. Seuls, les oiseaux et les enfants, jamais fatigués, se poursuivaient en piaillant, avec mille détours.

Ce soir ressemblait tant, en plus las, à celui où
Pierre avait couru à la recherche de Jean qu'il était
impossible que Madeleine n'y pensât pas. Pierre voulut
briser ce silence.

« Vous ne dites rien, Madeleine?

— Je suis fatiguée, murmura-t-elle en s'arrêtant,
tellement fatiguée... »

Puis, brusquement :

« Il faut que vous me permettiez de renoncer, Père!

— Ce n'est pas moi qui commande et pas moi qui
permets...

— Qui alors?

— Vous-même.

— Mais je n'existe plus, dit-elle si bas qu'il l'entendit à peine. Je suis devenue les autres!

— Voyez-vous, je crois que vous ne renoncerez
jamais, Madeleine!

— Et à quoi servons-nous? reprit-elle brusquement.
Jeudi, c'était la Première Communion : je connais
sept ménages, dans ce quartier, chez qui on a soûlé
la gosse, en signe de joie!

— Et les garçons, on en profite pour les flanquer,
ce jour-là, dans les bras d'une fille, pour la première
fois, je le sais bien...

— Nous ne servons à rien, Père. C'est une partie
perdue, jamais le Christ n'entrera dans Sagny!

— Si vous travailliez en usine, Madeleine, vous
verriez qu'au contraire...

— Mais je ne demande que cela, justement : retourner en usine!

— Les autres vous réclameraient! Ils ne vous laisseraient travailler qu'à mi-temps!

— Ah! Je voudrais quitter Sagny, comme vous!

— On ne quitte pas Sagny! Ce n'est pas un patelin, c'est un choix. Même pas : une façon de voir le Monde...

— Eh bien, je suis fatiguée de voir le Monde de cette façon! Fatiguée... comme Jean, ajouta-t-elle très bas. Je voudrais dormir et me réveiller une vieille femme...

— Vous rêveriez de Sagny! dit Pierre en souriant. Mais, avant de dormir, il faut manger. Eh bien, vous et moi, nous pouvons pénétrer dans cinquante piaules du quartier et demander à dîner : les gars nous donneront leur chaise et leur part! Ça compte aussi, dites?

— Ça compte aussi, oui... Bonsoir, Père. »

Henri n'était pas chez lui.

« Il a prétendu que, dans l'Impasse, on crevait de chaleur, expliqua Jacquot, et il est parti dormir dehors.

— Dans les terrains vagues, porte de Sagny?

— Oui, comme en plein mois d'août! Tu te rends compte?

— Je me rends surtout compte qu'il avait envie d'être seul. Dis donc, Jacquot, tu diras adieu pour moi aux copains de l'Intersyndicat. Je pars demain... »

Paulette apparut sur le seuil, les yeux brillants.
« Vous quittez Sagny ?

— Oui, je... on m'envoie ailleurs. »

Le petit Alain regarda sa mère, son père, et se mit
à pleurer.

« Mais demain — Tais-toi, Alain ! — demain vous
serez encore là, n'est-ce pas ? Bon ! J'aurai quelque
chose à vous remettre.

— Tu vois ! explosa Jacquot, Pierre fout le camp,
Luis a été matraqué, Jean s'est bousillé, la piaule a
flambé, j'ai bazardé mon vélo : alors quoi ! elle ne
nous aura apporté que des emmerdements, cette
sacrée bon dieu d'année ? »

Pierre lui flanqua un grand coup dans l'épaule :

« Et Chantal ? Elle t'a tout de même apporté
Chantal, cette année ! Tu appelles ça un emmerdement ? »

Un grand cirque avait planté ses mâts sur la place
de la Porte de Sagny, et on l'apercevait du fond de
toutes les avenues. Pierre marchait seul parmi des
groupes de plus en plus nombreux et qui se hâtaient
en approchant du cirque, comme s'ils craignaient de
ne plus trouver de place sous l'immense chapiteau.
Les gosses couraient devant, s'arrêtaient à l'invisible
frontière de l'odeur du crottin et du son des cuivres,
puis se retournaient avec de grands gestes : « Dépêchez-vous !... Mais dépêchez-vous donc !... » La grosse
bête de toile verte avalait tranquillement d'énormes
rations de spectateurs par sa gueule de lumières.
« S'enfla si bien qu'elle creva... » Ils étaient déjà des

milliers, sur les bancs, qui souriaient d'avance en regardant la piste blonde, ce petit cercle de désert! Et des centaines, sur l'avenue, qui s'avançaient avec le même sourire.

Ce chemin, Pierre l'avait déjà parcouru au milieu des copains, le dernier jour de la grève; mais c'étaient les taches noires des C. R. S. et des cars de police qu'on apercevait à la place du cirque. Il pleuvait, alors; on avait le cœur amer et, depuis quinze jours, on mangeait mal. Allons! c'était pourtant la même excitation que ce soir. Et Luis en était mort. Le cirque... la grève... — Qu'est-ce qui valait la peine de vivre? la peine de mourir?

Le cirque était ceinturé de badauds, de cordages, de roulottes; puis venait le terrain vague, avec ses tas de pavés, ses tranchées pour la guerre des gosses, ses taillis transparents. L'herbe en était déjà fanée comme une jeune prostituée; et de nombreux types s'y tenaient assis ou allongés, tous immobiles, tous silencieux.

A la solitude, aux sandales de cuir et au blouson, Pierre reconnut de loin son copain et s'approcha de lui. Quand Henri l'aperçut :

« Merde! on ne peut jamais être tranquille! — et il se tourna de l'autre côté.

— Tu l'as dit! on ne peut jamais être tranquille, affirma Pierre si gravement que l'autre se retourna.

— Qu'est-ce qui ne va pas?

— Je te le raconterai tout à l'heure. Mais toi, tu fais une drôle de gueule!

— Il y a de quoi! Ils m'ont viré du Secrétariat de la Section.

— Tu n'es plus secrétaire de...

— Non.

— Depuis quand?

— Cet après-midi. Mais il y a des mois que ça se préparait!

— Qui, pour te remplacer?

— Lebas, un jeune de la Parisienne des Ciments.

— Lebas? Quel prénom?

— Peux pas te dire : on ne l'appelle pas par son prénom.

— Mais je le connais, Lebas! Personne ne l'aime.

— Et puis après? C'est justement le contraire qu'ils me reprochent!

— D'être aimé?

— Tout un ensemble... Ils n'ont plus assez confiance en moi. C'est ce procès qui a tout déclenché!

— Enfin, oui ou non, est-ce que Marcel...?

— Ne fais pas l'idiot! Marcel, ils s'en foutaient. Il aurait mieux valu qu'il écope dix ans de taule : bien exploité, c'était plus utile au Parti que cet attendrissement général.

— Plus utile au Parti, je m'en fous. Mais était-ce plus utile aux types mal logés?

— Peut-être.

— Alors c'est ma faute, ton histoire? demanda Pierre après un instant.

— Ta faute! ta faute!... (D'un grand geste, il éluda la suite.) Tiens! regarde les autres guignols, là-bas! »

Des acrobates en maillot rose sortaient à petits pas

du chapiteau, avec les gestes gracieux et stupides de leur salut au public. Ils regagnèrent leur caravane en sautillant.

« Allons! C'est bien ma faute, reprit Pierre.

— Laisse tomber! Évidemment, on était trop bien ensemble : ça ne plaisait pas à tout le monde. Mais je vais te dire quelque chose... (Il s'assit et regarda Pierre. La nuit tombait. Un gars ronflait déjà, pas loin d'eux.) Même si je n'avais pas été ton ami, je devrais marcher avec toi : dans l'intérêt des copains.

— D'ailleurs, dit Pierre sans ironie, ce sont les instructions du Parti d'être bien avec les chrétiens!

— C'étaient les instructions du Parti. Et puis, ça a changé.

— Pourquoi? Nous n'avons pas changé, nous autres!

— Tu n'y comprends jamais rien! Mais moi, j'aurais dû obéir immédiatement. Oui, j'ai eu tort, j'ai certainement eu tort...

— Tu te sens coupable?

— Non, dit Henri après un instant.

— Alors fous-nous la paix avec ta confession publique!

— Ce sont des types comme moi qui compromettent la marche en avant de...

— Ta gueule! lui dit Pierre avec douceur : tu récites. Ce sont des types comme toi qui gardent le contact, et c'est drôlement plus important! »

Henri montra ses dents pointues :

« C'est ça! d'après toi, les seuls types bien ce sont les agents doubles?

— Non, répondit Pierre : ceux qu'on traite d'agents doubles. »

Un grand hennissement se fit entendre, du côté du cirque. Des garçons de piste maintenaient, devant l'entrée close, six chevaux pies empanachés et bridés trop court. Soudain, la toile parut se fendre, s'envoler devant eux. Les bêtes éblouies refusèrent un instant, puis s'élancèrent dans le gouffre de lumière aussi irrésistiblement que des insectes vers une flamme. « Des partisans! pensa Pierre. Ils sont l'image des partisans! » mais il ne le dit pas à l'autre. Des lambeaux de musique et d'applaudissements, et aussi de grands silences encadrés de roulements de tambour parvenaient jusqu'aux deux amis, avec l'odeur des bêtes.

« Tu vois, reprit Pierre, le Parti vient d'être moche avec toi...

— Non!

— Si! et tu me l'apprends à dix mètres de l'endroit où Luis s'est fait descendre.

— J'y pensais. Tandis qu'ils me parlaient, cet après-midi, je pensais à Luis; je me disais : « Pourvu que je « ne devienne pas, moi aussi, un vieux type qui n'aura « servi à rien... »

— Tu es bien costaud si tu peux reconnaître les types utiles et les autres! Luis a donné sa vie entière pour les copains, et tout Sagny le sait; tandis que Lebas, jusqu'à nouvel ordre, on l'emmerde, tu comprends? on l'emmerde, Lebas! »

Il respirait trop fort; il se sentait à la fois en colère et très triste : c'était le vieux Luis qui l'habitait...

« Mais toi, demanda doucement Henri, tu as donc aussi des embêtements?

— Les mêmes! Je vais quitter Sagny sur ordre : j'étais un peu trop bien avec toi, je me suis montré « imprudent ».

— C'est un mot qu'ils m'ont répété vingt fois!... Alors, qu'est-ce que tu vas faire? Tout foutre en l'air? ou redevenir curé? »

Pierre éclata de rire.

« Mais ni l'un, ni l'autre : Continuer. Autrement, peut-être; ailleurs, sûrement; mais continuer!

— Tu es chouette, dit Henri après un long silence, et puis tu as raison. Moi aussi je vais continuer. Et je suis sûr qu'on se retrouvera... Dis donc, reprit-il en détournant son regard, même s'ils sont vaches avec toi, là où tu seras, ne laisse pas tomber les copains du Parti!

— Tu m'as déjà vu laisser tomber quelqu'un?

— Non... non. C'est même la grande différence, ajouta-t-il à mi-voix. (Il s'allongea.) Quand tous les types seront sortis du cirque, on pourra dormir tranquille!

— Oh non! dit Pierre, moi je dormirai beaucoup mieux en pensant qu'il y a quatre mille gars de Sagny qui sont heureux en ce moment, même pour des conneries! Allez, bonsoir, vieux. »

Il s'étendit sur le dos près de son copain et ferma les yeux.

Allongés, côte à côte, sous le ciel si vaste, pareils à deux blessés abandonnés sur le champ de bataille : des soldats qu'on croyait ennemis et qui se savaient frères...

De cette seule nuit sans dormeur, la rue Zola avait
pris un air de maison déserte. Pierre chercha sa valise
en aluminium, et la trouva sous une pile de vêtements
à donner et de papiers à classer. On frappa à la porte;
Paulette entra, portant serré contre sa poitrine, comme
un enfant, une pièce d'étoffe blanche.

« J'ai brodé ça pour vous. J'ai terminé seulement
cette nuit : il était temps ! »

« Ces économies dont parlait Jacquot... » Pierre
déplia l'étoffe : c'était une aube. Il demeura immobile,
avec un sourire tremblant, incapable d'une parole.

« Je suis la première à qui vous avez parlé, Père !
dans cette pièce !

— Je ne l'ai pas oublié, Paulette.

— La première fois que vous direz la messe avec
cette aube, vous prierez pour Chantal, n'est-ce pas ?

— Vous savez, si Chantal pouvait dire une seule
parole à Dieu, ce serait plus valable qu'une nuit entière que je passerais en prière !

— C'est injuste !

— Heureusement que Dieu a ses faiblesses, fit Pierre
en riant : c'est mon seul espoir ! La brebis perdue...

— Suzanne est rentrée d'Orléans avec Étienne, dit
brusquement Paulette. Elle voulait assister aux ob-
sèques du Père Pigalle. Elle doit passer ici ce matin.
Autre chose : Étienne a l'intention de vous accompagner à la gare. Il m'a dit : « Je connais le chemin ! »

— Je passerai le prendre. Adieu, Paulette. »

Ils s'embrassèrent sur les joues, quatre fois. En prenant entre ses mains ces épaules fortes et tendres, Pierre eut le sentiment que c'était la vie qu'il tenait ainsi, et son cœur se serra.

Quand Suzanne et la sœur Marie-Joseph arrivèrent, Pierre ne leur parla que d'elles-mêmes, pareil à ces malades qui, las d'être interrogés, s'empressent de demander à leurs visiteurs des nouvelles de leur propre santé.

« Vous avez bonne mine, Suzanne! Il faudra retourner à Orléans cet été.

— Étienne a dû promettre d'y retourner; mais moi je serai... ailleurs.

— Suzanne veut se faire religieuse, dit la sœur. Je vous assure que je ne l'ai pas influencée!

— Votre paix, la tranquillité de votre maison l'ont influencée...

— Je ne crois pas : elle veut se faire missionnaire à l'autre bout du monde.

— Suzanne!... Ah! fit-il avec une sorte de désespoir, l'archevêque ne saura donc jamais cela?

— Il y a beaucoup de choses que Monseigneur ne sait pas, dit vivement la sœur. D'un seul mot, d'un seul nom vous pouviez changer sa décision, lui *prouver* que... — mais vous étiez le seul à ne pas pouvoir le dire!

— Quel nom? » demanda Pierre avec un étonnement sincère.

Suzanne s'approcha de lui, et si près qu'il vit deux larmes jaillir dans le coin de ses yeux.

« Étienne.

— Je ne comprends pas, fit Pierre en rougissant.

— C'était le signe que j'attendais. Comment l'oublierais-je, moi ?

— Allez ! dit rudement la vieille religieuse, faisons nos adieux au Père. Tout ça ne nous effraie pas : les chrétiens sont des voyageurs, hein ? M. le curé m'a chargé de vous dire... je ne sais plus quoi ! Lui non plus, je crois ; mais il y avait de l'estime, et peut-être de l'amitié... Et moi, je vous embrasse, Père Pierre !

— Attention, fit-il en riant, je sens le fagot ! »

Elle posa sa main ridée sur son bras ; ses petits yeux brillèrent.

« Le fagot ? Le fagot ou la couronne d'épines ? »

Quand elles l'eurent quitté, Pierre se prépara lentement à célébrer sa messe. C'était, ce matin, sa seule faiblesse : agir lentement, vivre minute par minute ses dernières heures à Sagny.

Pour la première fois, il disait sa messe sans aucun assistant : il les avait lui-même envoyés à l'église. Pourtant, lorsqu'il se redressa après avoir confessé ses péchés, il vit Henri debout dans le fond de la pièce.

« Attends-moi, vieux, ce ne sera pas long !

— Non, dit Henri. J'ai l'impression que c'est moche et pas normal que tu dises ton truc sans personne... »

Il demeura jusqu'à la fin, intrigué, silencieux.

« C'est con, lui dit-il ensuite : j'ai cherché un petit cadeau à te faire — un souvenir, quoi ! — et je me suis aperçu que je ne possédais rien. Rien que ça : je te le donne. »

Il sortit de sa poche l'éléphant de porcelaine. Et, parce qu'il sentait bien que c'était un présent ridicule, il ajouta :

« J'y tenais. »

Pierre le rangea dans la valise d'aluminium entre l'aube, une paire d'espadrilles, tout ce qui lui était nécessaire pour dire la messe, et un slip de rugby.

Sa valise à la main, Pierre fit le tour des copains malades — « A bientôt, vieux! A bientôt! » — puis des copains morts. C'est au cimetière qu'il rencontra Madeleine et lui fit ses adieux.

« Est-ce que Gérard peut compter...?

— Bien sûr », dit-elle sans le laisser achever.

Tant de sourires, tant de regards à graver dans sa mémoire, cela l'oppressait. Il avait hâte et, tout ensemble, il redoutait que cette *journée-testament* s'achevât... Il passa embrasser ceux de l'Impasse, qui étaient les siens parmi les siens. Denise pleurait.

« Toujours la même chose avec les filles! dit Étienne dont les paupières étaient aussi rouges et gonflées.

— Écoute, Denise, lui dit Pierre en la prenant à part, plus tu vas grandir, à présent, et plus tes parents feront ce que tu voudras. Plus tard, ce sera toi la tau... l'hôtelière, vois-tu? Eh bien, si, dans ton coin, tout le monde est heureux, dis-toi qu'au 118, au 129, rue Arago, boulevard Pasteur, rue Barbusse, partout, on sera obligé de suivre le mouvement, tu comprends?

— Quand j'ai eu la rougeole, dit Denise, toute la classe l'a eue. C'est la même chose?

— Exactement! Embrasse-moi... Tu as le nez qui

coule! Dis donc, il faudra trouver quelqu'un d'autre qui te prête son mouchoir, maintenant! »

Étienne voulut à toute force porter la valise. Au bout de cent pas, Pierre la lui reprit en parlant d'autre chose.

« Et l'épi? Tu te rappelles, l'épi?

— Le voici! fit Étienne en sortant de sa poche un épi de seigle mi-vert mi-blond. Tu avais raison : ça repousse toujours, à l'endroit même.

— C'est pour ça qu'il ne faut jamais s'en faire, tu vois?

— Je te le donne, Pierre.

— Non, assez de cadeaux comme ça! Tu vas le glisser, là, entre ton bras et le manche de ta chemise, et tu verras : il remontera tout seul.

— Tout seul?

— Oui, enfin... tout seul grâce à toi, mais sans que tu le veuilles : comme tout ce qui se fait « tout seul »...

Quand on sortit du métro, Étienne prétendit qu'on s'était trompé de gare : que, la dernière fois...

« Il n'y a pas qu'une seule gare à Paris, bonhomme! »

Les cils blonds battirent désolés.

« Je croyais que tu partais pour le village d'enfants. J'en étais si sûr que je ne t'en parlais même pas!... Écoute, Pierre : ils ont peut-être déjà reconstruit l'église! ils ont besoin d'un aumônier! Pourquoi n'y vas-tu pas?

— Tu me donnes une idée, répondit Pierre lente-

ment. Le village d'enfants... Oui, pourquoi pas ? puisqu'on me fait confiance...

— Comme ça, je pourrais, un jour...

— Oh! non, vieux! toi tu restes à Sagny... Promets-
le-moi!

— Mais...

— Jure-le-moi, Étienne!

— Écoute...

— Tu as ta mère! tu as ton boulot à faire! (Il
pensa : « Tu as Denise », et n'en dit rien.)

— Et il y a aussi... commença Étienne, mais il
détourna la tête fièrement.

— Mais oui, il y a tout ça! Et moi je te jure
qu'on se retrouvera. Je t'écrirai. N'oublie jamais le
Signal!

— Tu penses! »

Ils marchèrent en silence; Étienne allongeait le
pas.

« Ce qui serait chouette, fit-il brusquement sans
lever la tête, ce serait de devenir médecin!

— Je te parie cent millions que tu le seras! » dit
dit Pierre très sérieusement. (C'était leur enjeu habi-
tuel.)

Dans le wagon, entre deux valises qui devaient être
remplies de lainages et de sandwiches, Pierre casa la
sienne qui contenait une aube et des hosties. Quand le
train s'ébranla, le visage d'Étienne se transforma :
celui d'un homme! Et ses yeux montrèrent une telle
angoisse que Pierre cria par deux fois : « Je reviendrai!... Je reviendrai!... » Mais le gosse se mit à courir le long du quai à la vitesse du train, comme s'il

lui était insupportable de laisser s'agrandir l'écart
entre Pierre et lui.

« Étienne! arrête-toi, Étienne!... »

Inutile! De Paris qu'il quittait, Pierre ne regardait
et ne garderait que ce visage d'enfant qui était le
visage même de l'angoisse et de l'amour.

Le petit ne s'arrêta qu'avec le quai et demeura
immobile, les mains jointes. Pierre voyait remuer ses
épaules, d'essoufflement ou de chagrin, et il lui semblait entendre son cœur battre. Un tournant fit grin-
cer les roues du wagon; la petite silhouette disparut.
Pierre put pleurer tranquillement.

Il avait refermé derrière eux la porte de la cellule.
Dom Bernard se leva, en souriant, et alla l'ouvrir.

« C'est la Règle... Mais celle du silence ne m'a
jamais paru plus dure qu'aujourd'hui! Raconte-moi,
maintenant, Pierre, raconte... »

Se rappeler toutes choses depuis que Bernard avait
quitté Sagny, Pierre s'y était déjà exercé la nuit
d'avant. Il le fit donc sans peine.

« Et maintenant?

— J'ai une idée en tête, mais... non! Jamais de
plan! Vivre au jour le jour, tu le sais bien... Ce sont
les Évêques qui font les plans, pas nous!

— C'est surtout Dieu qui a son plan, dit Bernard.
(Son visage avait encore maigri; et il tenait closes
ses paupières plus longtemps encore qu'autrefois.)
D'abord Bernard, ensuite Pierre, Gérard à présent :

rien de cela n'est laissé au hasard. Moi, la prière me manquait; toi, « l'administration » te dévorait; Gérard... — on ne sait pas encore! Mais voici déjà deux pièges auxquels il échappera : nous n'aurons pas été inutiles. Plus utiles par nos échecs que par nos réussites! « *Il y a plusieurs demeures dans la maison de mon Père...* » ajouta-t-il lentement, voilà notre consolation et notre réponse.

— Tu es heureux ici, Bernard?

— Complètement. L'essentiel est de trouver sa ligne de Joie. La suivre jusqu'au bout, c'est facile! mais la trouver...

— Je ne crois pas que la mienne passe par ici, dit Pierre en souriant.

— Attends! vis d'abord quelques jours avec nous : lorsque tu sentiras notre paix t'envelopper, peut-être que... — Allez! dit-il en se levant, la Règle veut qu'on dorme à cette heure. Tu vois, toutes nos cellules donnent sur le cloître, sur la croix de pierre au centre du cloître; ta chambre, malheureusement, a sa vue sur l'extérieur. Tu apercevras de grandes lueurs : ce sont les hauts fourneaux qui brûlent jour et nuit. Bonsoir, Pierre. Dieu te garde! »

Après l'office de l'aube, Dom Bernard fit un détour jusqu'à la chambre de Pierre. Mais, avant le tournant du couloir, il savait qu'il trouverait la porte entrouverte et la chambre vide.

A la même heure, seul dans Sagny peut-être, Étienne ouvrit les yeux. L'épi de seigle avait remonté aveuglément le long de son bras, et cela l'éveillait. C'était comme le geste timide d'un ami qui vous touche

l'épaule : Étienne!... Étienne, réveille-toi! — « Il a
besoin de moi! pensa le gosse. Pierre a besoin de moi,
et je suis loin... ».

Oui, Pierre, en ce moment, devant la gare endormie, hésitait encore : porter le Christ à ces enfants
perdus? Ou bien...

Mais le hurlement d'un train le fit tressaillir : le
même, exactement, que ce cri entendu la nuit de
son arrivée à Sagny, l'appel au secours d'Étienne
auquel il n'avait pas répondu... Allons! son parti était
pris : celui de la nuit, de l'hiver, des enfants battus!
Les enfants libres dans le soleil avaient moins besoin
de lui; d'autres leur apprendraient Dieu. Sa *ligne de
Joie* passait par le plus grand malheur des autres : il
venait d'en recevoir l'assurance définitive. Il tourna
le dos à la gare et partit à pied. Il connaissait le chemin : il arriverait au petit jour.

Dom Bernard, à genoux devant la porte entrouverte, priait, les paupières closes.

Étienne, asis sur son lit, avait retrouvé d'un coup
son harnais de chagrin.

PIERRE reconnut très bien la route, la grille et le bâtiment; on avait seulement surélevé celui-ci et renforcé la grille.

Il n'avançait pas sans malaise dans ce décor de son enfance : sur la pointe des pieds, comme dans un château désert, comme à travers un village silencieux dont on ne sait pas si l'ennemi l'occupe.

Le lampadaire contre lequel l'enfant Pierre s'était endormi, la nuit de l'accident, il hésitait à poser sa main sur lui, tout étonné de le trouver si petit, si vieillot. Mais il s'aperçut que d'autres gosses avaient charbonné les mêmes bonshommes sur ses flancs.

Pierre leva les yeux et vit l'entrée du puits de mine : l'arche ténébreuse qui, durant son enfance entière, et depuis, restait pour lui l'image même de l'enfer. Il se dirigea vers le bâtiment, monta les marches, poussa la porte. Un type à moustaches grises se tenait derrière un bureau.

« C'est pour quoi ?

— Est-ce qu'il y a de l'embauche?

— Pour le fond?

— Oui.

— Alors bien sûr, toujours!

— Vous savez, dit Pierre, je n'ai jamais fait le métier...

— C'est plus pénible que difficile. Les autres vous apprendront vite. Comment c'est, votre nom? »

Pierre le lui dit.

« Tiens, fit le vieux, un nom du Nord! Vous êtes donc de ce pays-ci? »

Pierre regarda, par la vitre, ce ciel vide, ce paysage désolant. Allons, c'était bien le Royaume du Pire! Partout ailleurs en France, le soleil devait briller une petite heure, l'herbe aveugle pousser entre deux pierres, l'oiseau triste chanter, partout ailleurs! Ici, de la bouche de l'enfer, il vit sortir des hommes noirs au regard blanc : en deuil d'eux-mêmes; il entendit leur pas crisser sur la terre charbonneuse. Le cri d'une sirène déchira l'air gris.

« Oui, dit Pierre en souriant, c'est mon pays... »

ADIEU DONC,
ENFANTS DE MON CŒUR!
Mai 1951

TABLE

ŒUVRES DE GILBERT CESBRON

Romans :

LES INNOCENTS DE PARIS (Prix de la Guilde du livre, Lausanne, 1944).
LA TRADITION FONTQUERNIE (Prix des Lecteurs, 1947).
NOTRE PRISON EST UN ROYAUME (Prix Sainte-Beuve, 1948).
CHIENS PERDUS SANS COLLIER (Prix Pietrzak, Varsovie, 1958).

ON CROIT RÊVER.	LA SOUVERAINE.
LES SAINTS VONT EN ENFER.	VOUS VERREZ LE CIEL OUVERT.
AVOIR ÉTÉ.	ENTRE CHIENS ET LOUPS.
UNE ABEILLE CONTRE LA VITRE.	IL EST PLUS TARD QUE TU NE PENSES.
C'EST MOZART QU'ON ASSASSINE.	JE SUIS MAL DANS TA PEAU.

VOICI LE TEMPS DES IMPOSTEURS.

Essais :

CHASSEUR MAUDIT.	LIBÉREZ BARABBAS.
CE SIÈCLE APPELLE AU SECOURS.	CE QUE JE CROIS.

UNE SENTINELLE ATTEND L'AURORE.
DES LEÇONS D'ABÎME.

Théâtre :

I. IL EST MINUIT, DOCTEUR SCHWEITZER, *suivi de* BRISER LA STATUE.
II. L'HOMME SEUL, *suivi de* PHÈDRE A COLOMBES *et de* DERNIER ACTE
(Grand Prix d'Art dramatique, Enghien, 1957).
III. MORT LE PREMIER *suivi de* « PAUVRE PHILIPPE ».

Contes et Nouvelles :

TRADUIT DU VENT.	TOUT DORT ET JE VEILLE.

DES ENFANTS AUX CHEVEUX GRIS.

Divers :

JOURNAL SANS DATE.	IL SUFFIT D'AIMER, *récit.*
TANT QU'IL FAIT JOUR.	TORRENT. *poèmes* *.

LES PETITS DES HOMMES **.
LETTRE OUVERTE A UNE JEUNE FILLE MORTE ***.

* Aux Éditions Buchet-Chastel.   ** Aux Éditions Clairefontaine.
*** Aux Éditions Albin Michel.
Tous les autres ouvrages aux Éditions Robert Laffont.

IMPRIMÉ EN FRANCE PAR BRODARD ET TAUPIN
Usine de La Flèche (Sarthe).
LIBRAIRIE GÉNÉRALE FRANÇAISE - 6, rue Pierre-Sarrazin - 75006 Paris.
ISBN : 2 - 253 - 01029 - 4

Thrillers

Parmi les titres parus

Karl ALEXANDER
C'était demain
H.G. Wells à la poursuite de Jack l'Éventreur.

M. BAR-ZOHAR
Enigma
Fils d'escroc, voleur lui-même, « le Baron » oppose son charme et sa bravoure à la Gestapo.

Arnaud de BORCHGRAVE et Robert MOSS
L'Iceberg
La face cachée du K.G.B., l'hydre qui sort ses têtes par tous les médias.

Bernard F. CONNERS
La Dernière Danse
Vingt ans après, le cadavre d'une jeune fille remonte à la surface du lac Placid...

Robin COOK
Vertiges
Des expériences criminelles à donner la migraine.

Robin COOK
Fièvre
Seul contre un empire : pour sauver sa fille, un homme s'attaque à toute l'industrie médicale.

Martin CRUZ SMITH
Gorky Park
Dans ce fameux parc de culture, des cadavres poussent soudain sous la neige...

Robert DALEY
L'Année du Dragon
Chinatown : une ville dans la ville, une mafia d'un tout autre type.

Ken FOLLETT
L'Arme à l'œil
1944. Chasse à l'espion pour un débarquement en trompe l'œil.

Ken FOLLETT
Triangle
1968. Seul contre tous, un agent israélien emporte sous son bras 200 tonnes d'uranium.

Ken FOLLETT
Le Code Rebecca
1942. Le Caire. Lutte à mort contre un espion allemand armé... d'un roman !

William GOLDMAN
Marathon Man
Quand on n'a pas de tête, il faut avoir des jambes... et du cœur au ventre.

Michel GRISOLIA
Barbarie Coast
Du balai chez les marginaux. Clochards de tous les pays, dans le placard !

Michel GRISOLIA
Haute mer
Des hommes et des femmes sur un bateau : tempête sous les crânes.

Michel GRISOLIA
Les Guetteurs
Rien ne sert de courir, même à l'autre bout du monde.

Jack HIGGINS
L'aigle s'est envolé
L'opération la plus folle qui soit sortie du cerveau d'un dément célèbre : Hitler.

Jack HIGGINS
Solo
L'assassin-pianiste a fait une fausse note : il a tapé sur la corde sensible d'un tueur professionnel.

Jack HIGGINS
Le Jour du jugement
Le piège était caché dans le corbillard...

Jack HIGGINS
Luciano
Lucky Luciano et la mafia embauchés par les Alliés... Une histoire ? Oui, mais vraie.

Mary HIGGINS CLARK
La Nuit du renard
Course contre la mort, tragédie en forme de meurtre, de rapt et d'amour.

Mary HIGGINS CLARK
La Clinique du Dr H.
Sous couvert de donner la vie, le Dr H. s'acharnerait-il à la retirer ?

Patricia HIGHSMITH
L'Amateur d'escargots
Gastéropodes géants, oiseaux humains, des récits en forme de cauchemars.

Patricia HIGHSMITH
M. Ripley (Plein soleil)
Pour prendre la place d'un autre, il faut non seulement étouffer ses scrupules, mais étouffer sa victime, cogner, frapper...

Patricia HIGHSMITH
Le Meurtrier
Le silence n'est pas toujours d'or. Il pourrait bien conduire Walter au silence éternel.

Patricia HIGHSMITH
La Cellule de verre
Au trou. Six ans. Pour rien. Par erreur. Mais quand il en sort...

Patricia HIGHSMITH
Le Jardin des disparus
Époux en froid, rancœurs réchauffées, encore un recueil de subtiles atrocités.

Patricia HIGHSMITH
Les Gens qui frappent à la porte
Où l'on voit que la vertu est, hélas ! mère des pires maléfices.

William IRISH
Du crépuscule à l'aube
Danse macabre, guet-apens, des histoires à tressaillir et à blêmir.

William IRISH
La Toile de l'araignée
La mort six fois recommencée, six fois réinventée...

Stephen KING
Dead Zone
Super-pouvoir psychologique contre super-pouvoir politique... super-suspense.

Laird KŒNIG
La Petite Fille au bout du chemin
Arsenic et jeunes dentelles...

Laird KŒNIG et **Peter L. DIXON**
Attention, les enfants regardent
Quatre enfants, sages comme des images d'horreur.

Bernard LENTERIC
La Gagne
Une singulière partie de poker : elle se jouera avec et sans cartes.

Robert LUDLUM
La Mémoire dans la peau
Il a tout oublié. Traqué par des tueurs, un homme se penche avec angoisse sur son passé.

Robert LUDLUM
Le Cercle bleu des Matarèse
Deux ennemis mortels se donnent la main pour en combattre un troisième.

Rober... ...UM
Oster... ...ek-end
Privé de son repos dominical par de redoutables espions soviétiques.

Robert LUDLUM
La Mosaïque Parsifal
Des agents très au courant, branchés pour faire sauter la planète.

Nancy MARKHAM
L'Argent des autres
Les basses œuvres de la haute finance.

Laurence ORIOL
Le tueur est parmi nous
Grossesses très nerveuses dans les Yvelines : un maniaque sexuel tue les femmes enceintes.

Francis RYCK
Le Piège
Retour à la vie ou prélude à la mort ? Un père, sa fille, une autre et des ciseaux...

Francis RYCK
Le Nuage et la Foudre
Un homme traqué par deux loubards, bien décidés à lui faire passer le goût du pain et du libertinage.

Brooks STANWOOD
Jogging
Sains de corps, mais pas forcément sains d'esprit...

Edward TOPOL et Fridrich NEZNANSKY
Une disparition de haute importance
Toutes les polices de l'U.R.S.S. à la poursuite d'un journaliste disparu... ... des balles.

Walker Library
St Paul's School

/2301/7